지상의 마지막 오랑캐

이영산 지음

문학동네

초원을 들락거린 지 십팔 년, 횟수로는 기백 번은 될 것이다.
그러나 아직도 학습이 다 끝난 것 같지는 않다.
그 길에서 만난 세 분의 스승들,
몽골을 처음 알게 해준 김종래님,
여행의 참맛을 알려준 고故 이윤기님,
문학적 삶의 길을 보여준 김형수님에 대한 고마움을 잊을 수 없다.

■ 일러두기

1. 외국 인명과 지명은 국립국어원의 외래어표기법에 따라 표기하는 것을 원칙으로 했으나 몽골어는 현장감을 살리기 위해 현지 발음에 최대한 가깝게 적었습니다.
2. 단행본은 『 』, 개별 문학작품은 「 」, 영화·음악·드라마 등은 〈 〉로 표기했습니다.
3. 본문에 수록된 사진은 저자, 그리고 함께 여행했던 친구들이 찍은 것입니다. 이 자리를 빌려 강종진, 박종순, 뭉흐나쌍, 비지아에게 특별히 감사드립니다.

차례

넷. 오랑캐로 사는 즐거움

다섯. 오랑캐의 사랑

여섯. 모던 노마드

일곱. 무지개의 나라

여덟. 죽음에 대처하는 오랑캐의 자세

아홉. 신성한 것들

프롤로그

충돌하는 우정

1

지금은 내가 몽골통 행세를 하지만, 초원을 향해 첫발을 내밀 때만 해도 나는 몽골이 어디에 붙어 있는 땅인지 알지 못했다. 그때가 2000년 여름, 세기말의 뒤숭숭한 분위기와 새천년의 불온한 희망이 교차하던 시절이었다. 몽골 국적기에 오르자마자 역한 냄새가 달려드는데, 비행기 안에서 고기를 삶나 싶을 만큼 비릿한 향이었다. 동이東夷가 북적北狄을 보고 손가락질할 일은 아니지만, 소위 원조 오랑캐의 나라가 아닌가? 나는 그런 감정들이 얼마나 빠른 속도로 나를 수정시키고 있었는지 당시에는 미처 짐작도 하지 못했다.

기억난다. 몽골에 닿으면 바람 냄새부터가 다르다. 어릴 적 시골에서 맛보던 그 시원始原의 감촉을 나이들어서는 느껴본 적이 없었다. 나의 유년과 함께 그 옛날의 바람들은 모두 사라져버린 줄 알았는데, 사실은 바람이 사라진 것이 아니라 내가 멀어져버린 것이었다. 이 깊고 깊은 문명의 기슭이야말로 천국인 줄 알고 다투어 달려왔는데, 와서 보니 여기가 지옥이고 그곳이 천국이었던 게 아닌가 하는 황망함, 도시를 환멸하는 자의 공허감, 너무나 빨리 무얼 잃어버린 것은 아닌지, 아무리 돌아봐도 끝자락을 놓쳐버렸다는 느낌을 지울 수 없을 때의 불안감…… 이제부터 내가 하고자 하는 이야기의 주인공을 나는 그런 복잡한 감정들 속에서 만나게 되었다.

오뚝한 코에 깊은 눈, 턱뼈가 강하고 날렵해 보이는 사내 비지아는 몽골리안이라기보다는 서양 어디쯤에서 샛길로 빠져나온 사람 같았다. 길고 가지런한 이를 내보이며 잰걸음으로 걸어오는데 그에게서 훅 바람 냄새가 풍겨왔다.

"안내를 맡은 두게르잡 비지아입니다."

두게르잡은 성이고 비지아는 이름이라니, 우리와 같은 방식이다. 나는 초면에 이름을 부르기가 미안해서 "아, 반갑습니다. 두게르잡 씨!" 하고 인사를 건넸다.

우리 두 사람의 충돌은 첫 만남에서부터 시작되었다. 그가 한참을 당혹스러워하더니 나의 호명법을 고쳐준 것이다.

"두게르잡은 제 아버지 이름이에요. 그냥 비지아라고 불러주세요."

유목민들의 이름 짓는 방식은 성으로 아버지의 이름을 적고, 뒤에 자신의 이름을 붙인다.

'이게 뭔 경우 없는 소리여?'

사실 좀 당황스러웠다. 그의 아이가 태어나 '아노'란 이름을 얻는다면 '비지아 아노'가 된다. 족보 같은 게 있을 수 없다. 나중에 들어보니 그는 오리앙카이, 즉 오랑캐족이었는데, 자기 부족을 아무리 사랑하더라도 우리처럼 오백 년 명문가 어쩌고저쩌고 하려면 "김수한무의 아들……" 이렇게 한없이 늘어져야 하니 불가피하게 호로胡虜자식이 될 수밖에 없는 구조였다.

살면서 한 번도 생각해보지 않았던 땅을 무작정 여행하기로 마음먹었을 때부터 마음속에는 긴장과 두려움이 가득했다. 반듯한 길은커녕 변변한 지도나 이정표도 없다는 말을 들으며 미지를 향해 떠나는 여행자에게 설렘이 들어설 자리라곤 없었다. 그리고 첫 여행에서 나는 그 친절한 오랑캐와 주먹을 쥐고 싸워야 했다.

초원을 여행하다가 소변볼 일이 있을 때마다 불편하기가 이루 말할 수 없었다. 천지 사방이 화장실이니 어디든 괜찮다고 했지만, 망망한 대지에 바지춤을 내리는 게 영 껄끄러웠다. 작은 나무가 보이면 그쪽으로 마주섰고, 강물이든 도랑이든 꺼진 자리가 보이면 그곳을 향했다. 그런 것조차 없을 때는 불거진 돌멩이나 작은 구멍으로 눈길이 갔다. 그럴 때마다 비지아는 귀신같이 나타나 길을 막아섰고, 근엄한 표정을 지으며 제지했다. 강물은 모두가 쓰는 생명수라며 칭기즈칸의 법조문을 들먹거리기도 했다. 그러다 살짝 헤적여진 초원에 오줌을 누던 날, 기어이 우격다짐이 벌어지고 말았다.

"당장 관두세요. 그런 건 야만인이나 하는 짓이에요."

같은 해에 태어난 인연으로 친구가 되긴 했지만, 여전히 의심할 바 없는 오랑캐 자식이 대뜸 야만인 운운했다. 아무데나 오줌을 누어도 된다고 그가 알려준 것이고, 화장실조차 없는 불편을 감수하는 내게 그는 왜 분개하는가.

"저 넓은 땅을 두고 왜 하필 쥐가 사는 구멍에다 오줌을 누느냐구요."

돌멩이를 들어낸 듯 보이는 작은 구멍이 쥐가 사는 곳인 줄도 알지 못했지만, 자기 소나 말을 괴롭힌 것도 아닌데 그가 필요 이상으로 화를 낸다고 여겨졌다. 나는 나대로 불편한 여행길에 기분이 가라앉은 상태였다. 해가 중천에 떠 있는데도 여섯시가 넘었다는 이유로 식당이 문을 닫아 저녁을 굶는 일이 다반사인데다, 거의 제시간을 지키는 법이 없는 시간관념 탓에 잔뜩 신경이 곤두서 있는 사람에게 고작 '오줌 누는 자리' 때문에 이렇게 골을 내다니!

아침에 출발하기로 약속을 하고 차를 빌렸는데 점심시간이 지나도록 운전사가 나타나질 않았다. 애가 닳도록 호텔 입구만 쳐다보다가 어렵게 통화가 되면 그는 자장면집 주인처럼 대답하곤 했다. "지금 출발한다." 그런 일은 곳곳에서 벌어졌다. 갈 길은 먼데 해가 저물어도 그들은 발걸음을 재촉하는 법이 없었다. 그럴 때마다 끓어오르던 화가 아직 풀리지도 않은 상태였다.

서로 멱살을 잡고 으르렁거렸다. 그렇게 뒤엉켜 흔들다가 살짝 그의 발을 밟았던 것 같다. 그가 별안간 손을 내밀어 악수를 청했다. 씩씩거리다 말고 멋쩍게 손을 맞잡았다. 더 싸우기도 애매해 화해를 하게 되었다.

지금 생각하면 그것도 오해였다. 유목민들은 발을 밟으면 꼭 악수를 해야 한다. 악수를 하거나 몸에 손을 대주지 않으면 큰 싸움이 난다. 그들에게는 다리가 머리나 심장보다 중요한 까닭이다. 발이 없으면 유목민이 아니다. 발병이 난다면 이동을 할 수 없을 테니까. 비지아는 본능적으로 악수를 청한 것인데 나는 화해의 손길로 맞잡아준 셈이 됐다. 오해가 불러온 어처구니없는 평화였다.

2

나는 기억한다. 초원은 적막했다. 얕은 구릉이 층층이 겹쳐 대지는 주름이 깊은 이마처럼 보였고, 그 주름마다 제각기 하나의 하늘이 펼쳐져 있었다. 하늘과 대지 사이를 침묵이 가득 채우고 있다. 어떤 사건도 상황도 제거돼버린 원초적 공간, 텅 빈 것들이 불러일으키는 가득한 긴장, 하늘이 내려와 길 위에 선 자의 마음을 차분히 눌러준다. 까닭에, 여행이 계속되는 동안 나는 조금씩 변해갔다. 초원에서 지내다보면 넓은 마음을 갖게 되는 것인지, 점차 여유가 생겼던 것도 같다. 그러다 만난 유목민들, 그중 세 장면은 지금도 선명하다.

질주하는 차를 향해 모래먼지를 일으키며 말이 달려왔다. 십여 킬로미터는 족히 넘어 보이는 거리였다. 눈이 닿는 마지막 지점에서 출발한 말굽 먼지는 대지를 칼로 베듯 가로지르며 차를 향해 돌진해왔다. 한참을 들여다본 후에야 사람이 타고 있는 걸 알아챘다.

말을 타고 있어서인지 유목민은 키가 훌쩍 커 보였다. 지평선을 배경으로 우뚝 선 모습이 압도적이었다. 초원을 누비던 칭기즈칸의 옛 기마병이 저런 모습이었을까. 그 유목민은 체격이 단단했고 무게가 있었다. 씩씩거리는 말과 마부의 등뒤에서 빛이 나는 것 같았다. 저게 이 대지를 살아가는 주인의 모습이구나, 우리는 얼마간 위축되었던 것 같다.

차 옆으로 유목민이 다가왔다. 청동으로 빚은 듯 탄탄한 갈색 피부에 깊게 팬 주름. 몇 살이나 먹었는지 도무지 분간이 되지 않는 얼굴을 한 그는 마고자처럼 생겼는데 소매가 더 긴 전통 복장 '델'을 입고 있었다. 떼로 오지 않았으니 마적떼는 아닐 테고, 저 사내의 정체는 무엇일까? 긴장한 일행을 두고 비지아가 차에서 내렸다. 그러곤 몇 마디도 나누지 않아 곧바로 우리를 향해 손짓을 했다. 쭈뼛거리며 다가서는 우리에게 유목민은 담배 한 개비씩을 건넸다.

어디서 온 누구냐, 어디로 가는 길이냐, 그렇게 시답잖은 질문과 대답을 주고받으며 담배를 두 개비쯤 함께 더 피웠다. 그는 이 지역에 사는 유목민이라고 했다. 양떼를 돌보러 나왔다가 차가 지나가길래 인사를 하러 왔다는 것이었다. 정말로 그는 인사를 나누고, 담배 몇 개비를 피운 뒤 말을 타고 유유히 떠났다.

뭔가 뿌듯한 일을 마쳤다는 듯, 돌아가는 그의 뒷모습이 조금 으쓱해 보였다. 나는 이해할 수가 없었다. 자기랑 아무 상관도 없는 사람이 지나가는데, 달랑 인사를 하겠다고 저 먼길을 말달려 온다는 말인가? 비지아가 "유목민들은 자기 영지, 유목하는 곳을 영지라 부르는데요, 그곳을 지나가는 손님을 그냥 보낼 수 없다고 생각해요. 그래서 인사하러 온 거예요"라고 말해줬음에도 쉽게 납득이 되지 않았다. 말도 안 되는 시간 낭비에 체력 낭비가 아닌가. 지상 최대의 비효율적인 짓을 방금 그 유목민이 저지른 것이다.

어느 해질녘엔 고비 한가운데서 길을 잃었다. 천지 사방이 지평선이었고, 어디로든 가면 길이었지만 한 발짝도 움직일 수 없었다. 자동차는 몇 차례나 같은 자리를 돌고 돌았고, 우리는 작은 오르막만 있어도 차 위로 올라가 주변을 살피곤 했다. 그렇게 두 시간여 만에 유목민 게르를 발견했다. 초록이 가득한 지평선 끝에서 하얗게 반짝이는 게르는 소박하고 순수한 봄날의 찔레꽃을 닮았다. 안도의 한숨이 나왔다. 자동차로 다니는 우리가 이럴진대, 말을 타고 초원을 헤매던 길 잃은 나그네라면 그 반가움이 얼마나 클지 상상도 되지 않았다.

가까워 보였던 게르는 가도 가도 그 자리에 있었다. 맑은 공기 탓인지 너른 대지 탓인지, 눈으로 셈한 거리는 평상적인 감각을 배반하기 일쑤였다. 어렵사리 도착한 게르엔 그러나 사람이 없었다. 허망한 표정으로 돌아서야 했다.

"괜찮아요."

유목민 출신인 비지아가 입에 붙다시피 한 말을 던지곤 게르로 들어갔다. 원체가 배가 고프냐고 해도 괜찮다, 춥냐고 해도 괜찮다, 아프냐고 해도 괜찮다를 연발하는 사람이라지만, 주인도 없는 집에 막무가내로 들어가면서 괜찮다는 소리는 또 뭔가?

언뜻 봐도 가난한 집이었다. 좁고 낮은 게르 안은 허리를 펴기도 불편할 정도였다. 그런데 게르 한가운데, 음식이 차려진 탁자가 보였다. 비지아가 또 주인 행세를 하고 나섰다.

"주인이 집을 비우게 되면 지나가는 나그네를 위해 음식을 준비해놓고 나가요. 유목민의 전통이죠."

탁자 가득 차려진 빵과 사탕, 치즈에 수테차우유를 넣은 몽골의 전통차를 양껏 먹고 나서 주인이 있었더라면 한사코 사양했을 얼마의 돈을 놓고 나왔다. 변변한 선물을 준비하지 못하고 돈을 꺼내놓는 손이 부끄럽기도 했지만 무엇보다도 그 유목민의 전통이란 게 사실일까 의심스러웠다. 집에 찾아오는 손님을 환대하는 것도 모자라 집을 비울 때면 미리 음식을 차려놓고 나가는 사람은 도대체 어떤 마음을 가졌을까?

그러나 살면서 한 번도 생각지 못했던 장면과 마주한 건 게르에서만이 아니었다.

여행 운이 나쁘지 않았는지, 사막 한가운데서 우물을 만났다. 가축떼를 몰고 온 젊은 유목민이 물을 길어올리는 중이었다. 나무를 깎아서 만든 기다란 말구유에 물을 채우면 낙타와 말, 소, 염소와 양의 순으로 다가와 물을 마셨다. 그렇게 모든 가축이 물을 마시고 초원으로 흩어진 뒤에도 유목민은 두레박질을 계속했다. 바닥이 드러난 우물물을 긷는 게 여간 힘들어 보이지 않았지만, 그는 구유가 넘실거릴 때까지 물을 채웠다.

"저건 야생동물 몫이에요."

가만히 지켜보는 내게 비지아가 설명을 덧붙였다. 사람만이 아니라 가축에게도, 더 나아가 늑대며 여우 같은 야생동물에게까지 인정이 닿아 있었다. 담배 한 개비의 인사를 나누겠다고 수십 킬로미터를 달려온 사람이나, 집을 비웠을 때 혹 찾아올 손님을 위해 음식을 준비해두고 나간 집주인이나, 땀을 뻘뻘 흘리며 아무 상관도 없는 야생동물들을 위해 수고를 마다하지 않는 저 유목민이나 모두가 대단한 마음을 가진 사람들이었다. 내가 직접 보지 않고 누군가에게 "아직도 지상 어딘가에는 그런 인간들이 살고 있다"고 전해 들었다면 나는 결코 믿지 못했을 것이다. 지하철 출근길마다 사람에 치이고, 길을 걷다가 어깨를 부딪치고도 서로 모른 척 지나치기 일쑤인 세상에 살다보니 잊고 살았던 사람살이의 귀한 마음이 거기 있었다. 그 오랑캐의 땅에 말이다.

3

모든 게 아름다웠다. 하늘은 너무 푸르러 눈부셨고, 땅은 너무 넓어 그 끝을 볼 수 없었다. 가끔씩 만나는 물웅덩이마다 소떼 말떼가 옹기종기 모여 있었고, 어디에나 양과 염소가 어우러져 풀을 뜯고 있었다. 그런데 그 소란스러운 움직임들이 넓고 넓은 대지에 갇혀서 멈춰 있는 것처럼 느껴졌다. 바람도 햇살도 그 자리에서 움직이지 않는 듯, 하늘과 땅 사이를 침묵과 고요가 가득 누르고 있었다. 아무 까닭 없이도 눈물이 나니, 사랑을 잃은 사람이 온다면 얼마나 좋을 땅인가. 아니, 독방에 갇힌 듯 고독하여 자신이 돌올해지니 이제 막 사랑을 시작한 이에게 좋은 곳일지도 모른다.

솜털 보드라운 에델바이스를 두 시간 내내 쳐다보다가 또 어느 길에서는 오백만 평쯤 흐드러진 보랏빛 엉겅퀴꽃에 취했다. 그리고 고비 초입에선 하얗고 소박한 파꽃을 만났다. 가느다란 녹색 줄기의 야생 파가 한순간 꽃을 피워 초원을 가득 채우고 있었다. 사방을 둘러봐도 파꽃 말고는 풀도 나무도 없었다. 두 시간 넘게 차를 달려도 대지에 파꽃만 가득하니, 예쁜 것은 그렇다 치더라도 저 초원에 사는 양들 입에선 파냄새가 얼마나 독하게 날까 하는 생각만 났다.

가도 가도 끝이 없는 외로운 길 사막의 길

누군가 노래를 불렀다. 우리는 아름다움에 취해 지쳐가고 있었다.

몽골 전통 노래를 불러주겠다며 비지아가 목청을 가다듬었다. 그런데 아뿔싸, 낮고 묵직한 음색이 듣기 좋았던 〈알타이 찬가〉는 무료한 시간보다도 더 길게 계속됐다.

"이건 원래 노래가 아니라 이야기야. 끝이 없지."

내가 '비지아의 탄생설화'라 부르는 그의 노래 같은 이야기는 깊고 깊은 산골짜기, 그것도 아득한 옛날을 무대로 펼쳐진다.

비지아는 높이가 해발 사천삼백이십 미터나 되는 알타이 만년설산에서 태어났다. 천 개의 봉우리가 모여 높고 낮음이 없는 몽골고원 중에서도 가장 높은 봉우리인 것이다. 구름 위로 치솟은 알타이산은 북쪽으로 예니세이강을 키워 시베리아 대평원을 살찌우고, 동쪽으로는 몽골 초원을 펼쳐놓으며, 남쪽과 서쪽으로는 끝없는 사막 '고비'와 '타클라마칸'을 품고 있다.

예로부터 유목민들은 이곳을 중심으로 흥망성쇠를 거듭했다. 작은 부족이 모여 힘을 키웠고, 산맥 동편의 대초원에서 유목제국을 이룩했다. 그러곤 전쟁에서 패할 때마다 알타이산을 넘어 서쪽으로 도주했다. 꽃이 피고 지는 자리에 남은 흔적처럼, 알타이산에 남은 수백만 점의 바위그림은 고대부터 오늘까지 그 땅에 살았던 유목민들의 영광이자 상처로 남아 있다.

비지아가 태어난 마을은 알타이산의 주봉 이름을 딴 뭉흐 하이르항 솜郡인데, 이천 명쯤 되는 마을 사람들이 모두 오리앙카이 부족민이다. 칭기즈칸의 정복전쟁 시대부터 청나라와의 독립전쟁까지 활약한 몽골 기마병 중에서도 가장 용맹했던 부족의 후예인 것이다. 중국인들은 전쟁 때마다 선봉에서 달려오는 오리앙카이 부족 때문에 이만저만 곤란한 것이 아니었다. 저주와 분노의 뜻이 한껏 담겨져 오리앙카이는 '오랑캐兀良哈 또는 烏梁海'가 된다.

"많은 일을 경험해야 사람이 되고 알타이산을 넘어봐야 말馬이 된다고 했는데, 그렇다면 내가 진짜 유목민인 거지."

그는 유목민으로 살아온 시절을 자랑스러워하며 떠들어댔지만, 나는 그가 유목민 중에서도 진짜 오랑캐족이란 사실에 놀랐다. 멀쩡하게 생긴 저 친구가 내가 틈만 나면 비아냥거리던 오랑캐였단 말인가? 법도 없고 도덕도 없고 인의예지는커녕 어미 아비도 몰라본다는 미개하고 야만스러운 종족이란 말인가? 신나서 이야기보따리를 풀어놓는 그의 얼굴을 봐선 도무지 믿을 수가 없었다. 나도 중국 역사서와 한통속이 되어 그들을 따돌리는 주범 중의 하나였던 것인가?

"네가 진짜 오랑캐라고?"

그도 말뜻을 알아차린 듯 비식 웃으며 대답했다.

"지상의 마지막 오랑캐지."

비지아 자신은 아무렇지도 않은 듯 스스럼없이 불렀지만, '오랑캐'란 이름은 듣기에도 곤혹스러운 호칭일 것이다.

12세기 이후 인류가 이 지역 사람들에게 부여한 보편적 이름은 '몽골리안'이다. 그것은 당연히 대정복국가를 이룬 칭기즈칸 이후부터의 일이다. 인류는 칭기즈칸이 태어나기 이전, 이 광활한 땅에 살았던 사람들에 대해 알지 못한다. 유라시아 전 지역을 정복당한 당시의 충격으로 지구인들은 그 고원의 사람들을 몽골인이라 칭할 뿐이다.

하지만 러시아는 다른 경험이 있다. 몽골고원의 여러 부족 중 하나인 타타르와의 만남이 그것이다. 내가 만일 러시아인이었다면 비지아는 '타타르인'이 됐을 것이다. 지금도 러시아인들이 쓰는 '타타르의 멍에'란 말 속에는 공포심과 굴욕감이 함께 담겨 있다.

중국은 또다른 나름의 경험이 있다. 장성 너머 북서쪽의 강인한 부족 오리앙카이와의 만남이다. 오리앙카이 유목민과의 전쟁, 그리고 그들에 대한 공포는 만리나 되는 장성을 쌓는 것으로도 해소되지 않았다. 얼마나 자주 졌으면 '패배敗北'라는 단어를 '북쪽에 지다'라 썼겠는가. 자신들이 세계의 중심임을 의심하지 않는 중국은, 두려움과 비아냥을 섞어 변방의 모든 이들을 '오랑캐'라 부른다. 인간은 자기 경험 속에서 세계를 인식하고 명명하는 법이다. 오랑캐란 이름은 그렇게 태어났고, 우리는 중국의 말을 배워서 그 호칭을 쓴다.

스스로 경험한 것도 아니면서 타인의 시각으로 아무렇지도 않게 세상을 보는 일이 흔하다. 과거에는 중국을 중심으로 세계를 바라봤다면, 지금은 그것이 미국으로 바뀐 정도일지 모른다. 베트남의 해변 도시 '냐짱'이 있다. 그 도시 이름을 우리는 오래도록 '나트랑'이라 불렀다. 미국인들이 '냐짱'을 발음할 수 없어서 영어식으로 표기한 이름이 그대로 전해진 것이다. 그런 일은 부지기수다. 최근에 '네피도'로 이전하기 전까지 미얀마의 수도는 '양곤'이었다. 〈비욘드 랭군〉이라는 할리우드 영화가 있는데, '랭군'은 '양곤'을 영국식으로 읽은 것이다. 지배자의 눈으로 세계를 보는 것은 언제나 정체성의 위기를 가져온다. 검은 피부를 가졌으면서 하얀 가면을 쓰고 살고 싶어하는 아프리카인들의 비극을 그린 프란츠 파농의 『검은 피부, 하얀 가면』을 시인 김남주가 번역하면서, '자기의 땅에서 유배당한 자들'이라는 제목을 붙인 것은 눈여겨볼 만하다.

애니메이션 〈뮬란〉에는 미지의 '적'들이 등장한다. 훈족이라는 이름 하나가 있을 뿐, 누구도 그들의 실체를 알지 못한다. 그들은 마치 좀비들처럼 죽여도 죽여도 계속 쳐들어올 뿐이다. 표정도 없고 인격도 없는 무채색의 침략자들을 인문사회학적으로 명명한 이름은 '유목민'이다. 그런데 그 이름은 쉽게 오랑캐로 바뀌어 불리고, 대개는 야만인으로 그려진다. 어릴 적 뜻도 모르고 "무찌르자 오랑캐"란 노래를 흥얼거리고 살았던 내가, 함께 여행하는 친구를 오랑캐라는 괴팍한 이름으로 부르게 된 것도 지구인이 담합한 왜곡에서 벗어나지 못한 결과인 셈이다.

인도의 북쪽 산간 라다크를 찾았던 헬레나 노르베리-호지는 '오래된' 것에서 '미래'를 찾아냈다. 그녀는 소박하고 순박한 라다크인의 자급자족하는 순환의 삶에서 인류가 자신이 가진 자원의 한계에 적응하며 찾아낸 지속 가능한 '삶의 방식'을 보았다. 한 개인이 삶의 형태를 바꾸는 건 쉽다. 어느 마을이 환경친화적인 생활 형태를 취하는 것도 어렵지 않다. 하지만 그것이 국가나 민족 전체로 확장되면 얘기가 달라진다. 나는 유목민의 삶이야말로 '오래된 미래'라는 걸 직감했다. 내가 만난 유목민들은 하늘과 땅의 뜻을 받들고 풀과 동물과 인간이 어우러져 사는 삶을 살고 있었다. 오랑캐란 이름으로, 야만이란 이름으로 그 삶의 방식을 쉽게 폄훼해버리는 문명의 오만을 묵묵히 견디면서.

우리가 사는 세상에선 길을 내겠다고 산을 깎고, 강물을 바로 흘리겠다고 시멘트를 바르는 걸 주저하지 않는다. 자연의 입장에서 생각해보면 얼마나 억지스럽고 폭력적인가? 그런 폭력의 숲을 의심 없이 살아가는 인간인지라, 문명이란 이름으로 너무 많은 것을 버리고 와버린지라, 그때 만난 몽골의 풍경은 이국에 대한 동경으로 끝나지 않았다. 우리가 함께 꿈꿔야 할 풍경, 상상 속의 풍경이며, 지구의 미래가 있는 풍경이라 생각됐다. 이제 몽골 초원은 나를 놓아주지 않을 것이고, 나는 이 땅을 수도 없이 드나들게 될 것이라는 예감이 들었다.

오랑캐로 태어나 오랑캐의 삶을 살아온 비지아는 만난 지 이십 년이 지난 지금까지도 틈만 나면 몽골 초원과 알타이산을 노래한다. 어느 때는 학자 같고 어느 때는 악동 같지만, 언제나 초원을 가까이 느끼고 다시 그곳으로 돌아가는 삶을 꿈꾸는 사내. 이 책은 내가 만나본 최고의 사내, 알타이산의 마지막 오랑캐와 함께 지낸 행복했던 초원 이야기이다.

하나.

전설의 오랑캐

알타이 찬가 •

반세기 전쯤의 어느 날, 높고 험한 알타이 만년설산 자락에서 사내아이 하나가 태어났다. 칭기즈칸의 탄생설화처럼 '눈에는 빛이 있고 뺨에는 불이 있는' 비범함을 갖추진 못했지만, 유목민인 할아버지와 또 유목민인 아버지 슬하에서 태어난 진골 유목민 사내아이였다. 그가 바로 내 친구인 두게르잡 비지아이다.

먼 옛날 인간이 사냥꾼의 모습으로 생을 꾸렸다면, 그 핏줄은 정착민이 아니라 유목민들에게 남아 있을 것이다. 내가 땅따먹기나 술래잡기를 하고 놀던 어린 시절, 비지아는 돌팔매질을 하거나 활시위를 당겨서 사냥을 흉내냈고, 늑대를 쫓는 사냥꾼들과 함께 알타이산을 오르내렸다. 그러곤 초등학교도 입학하기 전부터 어엿한 사냥꾼으로 성장했다. 이천 년 전에 쓰인 사마천의 글을 읽노라면 '유목'적 형태의 삶 또한 유구한 역사와 인간의 경험이 켜켜이 쌓여온 것임을 의심할 수 없다. 『사기』 110권에 쓰인 대목은 이렇다.

> 어린아이들은 양을 탈 수 있으며 활을 쏘아 새나 쥐를 맞힐 수 있다. 좀더 자라면 여우와 산토끼를 사냥하여 양식으로 이용한다. 그러곤 활을 멜 수 있을 만큼 건장해지면 모두 뛰어난 기마병이 된다.

비지아의 첫 사냥감은 타르박이었다. 이 타르박이란 놈이 명물이다. 몸통이 토끼보다 큰데 이름이 야생 쥐라는 뜻이다. 두더지를 닮은 발이나 쥐를 닮은 입과 꼬리를 보면 쥐라고 해도 무방해 보이지만, 생김새나 하는 짓이 귀엽고 앙증맞다.

타르박에겐 몽골인이라면 모두 아는 탄생설화가 있다. 세상에 처음 하늘이 열렸을 때, 몽골 하늘엔 일곱 개의 태양이 떠올랐다고 한다. 풀과 물이 말랐고 동물도 사람도 살 수 없을 지경이었다. 그때 '메르겐'우리말의 '주몽'과 같은 뜻이란 명사수가 세상을 구하기 위해 나섰다. 그는 자신의 솜씨를 뽐내며 모든 태양을 활로 쏘아 떨어뜨리겠다고 했다. 만약 실패한다면 손가락을 자르고 땅속에 들어가 물 한 방울 마시지 않겠노라고 장담했다. 여섯 개의 태양을 쏘아 떨어뜨린 뒤 마지막 한 발을 날렸을 때, 마침 제비가 지나가는 바람에 화살이 태양을 비껴가고 말았다. 그렇게 해서 지금처럼 하나의 태양이 뜬 세상이 되었고, 화살을 맞은 제비는 꼬리가 반쪽으로 갈라지게 되었다는 것이다. 활쏘기에 실패한 메르겐은 약속대로 양쪽 엄지손가락을 자르고 굴에 들어가 살게 되었다. 타르박의 앞발가락이 네 개인 것도 그런 연유이고, 굴속에서만 살며 물을 마시지 않는 것도 메르겐이 스스로 한 약속 때문이다.

타르박이 세상을 구한 영웅의 환생임에도 불구하고 사냥을 하는 데는 이유가 있다. 기가 막힌 고기맛 때문이다. 비지아는 늘 내게 말하곤 했다.

"하늘엔 용고기 땅에는 당나귀고기란 말은 타르박 맛을 모르는 중국인들이나 하는 소리예요."

타르박을 맛보고 나면 양고기나 쇠고기도 뒷전으로 밀리고 만다는 것이다. 하지만 이슬이 맺힌 아침에 한 번, 노을 지는 저녁에 한 번 얼굴을 내밀 뿐, 하루종일 땅속에서 잠만 자는 타르박을 사냥하기란 보통 힘든 일이 아니다. 비지아가 유목민의 사냥법을 익힌 것은 아홉 살 때라고 한다. 그에 의하면 먼저 독수리의 날개 깃털을 모아 다발을 만든다. 거기에 형형색색의 실을 늘어뜨리고 작은 방울을 매단다. 그걸 타르박 구멍 앞에서 흔들면 잠자던 녀석이 고개를 빼꼼히 내밀고 쳐다본다. 바람에 휘날리는 깃털과 방울 소리가 신기한 타르박은 굴속으로 숨어들다가도, 호기심을 이기지 못하고 다시 고개를 내민다. 처음엔 한 발, 다음엔 두 발, 그렇게 굴에서 멀어지는 것도 잊은 채 사지로 발을 들여놓는다. 그때 총이나 활을 쏘아 타르박을 잡는다.

타르박이 유목민보다 더 유명세를 타게 된 사건은 따로 있다. 흑사병 때문이다. 흑사병은 당시 중세 유럽 인구의 삼분의 일을 죽음으로 몰아넣었다. 인구 급감에 따른 노동력 부족이 산업혁명을 불러왔다는 의견도 있다. 흑사병의 병원균이 쥐벼룩을 통해 퍼졌다고 역사는 기록하고 있는데, 여기서 말하는 쥐가 바로 초원의 타르박이다. 그런 전과 탓인지, 지금도 몽골의 수도인 울란바타르에는 타르박 반입이 전면 통제되고 있다. 최고의 고기맛은 유목민 중에서도 진짜 유목민만이 맛볼 수 있는 것이다.

하지만 비지아는 타르박 때문에 혼나는 날도 많았다. 여름 타르박은 살이 토실토실 올라 좋은 사냥감이 되지만, 봄 타르박은 삐쩍 곯아 먹잘 게 없다. 어린 사냥꾼은 작고 야윈 놈이 잡히면 실망한 마음에 툭 불평을 던지곤 했다. 그때마다 비지아의 어머니는 불같이 화를 냈다.

"알타이가 키워서 공짜로 준 것이다. 함부로 원망하면 안 돼."

어머니는 누군가 옆에서 듣기라도 하는 양 소리 죽여 주위를 두리번거렸다. 고개를 들어보면 정말 거기에 성산 알타이가 있었다. 어디를 가도 머리가 하얀 알타이산이 높은 데서 어린 비지아를 내려다보곤 했다.

사람들은 모두 품이 넉넉한 알타이의 젖을 먹고 살았지만, 알타이산은 보기와는 다르게 바위투성이에 나무 한 그루 자라지 않는 척박하고 험한 산이었다. 봉우리에는 여름에도 녹지 않는 눈과 얼음이 쌓여 있었고, 누구도 그 영험한 정상을 밟아보지 못했다. 알타이는 산이 아니라 하늘이었다.

지금도 가슴속 가득 알타이를 품고 있는 비지아를 볼 때마다, 나는 내가 사는 세상을 돌아보곤 한다. 너무 어릴 때 산삼을 먹은 아이는 바보가 된다는 말이 있다. 날씨가 아무리 추워도 추운 줄을 모르는 아이에게 산삼을 달여먹었나 하고 농담을 던지지만, 사실은 위험을 모르기 때문에 아이는 바보가 된다. 자연의 무서움을 모르는 바보처럼, 나는 하늘이 땅이 바람이 하는 이야기를 듣지 못한 지 오래되었다. 그리고 오랑캐였던 내 친구는 아직도 자연의 말을 잘 알아듣는 것 같다.

알타이에서 살았던 어린 날들, 비지아에게 그것은 노래로 기억된다. 손님이 찾아올 때면 멀리에서부터 말발굽 소리보다 큰 노랫소리가 들렸다. 손님은 문을 열고 게르로 들어오면서도 인사 대신 노래를 불렀고, 안주인이 수테차를 끓이는 동안에도 쉬지 않고 노래를 불렀다. 한편에서 젖이 끓고, 주인과 손님이 인사를 나누며 건네는 노랫소리로 게르가 후끈거렸다. 하루종일 심심했던 아이들도 덩달아 흥이 났다.

어떤 밤에는 노래꾼이 찾아오기도 했다. 수염이 얼굴의 절반을 덮은 노인은 에헬마두금을 일컫는 오리앙카이족의 명칭을 켜며 알타이 오리앙카이족의 '토올'을 노래했다. 토올은 노래로 부르는 서사시쯤 되는 것인데, 한번 시작하면 닷새고 열흘이고 계속되었다. 낮에 부르는 걸 금기시해서 해가 지고 시작된 노래가 아침이 될 때까지 이어졌다. 어린 비지아는 절반도 듣지 못하고 까무룩 잠이 들곤 했는데, 다음날도 그다음날도 눈을 부릅뜨고 또다시 귀를 쫑긋거렸다.

토올은 정해진 가사가 따로 없다. 서사의 큰 줄기만 있고 부르는 이에 따라 자유롭게 변형되어 듣는 재미를 더하는 노래이다. 가사에 오리앙카이 사투리와 몽골 고어가 섞여서 지금도 알타이산을 벗어나면 몽골인이라 해도 절반도 알아듣지 못한다. 몽골의 영웅서사시로 알려진 〈게세르〉나 〈장가르〉가 대표적인 토올인데, 이 노래 중 일부는 훗날 흐미목구멍 노래라고도 부르며, 한 사람의 목에서 저음과 고음이 같이 발성되는 알타이 유목민의 독특한 노래로 변형돼 관광객들의 귀를 사로잡게 된다.

어떤 토올이든지 본격적인 이야기가 시작되기 전에 두 시간이 넘는 축원의 노래가 먼저 불린다. 오리앙카이들이 특히 사랑한 그 노래는 알타이산을 칭송하는 찬가, 〈알타이 막탈〉이었다.

골짜기마다
다섯 가축떼가 널려 있고

철새들이 온갖 소리로 지저귀고
빗물 마신 꽃들이 만발하고

흑목 숲을 따라 올라가면
황금색 사슴들이 울고

산기슭을 따라 나가면
늑대와 여우들이 흩어져 있고

산의 오늬를 넘어가면
표범 스라소니들이 날뛰고

강가를 따라가면
수달과 밍크들이 모여 살고

신성하고 맑은 강물에서는
크고 작은 물고기들이 놀고

산등성이에는 봄의 영지가 있고
봄 계절 내내 행복하게 살 수 있고

산의 봉우리에는 여름 영지가 있고
여름 계절 내내 즐겁게 살 수 있고

산허리로 내려가면 가을 영지가 있고
가을 계절 내내 편안하게 살 수 있고

산 앞으로 나가면 겨울 영지가 있고
겨울 석 달 동안 따뜻하게 살 수 있고

아침엔 안개가 끼고
낮엔 아지랑이가 피고

저녁엔 해넘이가 있고
동네가 가까워질수록 잔치 소리가 들리고

이렇게 풍요롭고 행복한
알타이산이여

여든 살 넘도록 산 비지아의 할머니는 돌아가시기 몇 년 전부터 소원을 빌었다.

"사흘만 다시 토올을 들어봤으면……"

사회주의의 서슬에 놀라 깊이 숨어버린 탓인지, 백방으로 수소문을 해도 토올치토올을 부르는 사람를 찾을 수가 없었다. 할머니는 천 번도 넘게 들어 가락이 늘어져버린 낡은 토올 테이프를 들으며 눈을 감았다. 아직 죽을 날은 멀어 보이지만, 비지아도 어린 시절 이후론 듣지 못한 그 노래가 그립다고 한다.

오랑캐의 탄생 •

초원의 겨울은 길고 밤은 더 길다. 알타이산을 타고 내려온 찬바람 탓에 낮에도 기온이 영하 사십 도로 곤두박질하는 일이 잦았다. 소변을 보러 나가는 것조차 무섭던 혹한의 밤들을 견디게 해준 건 할머니의 옛이야기였다.

옛날 옛적에
바다가 아직 진흙 수렁일 적에
수미산이 아직 작은 봉우리일 적에
고목이 땅속에서 싹이었을 적에

태양이 종지처럼 아주 작았을 적에

할머니의 이야기는 늘 그렇게 시작됐다. 그런 시절, 무시무시하게 큰 '망가스'몽골 신화에 등장하는 악마의 현신라는 괴물이 있었다. 망가스는 큰 입으로 동물과 사람을 닥치는 대로 잡아먹었다. 사람들은 하루도 마음 편할 날이 없었다. 수많은 용사들이 망가스와 싸우다가 목숨을 잃었다. 그때 하늘의 태양이 방법을 알려주었다.

하이르항 높은 산에 노부부가 사는데, 그의 어린 아들만이 망가스를 물리칠 수 있다.

사람들은 하이르항 높은 산으로 달려가 도움을 청했다. 아들은 이마에 달처럼 하얀 반점이 있는 잘생긴 흑마와 날카로운 칼 한 자루를 준비해 한 달 거리를 쉬지 않고 달렸다. 젊은 용사가 오는 걸 안 망가스는 원한을 품고 사람들에게 자신을 물리치는 방법을 가르쳐준 태양을 한입에 삼켜버렸다.

세상은 한 치 앞도 볼 수 없게 어두워졌다. 아들은 별빛에 의지해 방향을 찾아가며 간신히 망가스가 사는 곳에 이르렀다. 그리고 하룻낮 하룻밤을 꼬박 싸웠지만 승부를 내지 못했다. 새벽이 밝아올 무렵, 자비로운 새벽별 하나가 빛을 비춰 주변을 밝혀주었다. 이때를 놓치지 않고 아들은 재빨리 망가스의 급소를 찔렸다. 망가스가 죽자 해가 다시 떠올라 세상을 밝게 비추었다.

망가스의 어머니는 망가스의 죽음을 알고 몰래 하이르항 높은 산으로 찾아가 우물에 독을 풀었다. 집으로 돌아온 아들은 우물물을 마시고 그 자리에서 죽고 말았다. 그리고 아들은 하늘로 올라가 달이 되었다. 기꺼이 남을 돕는 고운 마음씨를 가졌으므로 아들이 환생한 달은 별보다 밝고 우유처럼 하얀색을 띠게 되었다고 한다.

"해를 쳐다본 적 있어? 반짝거리는 해 가운데 검은 얼룩이 있지? 그게 왜 그러냐면 그때 태양이 망가스의 입에 들어갔다 나와서 더러워진 거란다."

할머니의 이야기는 믿음이 가기도 했고 믿기 어렵기도 했다. 고개를 갸웃거리는 아이들에게 할머니가 한 말씀을 덧붙였다.

"가끔 낮에 해가 사라지기도 한단다. 사람들은 그걸 일식이라 이른다만 사실은 망가스가 해를 삼키는 거야."

비지아는 이 '해와 달의 전설'을 믿고 살았다. '하이르항 높은 산'이 알타이산의 만년설 봉우리인 뭉흐 하이르항인 걸 의심하지 않았고, 자기처럼 그 산 아래서 살았던 아들이 오리앙카이의 선조라고 생각했다. 그렇다면 자기도 달의 후손인 셈이었다.

내가 비지아를 처음 만났을 때, 그는 몽골국립대 한국어과를 다니는 만학도였다. 고등학교를 졸업하고 고향으로 돌아가 유목

민 생활을 하다가 뒤늦게 울란바타르로 나온 것이었다. 노동자로 유학생으로 한국에 몽골인이 넘쳐났지만, 정작 한국어과 학생인 비지아는 한국에 한 번도 가본 적이 없었다. 한국말을 사전으로만 배운 탓에 그는 내게 등짝을 맞으면서도 꼭 소나 말의 머리를 '대가리'라고 칭했다. 그는 한국어대사전에 그렇게 나와 있다고 주장했지만, 나는 오랑캐라서 순화법을 모르는 것이라고 면박을 주곤 했다.

비지아에게 한국과 중국 기록에 남겨진 '오랑캐의 전설'을 알려주었다. 옛날에, 외동딸을 둔 어느 황제가 있었는데, 천지 사방으로 사윗감을 찾았지만 마음에 드는 사람이 없었다. 고민 끝에 황제는 등나무 껍질로 북을 만들어 궁궐 밖 버드나무에 걸고 방을 붙였다.

"이 북을 쳐서 소리를 내면 내 무남독녀를 주어 사위로 삼겠노라."

자칫 잘못 건드리면 얇은 북이 찢어질까 두려워 아무도 그 북을 칠 수 없었다. 그러던 어느 달 밝은 밤, 북소리가 울렸다. 깜짝 놀란 황제는 북이 있는 곳으로 가보았다. 사람은 없고 개 한 마리가 꼬리를 치켜세워 북을 치고 있었다. 몇 번이고 되풀이하는 걸 지켜본 황제는 그 개를 데리고 왔다.

금지옥엽 키운 딸을 개에게 시집보내는 걸 인정할 수 없는 왕비가 결연히 막아서는데도, 황제는 말을 바꾸지 못했다.

"체면에 어찌하랴. 개를 사위 삼을 수밖에 없지 않으냐?"

공주는 아버지의 위신을 생각하지 않을 수 없어 개와 혼인하게 된다.

개와 혼례를 치르고 신방에 들었다. 개는 밤마다 열심히 신랑 구실을 했는데, 정작 공주는 물고 빨고 할퀴는 개 때문에 괴롭기 짝이 없었다. 할 수 없이 개의 네 발과 입에 주머니를 씌웠다. 그렇게 남편은 다섯 개의 주머니五囊를 낀 개狗가 되었다. 이후부터 북방에 사는 민족을 오낭구五囊狗, 오낭개, 즉 오랑캐의 후손이라 부른다.

개가 공주를 데리고 어디론가 사라졌다는 기록도 있다. 신랑은 낮에는 개의 모습이나 밤에는 미소년으로 변했다. 어느 날 그는 아내에게 "내일 밤에 내가 완전히 사람이 될 것이오. 방안에서 고통스러운 소리가 들려도 절대로 엿보지 마오" 하고 당부했다. 이튿날 과연 방안에서 남편의 괴로운 비명소리가 들렸다. 아내는 약속도 잊고 방안으로 들어섰다. 개가 개의 탈을 거의 벗고 사람의 모습이 되어가던 중 머리 부분만이 아직 그대로였다. 그러나 아내가 엿본 바람에 더는 벗겨지지 않았다. 지금 오랑캐들은 이 개의 후손이므로 머리 위에 긴 머리카락을 남기고 그것을 표식으로 삼는다.

어찌 보면 너의 뒷모양이 머리채를 드리운 오랑캐의 뒷머리와도 같은 까닭이라 전한다.

시인 이용악이 「오랑캐꽃」에서 제비꽃을 보고 이렇게 말한 것도 같은 이유일 것이다. 영화 〈황비홍〉에서 보듯 정수리까지 머리를 밀고 뒤통수 쪽을 길러 땋아내리는 만주인(여진족이니 말갈족이니 다 같은 민족의 다른 명칭이다)의 머리 모양, 변발이다.

어릴 때, 비지아도 변발을 했다. 오리앙카이의 전통적인 머리 모양은 만주인의 변발과 다르다. 머리를 빡빡 밀면서 이마 위쪽과 귀 위쪽에 한줌씩의 머리를 길게 남겨놓는다. 한줌씩 남겨놓은 헤어스타일 덕분에 두 살 터울의 동생과 싸움이라도 할라치면 머리카락을 먼저 잡는 쪽이 이기곤 했다.

"동생이 달려들면 귀 윗머리를 잡으면 끝나."

"앞머리를 잡는 게 더 편하지 않아?" 하고 물으면 비지아는 배시시 웃는다.

"앞머리는 길게 자라지 않아. 촛불 아래서 책을 읽을 때면 나도 모르게 앞으로 앞으로 가게 되는데, 그러다 순간 머리가 화라락 타버리거든. 겨우 길렀을 때쯤이면 또 타고 또 기르면 타고. 한 번도 손에 잡힐 만큼 길러본 적이 없어."

"그나저나, 네 어릴 적 변발을 생각하면, 중국인들 얘기가 딱 맞지 않아? 비지아 조상이 개였어?" 하고 놀려대면, 그는 깜짝 놀라며 손사래를 친다.

"늑대면 몰라도 개는 무슨. 아니야."

비지아는 늘 억울한 얼굴로 화를 낸다. '달의 후손'이라는 명예를 물려준 할머니는 이미 돌아가신 뒤였다. 물론 중국의 사료가 오리앙카이를 비하할 목적으로 만든 이야기라는 걸 나도 안다. 태어나 한 번도 한자를 써본 적이 없는 오리앙카이 전사들이 '다섯 개의 주머니를 찬 개'라는 한자를 써서 자신들을 오랑캐라 자처했을 리 만무하다.

용감한 사람들 •

유목민에겐 책이 없다. 세 번만 이사해도 남아날 가구가 없다는 격언처럼 그들은 몸에 지닐 수 없는 물건을 소유하지 않는다. 풀을 찾아 이사를 다니는 일이 생활인 사람들(몽골어로 유목민은 '누들칭', 즉 이사하는 사람이란 뜻이다)이 책처럼 무겁고 불편한 짐을 가질 이유가 없다. 책을 대신하는 게 이야기이다. 입에서 입으로 구전되는 이야기가 이들의 역사이고 책이다. '바람에 새겨진 역사'란 말이 어울리는 대목이다. 어릴 적 비지아도 할머니를 통해 역사를 배웠다.

"우리 오리앙카이처럼 용감한 전사들이 없단다. 칭기즈칸과 함께 전장에 나서면 맨 먼저 달려가고 가장 늦게 물러서기로 유명했는데, 하도 무서워서 중국놈들이 오랑캐라고 불렀다는 거야."

오리앙카이를 '오랑캐'라고 똑똑히 발음하는 언어는 정작 중국어가 아니라 우리말이다. 그리고 단어 사이에 '야만적이고 미개한 종족'이란 꼬리표를 달아 대대로 사용하고 있다. 그러거나 말거나 몽골 유목민들에게 모든 잘못된 것은 중국 탓이다. 일조량과 방풍 때문에 게르의 문을 남쪽으로 내는 전통조차도 "중국인들이 쳐들어오는지 살피기 위해서"라고 말할 정도이다.

훗날 비지아가 정규 과목으로 역사를 배울 때도 할머니의 이야기는 틀린 게 없었다. 칭기즈칸과 함께 몽골제국을 세웠던 여덟 동지 중 젤메와 수부타이 장군이 오리앙카이 사람이었다. 젤메는 칭기즈칸의 어머니가 양자로 데려다 키웠으니 동생 겸 부하 장수였고, 수부타이는 칭기즈칸과 그의 아들 오고타이칸, 손자 귀위크칸 때까지 삼대에 걸쳐 현장 사령관으로서 유럽 정벌의 최전선을 누빈 전설의 장군이었다.

오리앙카이의 영웅 젤메는 한국의 역사에도 등장하는 인물이다. 고려가 몽골을 처음 만난 때는 1218년 겨울, 거란의 패잔병을 공격하던 강동성 연합작전에서였다. 『고려사』에는 당시 고려에 온 몽골의 장수가 '합진'과 '찰라'라고 기록돼 있는데, 합진이 칭기즈칸의 셋째 동생인 카치온이고, 찰라는 젤메의 음역어이다.

이 시기에 오리앙카이라는 부족명이 생긴다. 몽골어로 '오리야'는 전쟁을 할 때 큰 소리를 지르며 뛰어나간다는 뜻인데, 여기에 유명하다는 뜻의 '앙카이'가 붙어 오리앙카이라 불렸다. 오리야라는 몽골어는 제2차세계대전을 거치면서 러시아 군인들의 돌격어가 된다. 러시아어 '오라'는 '돌격'이라는 뜻이다. 어쨌든 오리앙카이는 이름부터가 전장에서 앞장선 사람, 용감한 사람을 뜻한다.

할머니가 한번 이야기를 시작하면 겨울밤 내내 며칠이고 계속되곤 했다. 어느 날은 "청나라가 쳐들어와 사람들을 다 죽이곤 했는데, 그때 아노라는 왕비가 나타나 우리를 구했단다" 하고 이야기 꼭지를 땄다.

공녀로 끌려갔다가 몽골제국의 황후가 된 고려 여인이 있다. 드라마로도 제작돼 인기를 끌었던 기황후이다. 하지원만큼 미모가 출중했던 것인지, 차 따르는 무수리였던 공녀 기씨는 황제의 눈에 들어 제국의 제1황후 자리까지 오르게 된다. 그녀가 권력을 휘두르던 시절, 몽골제국은 명나라 주원장과의 일전에 패해 베이징에서 쫓겨난다. 그러나 원나라의 역사가 끝나는 이 순간을 몽골인들은 패망이라 부르지 않는다. 잘나가던 해외지사가 어려움에 처하자 문을 닫고 본사로 복귀한 것이며, 그래서 멸망 대신 북귀北歸라 말했다. 몽골고원으로 돌아와 창업자의 마인드를 되새기며 살아가는 동안에도 몽골인들은 유목민다운 삶을 살았다.

오리앙카이족의 삶은 더욱 치열했다. 칭기즈칸의 직계 후손이 다스리던 동몽골이 청나라에 복속된 후에도 오리앙카이를 비롯한 서몽골은 저항을 거듭했다. 그렇게 처절하게 버틴 시간이 무려 백오십 년이었다. "몽골 땅에 사나이가 한 사람도 없고, 탈 수 있는 말이 한 마리도 없어져야 싸움이 끝날 것이다"라며 달려드는 오리앙카이족은 청군에게 공포 그 자체였다. 전쟁을 이끈 장수는 서몽골의 왕비 아노였다. 1758년, 지금의 울란바타르 고원에서 마지막 결전이 벌어졌다. 그리고 그 전투에서 아노 왕비가 전사한다. 몽골 전체가 청의 노예로 전락하는 순간이었다.

아노 왕비가 죽자 끈 떨어진 연처럼 갈 길을 잃은 오리앙카이족은 중국에 예속되기를 거부하고 알타이산을 넘어 몽골을 탈출했다. 지금의 러시아령 알타이공화국이나 칼미크공화국은 그렇게 만들어졌다. 내가 주변 사람들에게 물었을 때, 열에 하나도 칼미크공화국이란 이름을 아는 이가 없었다. 몽골이나 흉노 같은 제국도 아니고, 유목민 패잔병들이 만든 나라를 기억할 이유는 없었을 것이다. 하지만 오리앙카이들이 알타이산을 넘은 지 백십이 년 뒤, 세계사를 발칵 뒤집는 사건이 발생한다. 블라디미르 일리치 울리야노프의 탄생이다. 그가 바로 20세기를 평등의 열망으로 들끓게 했던 레닌이다. 레닌은 진골 오리앙카이의 후예였다. 오리앙카이 탈주자들이 칼미크를 세운 지 얼마 되지 않아 레닌의 할아버지와 할머니가 태어나고, 두 사람의 결합으로 몽골인 집안

이 꾸려진다. 김학준의 『러시아 혁명사』에 기록된 내용을 풀어 적으면 이렇다.

> 할아버지는 타타르족(러시아인은 지금까지도 몽골을 타타르라 부른다)의 중심지 아스트라한 출신이고, 할머니는 칼미크족이었다. 칼미크족은 불교를 신봉하는데, 크고 둥글고 넓적하며 노란색과 고동색이 섞인 얼굴에 몽골족의 눈을 가졌다. 레닌 역시 광대뼈, 낮은 코, 깊고 작으며 경사진 눈 등 몽골의 얼굴을 가졌다. 이러한 사실은 아르메니아 출신 소련 여류 작가 마리에타 샤기니안이 여러 차례 조사를 거쳐 밝혀낸 것이다. 그런데 지난날 소련 당국은 이 사실에 대해 입을 다물었다.

무료한 밤을 달래줄 옛이야기를 누군들 싫어했을까마는, 비지아는 특히나 오리앙카이가 살아온 눈물겨운 이야기를 듣기 좋아했다. 들을 때마다 재미있었고 주먹이 불끈 쥐어지곤 했다. 좋은 말로야 탈출이지만 자의보다 타의로 고향을 등진 것이었으니, 떠나간 사람들의 고난은 말할 것도 없었다. 남겨진 오리앙카이의 삶도 막막한 상황이긴 마찬가지였다.

"마음 둘 나라가 없다는 게 말이야."

어느 날은 할머니가 직접 겪었던 일들을 들려주었다. 러시아가 붉은 혁명을 거쳐 사회주의국가가 된 직후인 1924년, 몽골이 세계에서 두번째로 사회주의 공화국 수립을 선포했다. 청나라로부터의 독립은 축하할 일이었지만, 유목민에게 사회주의는 어울리지 않는 옷이었다. 함께 또 따로, 모여 있지만 흩어져 살아야만 하는 유목민들에게 계획경제와 중앙집권제는 불편할 수밖에 없었다. 게다가 소련은 라마교와 칭기즈칸에 대한 숭앙심을 뿌리뽑으려 달려들었다.

비지아의 할머니가 열일곱 살이던 1932년, 알타이산에서 봉화가 올랐다. 역사에 '라마승의 반란'으로 기록된 이 혁명은 오리앙카이족이 일으킨 저항운동이었다. 사회주의에 반대하는 혁명의 물결은 알타이산을 넘고 항가이 초원을 가로질러 울란바타르를 집어삼킬 듯이 번져갔다. 소련을 등에 업은 사회주의 정부는 무장 헬리콥터와 탱크를 투입했고 무차별적인 발포로 이만 명의 생명을 앗아갔다.

혁명은 실패했다. 오리앙카이들에게는 또다시 선택의 시간이 왔다. 그들은 사회주의의 폭압을 피해 다시 알타이산을 넘었다. 산너머의 서쪽 땅이 중국의 신장웨이우얼 지역이었다. 평원이 넓고 풀이 많아 유목을 하기에 안성맞춤이라 생각했지만 이번엔 가축들이 말썽이었다. 양떼를 몰고 나가면 한사코 고향 쪽으로만 가는 바람에 양을 관리하기가 두 배 세 배 힘들었고, 풀을 뜯다가도 멍하니 알타이산을 바라보고 있는 말들을 보노라면 사람들조차 고향 생각에 눈물이 났다. 특히 영물인 말은 맛이 다른 풀을 잘 뜯지도 않았다. 목초지에 풀어놓아도 주인만 없으면 고향을 향해 달렸다. 휘파람을 크게 불며 쫓아가면 눈치를 보면서 멈추긴 했지만 한시도 눈을 뗄 수 없었다. 사람으로 보면 감옥에 갇힌 꼴이니 가축을 가족처럼 생각하는 유목민들에겐 눈뜨고 볼 수 없는 비극이었다.

사회주의 정부의 꼴이 보기 싫어 탈출한 것인데, 중국 쪽 상황도 혼란스럽기는 마찬가지였다. 국민당과 공산당의 싸움이 한창이던 시절이었고, 하루에도 몇 번씩 깃발이 바뀌었다. 그리고 밤마다 총을 든 사람들이 달려들어 가축을 빼앗아갔다. 맨손으로 저항하다 죽어나간 사람이 속출했다. 이래저래 또다시 어디론가 떠날 수밖에 없었다.

울며 겨자 먹기 식으로 다시 고향으로 향했다. 그런데 중국과 카자흐족 군인들이 길을 막아섰다. 검문도 심했고 약탈도 많았다. 사람들은 밤이 되면 재빨리 게르를 철거해 낙타에 싣고 이동하다가 새벽이 되면 그 자리에 게르를 치고 멈췄다. 원래부터 그 땅에서 유목하던 목자들처럼 꾸며 한 걸음씩 길을 줄여가면서 침입자처럼 마침내 고향에 들어섰다.

고향으로 돌아온 사람들은 대부분 감옥으로 끌려갔다. 그후, 사회주의 정부가 붕괴할 때까지 육십여 년 동안 오리앙카이족은 단 한 명도 해외 유학을 가지 못했고, 정부가 벌이는 모든 사업에서 배제되었다.

혼돈의 시대 •

울란바타르로 잡혀갔던 증조할아버지가 시신이 되어 돌아오던 그즈음, '뭉흐 하이르항'이라는 솜이 처음 생겼다. 사회주의 정부가 임명한 군수가 내려왔는데, 행정을 볼 관청도 거처할 집도 없었다. 군수는 사람들이 많은 곳을 찾아 그 옆에 게르를 지었다. 그렇게 군청 업무실을 장만했는데, 또 문제가 생겼다. 유목민들이 자꾸 이사를 했다. 사람도 없는 곳에 혼자 남겨져 군수 일을 할 수 없으니 군수도 게르를 걷어서 사람들을 따라 이사를 다녔다. 명색이 군청인데 일할 직원도 경찰도 없었다. 군수는 경찰 역할을 할 유목민을 하나 뽑은 뒤 게르를 쳐서 감옥을 만들었다. 군수가 이사를 할 때마다 죄수들은 자기 손으로 감옥 게르를 해체해서 따라다녔다.

그 시절, 비지아의 할아버지는 공동농장의 관리 말고도 개인 소유로 양을 백여 마리 키우고 있었다. 사회주의 정부는 사유재산에 대해서는 터무니없이 높은 세금을 물렸다. 그해에도 양을 잡아 세금을 냈는데, 관청에서 고기 육 킬로그램이 모자란다면서 다시 들이닥쳤다. 고개를 숙이면 될 일이었지만 오리앙카이의 자존심이 허락지 않았다. 그는 "저기 있는 양 뒷다리가 딱 육 킬로그램이다. 저걸 잘라서 가져가라" 하고 호통을 쳤다. 그게 화근이 됐다. 공무원을 무시했다는 괘씸죄가 적용돼 그는 수감자 신세가 되었다.

"교육대에 가보니 이놈의 세상 꼴이 어떤지 다 보이더라."

할아버지는 감옥 게르를 교육대라고 불렀다. 술을 마시고 행패를 부린 사람 둘이 감옥 게르에 들어왔다. 양털 깎는 일을 하던 공동농장의 노동자들이었는데 아무리 잘 깎아 바쳐도 항상 할당량을 채우지 못했다고 했다. 그날도 술을 마시며 농담을 했다.

"아이구, 겨우 맞춰서 보냈네. 근데 우리 겨드랑이 털이랑 거시기 털은 어떡하냐?"

그러자 옆의 친구가 말했다.

"그래도 우린 다행이지. 저기 감자 농사 짓는 애들은 어쩌겠어?"

수확한 감자가 할당량에 이르지 못했을 것은 뻔했고, 몽골어로 감자는 '투므스', 불알도 '투므스'이다. 술이 과하지 않을 수 없었을 것이다.

어느 날, 말이 날아갈 만큼 거센 돌개바람이 불었다. 그 통에 할아버지가 갇혀 있던 감옥 게르가 훌렁 날아가버렸다. 게르 안에 쪼그리고 앉아 있던 죄수들이 초원에 덩그러니 남겨졌다. 자동으로 탈옥이 된 것이다. 죄수들은 이러지도 저러지도 못하고 한참을 서성거리다가, 날아간 게르를 주워 잘 쌓아놓고 군수를 찾아갔다. 낮인데도 군수는 술기운이 한참 올라 있었다.

"게르를 다시 짓고 들어가려고 했는데, 안쪽에서는 게르를 지을 수도 없고요, 그렇다고 바깥에서 짓고 열쇠를 잠그면 들어갈 수가 없어서요. 게르는 잘 해체해서 쌓아두긴 했는데, 어떡할까요?"

할아버지는 싱겁게 석방되었다.

오리앙카이의 고단한 삶을 지탱해준 것은 웃음의 힘이었다. 사회주의가 가로막으면 그것을 향해 웃음을 보냈고, 생활이 곤궁하면 그 세상을 향해 농담을 던졌다. 그것이야말로 넉넉한 알타이산이 가르쳐준 지혜인지도 몰랐다. 누구누구네가 이랬고 저랬다는 실없는 웃음소리가 초원의 바람결을 타고 떠돌았다.

정부에서 명령서가 내려왔다. 새로 태어난 아이들에게 사회주의식 이름을 지으라는 명령이었다. 몽골식 이름도, 칭기즈칸식 이름도 짓지 못하게 되자 어떤 오리앙카이족은 소련과 중국의 유명인으로 자식의 이름을 지었다. 바깥일을 보고 한참 만에 집에 돌아온 가장이 아들들이 보이지 않자 아내에게 물었는데 아내의 대답이 걸작이었다.

"레닌은 양떼를 몰고 나갔고, 마오쩌둥은 잠자고 있고, 스탈린은 금방 돌아올 거요."

사회주의는 갈수록 날을 세웠지만 오리앙카이족은 꺾이지 않았다. 그런 저항이 어른들만의 것은 아니었다. 중고등학교에 다니는 오리앙카이족 아이들은 어설픈 관리 한둘은 앉은자리에서 찜쪄먹고는 했다. 몽골 소설가 첸드 도의 단편소설 「레니니잠」에 그런 농담이 적혀 있다.

솜에 큰 신작로가 놓이고 '레니니잠레닌의 길'이라는 도로명이 붙었다. 하지만 아이들 누구도 그렇게 부르지 않았다.

정부 관료가 와서 물었다.

"왜 길 이름을 부르지 않지? 레니니잠이라고 해라."

"레닌이 뭐예요?"

어이가 없어진 관료가 말했다.

"학생이 그걸 모르면 안 된다. 레닌은 길을 잃었을 때 나아갈 방향을 알려준 사람이다."

학생이 다시 물었다.

"그때는 밤이었겠죠?"

"밤낮의 문제가 아니야. 너희는 어둠 속에서 길을 헤매고 있었어. 레닌의 길을 따라가면 좋은 세상을 만나게 되는 것이다."

"그래요? 그 길은 어디에 있어요? 저 길보다 넓어요?"

"이런 멍충이들. 에잇."

관료는 혀를 차며 돌아서는 수밖에 없었다. 아이들은 관료의 등뒤에 주먹감자를 먹이고, 세상을 실컷 조롱했다. 그땐 세상이 온통 그랬다.

둘.

어린이 유목민

말에서 태어난 유목민 •

사내의 행복은 초원에 있다.

비지아가 늘 입에 달고 다니는 오리앙카이의 명언이다. 사내의 행복이란 혹독한 추위와 엄청난 더위를 이기고, 백 년 동안의 고독을 이기고 얻은 것이다. 비겁한 사내들이나 조금 덜 추우려고, 조금 덜 더우려고, 조금 덜 외로우려고 초원을 떠나고, 도시에 모여서 작게 산다. 넓은 대지를 버리고 좁은 곳에 끼어 부대낀다. 몰려 사는 게 죄다. 그리워야 사람 귀한 줄도 알지 부대끼니까 서로 경쟁하게 되고 어깨 부딪칠 때마다 싸워야 한다. 편안히 숨쉬고 살지 못하고 가슴을 동여매고 사는 꼴이다.

몽골 초원에 설 때마다 나는 비지아가 주장하는 개똥철학에 반박을 못하고 만다. 시야가 끝나는 데까지 펼쳐진 초원에 서 있으면 문득, 저 너머엔 무엇이 있을까 궁금해진다. 저 너머 먼 곳을 보고 싶어서 눈이 좋아지고, 저 너머의 그리움에 닿을 수 있도록 목소리는 맑고 높아진다. 아무것도 없는 곳에 서 있는 자신이 보이고, 아무것도 아닌 자신이 있어서 하늘과 땅이 위대해진다.

그런 눈으로 볼 때, 울란바타르는 참 유감스러운 도시이다. 몽골을 찾은 여행객들은 울란바타르를 어떤 에메랄드빛 도시쯤으로 생각하고 들어선다. 그런데 모습이 다르다. 도시를 가득 채운 매연과 짓다 만 건물들, 움푹 파인 도로가 중구난방으로 섞여 발 디딜 틈조차 없다. 순수한 유목민의 얼굴을 가진 자들도 찾아보기 힘들다.

그중에서도 밤길에 흔들거리는 부랑자들은 위험하기 짝이 없다. 대부분 술에 만취한 사람들이지만, 가끔은 맨정신에 시비를 거는 사람도 있다. 몽골의 수도가 반유목, 비유목의 상징처럼 보이는 까닭이 그것인지도 모른다. 아무하고나 시빗거리를 만들어야 할 만큼 삶이 고단하거나 정서가 메마른 인간들이 모여 있기 때문이다. 삶의 터전에서 내몰린 전직 유목민들은 지금의 판을 뒤집고 싶어 좌우를 가리지 않고 몸을 내던진다. 바둑에서 불리한 자가 펼치는 전술, 흔들기다. 난리가 난다는데 봇짐보다 큰 짐을 들 수가 없어서, 그래 잘됐다, 이참에 배불리 밥이나 먹어보자

하고 남은 쌀로 밥을 지어 먹어치운다. 그런데 난리가 나질 않는다. 하, 내 복에 무슨 난리.

부랑자들의 횡포가 그들의 인격 상실에서 기인한 것이 아니듯, 어떻게 비틀어보아도 세상은 변하지 않는다. 그들의 불행은 원인을 굳이 찾자면 유목의 상실에서 기인하는 것일지 모른다. 더 편안한 것을 찾아서, 더 따뜻한 곳을 찾아서, 돈을 따라 문명을 따라 그들은 왔다. 하지만 천국이라 생각한 땅은 천국이 아니고, 떠나온 그곳으론 돌아갈 방법이 없다. 주인도 없고 소유권도 없는 대자연, 그 행복한 땅에서 유목민으로 태어나고, 유목민으로 자라나, 유목민으로 살아가던 날들은 사라지고 없다.

우리의 비지아는 다르다. 그는 유목의 한가운데를 관통하며 어린 시절을 보냈다.

유목민은 걸음마보다 말타기를 먼저 배운다. 설마 그럴까 고개가 갸웃거려질 것이다. 하지만 그들의 삶은 실제로 그렇다. 유목민은 말 위에서 태어나 말 위에서 죽는다는 말도 있다. 그리고 그 말은 전장에서 낙마 사고로 유명을 달리한 칭기즈칸을 통해 멋지게 증명되었다.

아이가 말에 오르는 시기는 엄마 품을 나와 처음 머리를 깎을 때이다. 첫 머리 깎이는 남자아이는 만 세 살, 여자아이는 만 두 살에 치르는, 우리의 돌잔치와 비슷한 통과의례인데, 그때까지 살아남은 것에 감사드리고 앞으로도 건강하게 자라게 해달라고

알타이산에 기원하는 의식이다. 친척들이 모여 잔칫상 앞에 앉은 아이의 머리를 한 움큼씩 잘라주며 축원을 한다. 그날부터 아이는 신의 품에서 인간의 품으로 들어선 것이며, 유목민으로 몽골 초원에 설 자격을 얻는다.

비지아가 처음 말타기를 배운 날도 그날이었다. 처음부터 말에 오른 건 아니었다. 아르갈땔감으로 쓰이는 마른 소똥을 주워담는 큰 바구니가 있는데, 그 위에 올라타는 연습을 했다. 바구니를 뒤집어놓으면 말 안장과 비슷하다. 그 위에서 몸을 놀려도 될 만큼 움직이게 되면 말에 오를 준비가 된 것이다.

이튿날 아침, 작고 앙증맞은 망아지 한 마리가 집 앞에 섰다. 목자의 아들이 처음 오르게 될 제 분신이었다. 재갈도 물리지 않고 안장도 올리지 않은 망아지는 등이 미끄럽다. 갈기털을 붙잡아도 중심을 제대로 잡을 수 없어 아이는 기다란 말 모가지를 끌어안고 버틴다. 사람을 처음 태워본 망아지도 놀라긴 마찬가지다. 사방으로 날뛰며 등에 탄 아이를 떨어뜨리곤 한다. 말에서 세 번 떨어져야 유목민이 된다는 옛말처럼 아이는 말에서 떨어지면서 스스로 말타기를 익힌다. 아이가 다치는 경우는 거의 없다. 안장이나 등자가 없으면 중심을 잡기 어려울 거라 생각되지만, 실상은 더 안전하다. 말에서 떨어질 때 발이 등자에서 빠지지 않거나 안장에 걸려 잘못 넘어지면 다친다. 오히려 마구馬具 없는 말이 아이들에게는 안전할 수 있다.

망아지와 한몸이 되고 나면 드디어 큰 말에 오른다. 어른 키만한 말 등은 생각보다 높다. 비지아도 처음 말 등에 올랐을 때를 선명하게 기억하고 있다. 말 안장에 올라서 본 세상은 지금까지 알던 세상과는 전혀 달랐다. 게르는 작아지고 초원은 더 넓어진다. 그리고 알타이산이 한 뼘쯤 가깝게 다가온다. 높은 곳에 올라 더 먼 곳을, 보이지 않던 세상을 마주한 순간은 잊을 수 없는 경험이었다.

말 등에 오르면
가지 못할 곳이 없네

말 등에 오르면
죽지도 않는다네

말이 스스로 길을 찾고
원하는 곳에 데려다준다네

지난한 훈련을 거쳐 비지아는 세 살에 진정한 유목민으로 다시 태어났다. 아버지는 크고 힘이 센 검은 말 한 마리를 선물했다. 비지아의 검은 말이란 뜻으로 '비지아깅 하르'라 불리던 그 말은 비지아와 같은 해에 태어난 동갑내기 말이었다.

"비지아깅 하르가 얼마나 좋은 말인지 네 눈으로 한번 봐라."

아버지는 비지아를 안은 채 말을 묶어둔 곳에서 열 발자국쯤 떨어진 곳에 멈춰 선 뒤 성냥개비를 꺼내들고 말의 크기를 가늠했다.

"뾰쪽 솟은 귀에서부터 턱까지 하나, 정수리에서 어깨까지 하나, 성냥개비 길이랑 똑같지?"

그렇게 해서 똑바로 곧은 앞다리가 성냥개비 둘, 어깨뼈에서 배까지가 하나, 다시 뒷다리가 둘이었다. 동갑의 친구지만 비지아가 옷소매에 코를 묻히고 다니던 때에 하르는 늠름한 어른 말이 돼 있었다.

그때는 다 알아듣지도 못했지만, 아버지에게 들은 얘기는 두고두고 아들의 마음에 남았다. 병치레가 심했던 아버지는 젊은 나이에 죽고 말았지만, 지금도 비지아는 좋은 말을 볼 때마다 아버지의 목소리가 들린다고 한다.

"좋은 말은 눈동자가 깨끗해야 한다. 그 눈동자에 네 모습이 다 비치면 그게 좋은 말이다."

좋은 말은 마주선 사람의 몸 전체를 눈동자에 담고 있어야 한다. 사람의 모습이 보이지 않는다면 필시 아프거나 이상이 있는 상태였다. 비지아가 하르의 눈동자를 쳐다봤다. 맑고 투명한 검은 눈동자 속에 볼록거울에 비친 것처럼 몸이 크게 부풀고 머리와 다리는 짧은 자기 모습이 보였다. 갈기와 몸의 털은 한쪽 방향으로 가지런히 자라 있었고 발굽이 사람 손톱처럼 맑고 깨끗했다. 좋은 말은 말똥이 좋아야 하는데, 향긋한 풀냄새가 나는 하르의 똥에는 파리나 벌레가 끓지도 않았다.

비지아깅 하르는 좋은 말의 자격을 다 갖추고 있었다. 워낙에 힘이 좋아서 겨울 어려운 시기에도 지치는 법이 없었다. 흠이 있다면 성격에 좀 이상한 데가 있었다. 하르는 게으르고 행동이 느렸다. 눈치는 어찌나 빠른지, 어른이 타면 잘 뛰던 녀석이 비지아가 올랐다 싶으면 움직이질 않았다. 겨우 달래서 집을 떠나도 얼마 안 가서 돌아와버리곤 했다. 고삐를 아무리 잡아당겨도 소용이 없었다. 비지아가 고삐와 싸우고 있으면 아버지가 자신의 백마를 타고 나는 듯 달려왔다. 그러곤 하루종일 초원을 뛰어다녔다. 몽골 속담에 이런 말이 있다.

아버지가 있을 때 친구를 만나고
말이 있을 때 세상을 구경하라.

아버지는 그런 훈련을 시켰던 것이다.

하르는 먹보였다. 겨울철 풀이 없으면 유목민들은 가축에게 미리 베어둔 풀을 준다. 종마를 기준으로 스무 필 정도씩 무리를 지어두는데, 하르는 다른 말떼에게 가서 그들의 건초를 뺏어먹고 돌아왔다. 어떤 때는 옆집까지 몇 킬로미터를 달려가 뺏어먹기도 했다. 비지아는 하르 때문에 혼나는 날이 많아졌다. 어쩔 수 없이 추드르를 채워서 묶어두어야 했다.

이 추드르란 게 재미있다. 우리는 보통 말이나 소를 묶어둘 때 말뚝을 박고 고삐를 매둔다. 그렇게 되면 자기가 묶인 공간의 풀밖에 뜯을 수 없다. 유목민의 추드르는 말뚝이 아니다. 두 앞다리를 한 뼘 너비만큼만 벌어지도록 좁게 묶어 보폭을 줄이는 것이다. 공간을 한정하지 않는 대신 속도를 제한함으로써 자유롭게 풀을 뜯을 수 있되 멀리까지 도망가지 못하도록 하는 방법이다.

추드르를 채웠다고 하르의 버릇을 잡은 건 아니었다. 엉거주춤한 걸음으로 겅중거리며 자꾸만 남의 여물을 빼앗아먹었다. 비지아는 오히려 안심이었다. 겨울에도 말이 굶어죽을 걱정은 하지 않아도 되었다.

봄 영지에서 여름 영지로 이사할 때였다. 비지아네 집은 매년 더 좋은 풀을 찾아 알타이 산간으로 올라가는데, 그해에는 사회주의 정부에서 한 달 뒤에 이사하라는 명령이 내려왔다. 이삿날을 앞두고 비지아킹 하르가 홀연히 사라졌다. 늑대에게 먹혔는지 걱정이 이만저만이 아니었다. 그렇게 하르를 찾아다니다가 한 달 만에 이사를 가서 보니 영악한 놈이 먼저 와서 어린 주인을 기다리고 있었다. 풀이 좋은 걸 기억하고 있다가 미리 떠난 게 틀림없었다.

남의 풀까지 훔쳐먹은 탓인지, 하르는 거세마였는데도 종마 부럽지 않게 늠름하고 힘이 셌다. 젊고 강한 말은 두 살 때부터 훈련을 한다. 그 시기에 튼튼한 다리를 얻게 되면 평생을 서서 자고, 넘어지는 걸 모른 채 살다 죽는다. 아찔한 바위산에서 정신없이 뛰어다니면서도 하르는 한 번도 넘어지지 않았다. 타르박이 만든 구멍에 발이 빠져도 다른 다리로 버티며 이겨냈다. 뭔가에 걸리거나 구멍에 빠졌을 때 넘어지는 말은 늙은 말이다. 추드르로 다리를 오래 묶어두면 달리는 보폭을 잊어버려 넘어지기도 하지만, 유목민이 그런 실수를 할 일은 거의 없다.

비지아는 돌멩이가 많거나 경사진 곳에서 천천히 다니는 말들을 보면 '늙은 낙타'라고 놀리곤 했다. 발바닥이 반질반질한 낙타는 땅이 조금만 경사져도 쉬 넘어진다. 어쩌다 얼음이 언 곳을 지날라치면 공룡처럼 큰 덩치가 무색하게 어기적거리며 걷는다. 그러다 몸이 삐끗할 것 같으면 재빨리 무릎을 꿇고 앉아버린다. 그렇게 낮은 포복의 자세로 앞으로 나아간다.

휴가 한 번 없는 군생활을 마치고 이 년 만에 집에 왔을 때, 하르가 보이지 않았다. 어머니는 지난번 겨울 조드초원을 얼어붙게 하는 혹한의 자연재해가 닥쳤을 때 눈에 빠져 죽었노라 했다. 스무 살까지 산 늙은 말이었으니 배까지 차오른 눈을 헤쳐나오지 못한 것이다. 그 겨울만 견디고 새 풀을 먹었더라면 한두 해는 더 살았을지 모른다. 새 풀만 먹으면 여름과 가을엔 죽지 않는다. 어느 늑대가 괴롭지 않게 잡아먹었으면 하고 바랐지만 그래도 흉한 죽음은 아니었다. 어머니는 하르의 머리와 꼬리를 잘라 보관하고 있었다. 비지아는 마을 어귀 어워서낭당과 비슷한 돌무덤에 죽은 말의 머리를 바쳤다.

하르의 마지막 모습이 눈에 선했다. 비지아가 고등학교 마지막 학년일 때였다. 방학을 마치고 학교로 돌아가는 날이 되면 큰 트럭이 와서 학생들을 싣고 갔다. 사방에 흩어진 학생들을 찾아 집집마다 돌아다닐 수가 없으니, 모일 모시에 모처로 모이라고 방학식 때 통지하는 것이다. 그날도 동생들과 함께 말을 타고 모임 장소까지 달려갔다. 그러곤 말을 풀어주었다. 말들은 주인이 없어도 집을 찾아가는 데 문제가 없다. 하르는 제 주인이 탄 트럭을 몇 시간이나 따라오며 함께 뛰었다. 그 모습이 자랑스럽기도 하고 애처롭기도 했다. 두둥 두둥, 먼지를 일으키며 대지를 박차는 소리가 심장까지 울렸다.

진정한 반려 •

동물과 함께 사는 생이 유목민의 운명이라면, 그 운명의 길동무는 개다. 말이 동업자고 동지이고 비즈니스 파트너라면 개는 비서이고 가족이며 영혼의 동반자라 부를 만한 존재다. 개가 가져다주는 평안과 위무가 고독한 유목민에겐 더없이 필요한 덕목인 것이다.

비지아에게도 그런 개가 있었다. 훌브스!

훌브스에게 독을 줘도 죽지도 않네
아가씨에게 말을 해도 대답도 없네

오리앙카이가 즐겨 부르는 민요의 한 대목이다. 어떤 청년이 아름다운 처녀를 사랑했다. 하지만 그 사랑은 혼자만의 짝사랑이었던 것 같다. 구애를 위해 처녀가 사는 게르로 가자마자 황소만 한 개가 달려들었다. 청년은 개가 짖지 못하도록 독약이 묻은 고깃덩이를 내밀었다. 야속하게도 훌브스라는 이름의 개는 그걸 먹고도 죽지 않았다. 더 슬픈 일은 사랑하는 여인이 절절한 사랑 노래를 들어주지 않는다는 것이다.

뜻도 모르는 슬픈 사랑 노래지만, 어릴 때부터 귀에 익은 이름이 좋아서 비지아는 자기 강아지에게도 훌브스라는 이름을 붙였다. 까만 털북숭이 훌브스는 목과 가슴, 꼬리 끝에만 하얗게 빛나는 털이 나 있어서 서 있는 모습이 더없이 우아하고 화려했다. 반짝이는 눈동자 위에 두 개의 흰 점이 있어서 눈이 네 개로 보이는 몽골의 전통견이기도 했다.

처음 훌브스를 집에 데려오던 날이 잊히지 않는다. 어머니가 훌브스의 주인에게 하닥신성한 푸른 천을 바쳐 인사를 드리고, 어미 개에게 정성스럽게 밥을 지어준 후 집으로 데리고 왔다. 비지아가 네댓 살 무렵이던 어느 길일이었다. 처음 집에 들어섰을 때, 꼬리 끝에 기름을 발라주는 의식을 비지아가 손수 주관했다. 호랑이처럼 위대한 개가 되라는 뜻이었다. 얼마 지나지 않아 훌브스는 좋은 개의 모습을 갖춰갔다. 짖는 목청이 좋고 가슴이 높고 넓으며, 꼬리털이 풍성하고 발바닥이 컸다. 무엇보다도 용감하고 힘센 개가 되어갔다.

가을이 깊어지면 알타이 사람들은 김장을 한다. 한국처럼 김치를 담그는 건 아니지만, 유목민들도 월동 준비로 고기를 잡아 미리 저장한다. 그것이 유목민의 김장이다. 유목민은 산 동물을 잡아 고기로 취하되 죽은 동물은 먹지 않는다. 또한 그들은 초원이 말라 고생하는 겨울에는 가축을 잡지 않는다. 겨울이 오기 전, 하루 날을 잡아 보통 한 가정에서 소 한 마리와 염소 다섯 마리, 양 스무 마리 정도를 도축한다. 너른 포장을 깔고 고기를 분해해 놓아두면 알타이의 찬바람이 내려와 꽁꽁 얼린다. '가난한 유목민들은 설날 한 번, 소 잡을 때 한 번 배가 부르다'는 속담이 있는데, 김장 날이야말로 가장 흥겹고 풍성한 잔칫날이다.

문제는 약탈자들이다. 어디서 알고 왔는지 까마귀를 비롯한 온갖 새들이 주변에 진을 치고 둘러앉는다. 쫓아내도 도망치는 시늉만 할 뿐 호시탐탐 고기를 노린다. '한번 맛본 까마귀 열세 번 다시 온다'고 했으니 쉬이 물러날 리는 만무하다.

그런 날 홀브스는 가족의 재산을 지켜주는 수호신이다. 하루 종일 지치지 않고 사방으로 뛰어다니며 새들을 쫓아낸다. 부리와 발톱으로 쪼아대며 달려드는 녀석들에 맞서는 게 쉬운 일이 아니다. 조금 과장하자면 알타이산의 까마귀는 독수리만하다. 홀브스는 피를 흘리면서도 물러서지 않고 고기를 지켜냈다. 버릇이 잘

못 든 개는 자기 집 고기도 훔쳐먹지만 훌브스는 사람이 주는 먹이 말고는 절대 입에 대지 않았다. 식구들이 저녁을 먹는 동안 얌전히 기다린 훌브스에게 비지아는 양뼈를 삶아서 주곤 했다. 훌브스는 팔뚝만한 양뼈를 으드득 씹어서 먹었다. 개에게 날것의 고기를 먹이는 법은 없다. 양떼를 돌보는 개에게 피맛을 알게 하면 안 된다.

유목민은 개를 게르 안으로 들이지 않는다. 영하 사십 도의 혹한에도 개들은 게르 바깥을 지켜야 한다. 각자의 공간에서 홀로 서는 것, 그것이 사람과 개의 업무 분담이자 약속이다. 함께 또 따로 사는 생이기에 개는 사람과 친구가 될 수 있었다. 그런데 훌브스는 달랐다. 자기 집인 것처럼 서슴없이 게르 안을 들락거렸다. 훌브스가 강아지일 적, 비지아가 그 귀여움을 참지 못하고 품에 안고 게르에서 같이 자던 게 버릇이 되었다. 나쁜 습관은 나이가 들어서도 고쳐지지 않았는데, 게르로 들어오는 훌브스를 때릴 수도 없고 쫓아낼 수도 없어 여간 난처한 일이 아니었다.

어느 날, 비지아는 훌브스의 버릇을 고칠 방법을 발견하게 된다. 자기 몸집의 서너 배가 넘는 어른 야크 앞에서도 저승야차처럼 버티고 공격하는 훌브스가 유독 새끼 양 앞에서는 안절부절못하는 모습을 목격한 것이다. 몇 번을 지켜봐도 훌브스는 새끼 양이나 새끼 염소한테는 접근조차 하지 못했다. 똑똑한 훌브스가

여린 새끼들이 다칠까봐 거리를 두고 있는 것이었다. 그날부터 홀브스가 게르로 들어오면 새끼 양을 한 마리 가져다 슬쩍 옆에 놓아두었다. 홀브스는 새끼를 피해 자꾸 뒷걸음을 치다가 스스로 게르 밖으로 물러나고 말았다. 나중에는 게르로 들어오려는 기미만 보여도 얼른 문 앞에 새끼 양을 두고 길목을 지키게 해 못된 버릇을 고쳤다.

송아지만한 덩치도 한몫했지만, 어느 모로 보나 홀브스는 최고의 개였다. 파수꾼 노릇이야말로 개의 존재 이유이다. 늑대와 맞서면 죽음이 눈앞에 와도 물러서지 않는 홀브스 덕택에 밤이 깊어도 늑대 걱정 없이 잠을 잘 수 있었다. 하지만, 사람 앞에 서면 홀브스는 착한 양이 되었다. 낯선 사람이어도 마찬가지였다. 어떤 개들은 들어오는 사람은 가만히 두다가 나가는 사람만 공격하기도 하고, 또 어떤 개들은 짖지도 않고 있다가 갑자기 달려들어 물기도 하는데, 그건 좋은 개가 아니다.

"개는 주인을 닮는단다."

착한 홀브스 덕분에 그런 칭찬을 들을 때마다 비지아는 뿌듯했다.

여름 한철, 홀브스는 유목하러 가는 비지아를 따라갈 때가 많았다. 가끔은 동생이 데려가거나 집에서 쉬게 두기도 했는데, 그럴 때면 꼭 문제가 생겼다. 어느 날 비지아는 양떼를 풀어놓고 책을 보며 초원에 누워 있었다. 그러다 까무룩 잠이 들었는지 양떼를 놓쳤다. 서둘러 달려가보니 양들이 두 무리로 나뉘어 있었다. 틀림없는 늑대의 짓이었다. 그 가운데엔 두 마리의 양 사체가 있었다. 훌브스가 있었더라면 그런 일은 생길 수가 없었다. 훌브스가 늑대를 향해 큰 소리로 짖었을 것이고, 비지아를 불렀을 것이다. 늑대는 사람을 보면 접근하지 않는다.

양을 몰고 집으로 돌아올 땐, 양우리까지 몰고 오지는 않는다. 집까지 십 리쯤 남았을 때부터는 그냥 두고 돌아온다. 그러면 훌브스가 남아서 양떼를 몰고 들어온다. 하루는 밤이 늦도록 훌브스가 돌아오지 않았다. 말을 타고 찾으러 나섰다. 훌브스를 부르며 초원을 뛰어다니다 먼 곳의 개 짖는 소리를 들었다. 어떤 양이 새끼를 낳았는데 비지아가 그걸 모르고 먼저 돌아와버린 모양이었다. 훌브스는 혼자 남아서 걷지도 못하는 새끼 양을 지키고 있었다.

강하고 영리하던 훌브스에게도 죽음이 다가왔다. 스무 살이 채 되기 전인 어느 봄, 훌브스는 갓 태어나 물기도 마르지 않은 새끼 양들이 매애 우는 울타리 가에서 눈을 감았다. 비지아는 훌브스의 사체를 안고 초원으로 갔다. 하얗게 빛나 더 멋있던 꼬리를 잘라 베개처럼 머리에 받쳐주고 입엔 양의 엉덩이 비계를 한 조각 물렸다. 후생이 편안하도록, 후생에 배고프지 않도록 기원하면서 바람 속에 그를 묻었다.

품안의 새끼 염소 •

어느 봄날, 누나가 양 관리를 하러 갔다가 새끼 염소 한 마리를 주워왔다. 어느 염소가 초원에서 새끼를 낳았는데 주인이 모르고 그냥 가버린 것이다. 누나 말로는 어디서 새끼 염소 우는 소리가 들려 찾아갔더니 물기가 겨우 마른 염소가 있었다고 했다. 새끼는 배가 고파서 계속 울어댔다. 누나는 염소를 품에 안아 들었는데, 자꾸 뭘 먹으려고 품속을 뒤졌다. 손가락을 물린 채 집으로 데려왔다.

어미 없는 새끼 염소는 게르에서 비지아와 함께 자랐다. 아침 식사 시간엔 옆에 앉히고 갓 짜온 소젖을 나눠주었다. 다른 염소를 젖어미로 삼을 수도 있었지만, 그렇게 젖을 나눠먹다보면 젖어미의 진짜 새끼가 먹을 몫이 부족해진다. 발목에만 하얀 줄무늬가 있는 빨간 염소를 비지아는 '올랑지빨간 것'라고 이름 붙였다.

비지아 품에서 잠을 자고, 비지아 품에서 우유를 받아먹고 사는 동안 올랑지는 무럭무럭 자랐다. 그런데 시간이 지날수록 자기가 염소인 걸 잊어버렸다. 두 살이 되도록 게르에서만 살고 초원에도 나가지 않았다. 게르에서 쫓아내면 집 근처에서 살짝 풀을 뜯는 시늉을 하다가 집으로 돌아와버리곤 했다.

하루는 다른 염소랑 목줄을 묶어 내보냈다. 처음엔 같이 초원으로 나가는가 싶더니 한 시간도 안 돼 그 염소까지 끌고 돌아왔다. 집에서 소젖을 먹고 자라서인지 두 살 숫염소치고는 힘이 너무 셌다. 무리 중에서 가장 큰 거세 염소와 다시 목줄을 묶었다. 그럴 때는 돌아오지 못하고 꼼짝없이 초원에서 살아야 했다. 눈치 빠른 올랑지는 아침마다 어디론가 숨어버렸다. 녀석을 찾는 일이 비지아의 첫 아침 일과가 될 정도였다.

겨우 찾아서 초원에 내보내도 올랑지는 애완염소 짓을 버리기는커녕 양 관리를 하는 비지아 옆에서 떠나질 않았다. 심심한 차에 잘된 일이었지만, 그것 때문에 어머니한테 염소를 동물처럼 키우라며 혼도 많이 났다. 염소는 늘 양 무리의 앞에서 이동하는데, 뒤에서 양떼를 몰고 가다가도 "올랑자!" 하고 부르면 냉큼 뛰어오는 모습이 귀여워 죽을 것 같았다.

두 살이 된 여름, 올랑지도 거세를 해야 했다. 다른 양과 염소는 아무런 거리낌 없이 거세를 했고, 잘라낸 고환은 쌀을 넣고 삶아서 먹었다. 세상에서 제일 맛있는 음식이 염소 고환이지 않을까 싶을 만큼 육질이 부드럽고 고소했다. 그런데 그게 동생 같은 올랑지라면 상황이 달랐다. 비지아는 울며불며 어른들을 막아섰다.

어린이의 투정은 대부분 통하지 않는 게 현실이다. 한두 시간 늦춰졌을 뿐 올랑지도 그날 불알을 까야 했다. 거세를 하고 난 며칠 동안, 양과 염소들은 포경수술을 막 끝낸 총각처럼 걸음을 제대로 걷지 못하고 어기적거렸다. 올랑지는 특히 더 힘들어하는 것 같았다. 비지아는 괜히 제 사타구니가 쓰렸다.

양털을 깎는 여름이 왔다. 그즈음 유목민들은 아이들까지 노는 손이 없다. 온 가족이 며칠 동안 양을 잡아 눕히고 가위질을 했다. 최대한 길게 깎아내야 양털이 많이 나오지만, 그러다보면 양의 가죽에 상처가 날 수도 있다. 손을 재게 놀리면서도 정밀해야 한다. 땀을 뻘뻘 흘리며 가위질을 하다보면 손가락에 물집이 잡히기 일쑤였고 피도 터졌다. 그렇게 사나흘 양털을 깎고 나면 다음은 염소털을 거둘 차례였다.

염소는 양과 달리 털을 깎지 않고 쇠빗으로 긁어낸다. 굵은 털 사이에 있는 솜털을 뽑아내는 것이다. 최고급 옷감으로 팔리는 캐시미어의 원료가 바로 염소의 솜털이다. 이가 엉성한 쇠빗

으로 가죽을 긁어야 하는데, 깊이 박힌 솜털을 뽑아내려면 최대한 손에 힘을 줘야 한다. 염소들은 뻗대고 도망친다. 올랑지의 차례가 왔다. 비지아는 '손등으로 일한다'며 어머니에게 등짝을 맞으면서도 올랑지의 털을 긁는 둥 마는 둥 처삼촌 묘에 벌초하듯 하곤 풀어주었다. 매애 하는 올랑지의 경쾌한 웃음소리에 한여름의 피로가 사라지는 듯했다.

사회주의 시절에 '협동조합 젖짜기 부대'라는 게 있었다. 아침마다 젖을 짜서 가져가야 했는데, 정부는 그걸 매일 받아서 기록했다. 아침마다 젖 짜고 배달하는 게 큰 일과였다. 어느 날 누나와 젖을 갖다주고 돌아왔는데 집에 난리가 났다. 동생들이 침대 위에서 울고 있고 올랑지도 그 옆에서 다리가 묶인 채 회초리를 맞고 있었다.

어머니가 협동조합에 보내고 남은 우유를 게르에 뒀는데, 동생들이 문을 열어두고 놀러 나간 사이 올랑지가 들어와 훔쳐먹은 것이다. 눈치를 살피며 큰 냄비에 든 우유를 홀짝거리던 올랑지가 갑자기 나타난 어머니를 보고 놀라 도망을 치다 냄비를 통째로 엎어서 일이 더 커졌다. 게르 바닥이 유당으로 끈적거렸고 사람들이 먹을 우유는 한 방울도 남지 않았다. 어머니는 문을 열어두고 나간 동생들과 우유를 먹은 올랑지한테 화풀이를 하고 있었다. 올랑지가 비지아에게 구원을 바라는 애처로운 눈빛을 보내면서도 제 털에 묻은 우유를 핥는 모습에 절로 웃음이 났다.

오리앙카이족은 뿔 없는 붉은 염소를 타고 가면 무지개를 잡을 수 있다고 믿었다. 비지아는 산보다 가까운 곳에 뜬 무지개를 잡아 무지개를 닮은 보석을 받아오는 것을 꿈꾸곤 했다. 그럴 때마다 올랑지를 돌아봤다. 아주 가끔은 뿔이 없는 염소가 태어나기도 한다. 얼마나 기도했는지 모른다. 그런데 한 살도 되기 전에 올랑지의 머리에는 야생 사슴처럼 큰 뿔이 자라났다.

대신 새로운 재밋거리가 생겼다. 비지아가 양손으로 뿔을 잡고 서면 올랑지가 앞으로 밀고 온다. 버티고 밀기 게임인데, 올랑지는 하루가 다르게 힘이 세졌다. 처음엔 비지아가 이겼는데, 올랑지가 두 살이 되고부터는 한 번도 이겨보질 못했다. 힘으로도 당해내지 못하자 올랑지의 앙탈은 더 심해졌다. 쫓아도 도망치지 않고 게르 근처의 길가에서 노닥거리다가 사람만 오면 개처럼 달려와 옆에 앉아 쉬곤 했다.

올랑지만 그런 게 아니라 염소란 놈이 원래 재미있는 동물이다. 양을 죽이려고 바닥에 눕히면 나한테 하늘을 보게 하려는구나 하고 여긴다는 말이 있다. 양은 순하고 착하지만 순종적이기만 한 멍청이 같다. 몽골에서는 느리고 뒤처진 애들을 보면 늘 '양 같은 놈'이라고 말한다. 반대로 뺀질거리고 말을 안 듣는 애들에겐 '염소 같은 놈'이라고 욕한다. 다 같은 욕이지만, 비지아는 그나마 염소로 취급받을 때가 더 낫다고 생각했다. 멍청하게 따라가는 것보다는 높은 산 바위로 혼자 올라서는 모험심이라도 있는 게 좋지 않은가. 유목민의 성격에는 '정을 맞더라도 모난 놈'이 더 나은 것이다. 새끼 염소는 그 톡톡 튀는 성격 덕분에 늘 재미를 주곤 했다.

어느 겨울, 비지아가 수테차를 마시고 난 빈 그릇을 던지며 놀고 있었다. 몇 번 하고 말 일이었는데, 옆에 있던 동생이 똑같이 따라 하는 바람에 아버지한테 혼이 났다. 그만하라며 눈을 흘기는 아버지를 보고 비지아는 그만두었는데, 눈치 없는 동생은 그릇을 가져다 놓으러 가면서도 던졌다 받기를 계속했다. 그러다 찬장 앞에 도착하기 직전, 그만 그릇을 떨어뜨리고 말았다. 아버지는 침대에 걸터앉아 신발을 신고 있었는데, 그릇 깨지는 소리를 듣고는 미처 신지 못한 신발 한 짝을 들고 게르 밖으로 도망치는 동생을 쫓아 나갔다.

게르 옆에는 양 울타리가 있고, 그 안에 아주 작은 게르가 있었다. '하샤 푼즈'라 부르는 작은 게르는 추운 겨울에 새끼 양과 새끼 염소를 넣어두는 곳이다. 동생은 그 하샤 푼즈에 숨어들었다. 다행히 아버지의 눈은 피할 수 있었는데, 새로운 문제가 생겼다. 새끼 양들은 사람이 들어오든 말든 아무 관심이 없는데, 말썽쟁이 염소는 그냥 있지 않았다. 자기를 잡으러 온 줄 알고 도망을 치면서 빽빽 소리를 질렀고, 천지 사방으로 뛰어다니며 소란을 피웠다. 시끄러운 소리에 들킬 것 같았다. 동생은 더 바싹 땅에 엎드렸다. 한참이 지나도록 공격을 하지 않자, 이번엔 새끼 염소들이 호기심을 보이며 슬며시 다가왔다. 그러다 어떤 놈들은 품속까지 파고들었다. 손가락이란 손가락은 모두 한 놈씩 빨아댔고, 엎드려 있는 동생의 귀와 코까지 핥고 빨고 했다.

시간이 지나도 동생이 돌아오지 않자 누나가 찾으러 나섰다. 하샤 푼즈가 요란스러웠다. 누나는 살포시 문을 열고 안을 들여다보았다. 새끼 염소의 성화에 못 이긴 동생이 자기 고추를 꺼내 놓고 염소에게 빨리고 있었다.

사십 년이 지난 지금도 동생은 그때의 이야기가 나오려는 기미만 보이면 무슨 부탁이든 다 들어주며 입을 막는다.

"난 겨우 다섯 살이었어. 그런 이야기를 지금까지 해?"

동생은 죽을상을 하지만, 가족들에겐 잊을 수 없는 추억거리다.

유목, 그 외로운 나날들

겨울은 유목민에게 특히 힘든 계절이다. 제 몸 하나 건사하기도 어렵게 춥고, 눈보라 속에서 가축들 관리하기도 벅차다. 혹한에 어린 놈들이 무사할까 걱정이고, 풀이 없어 고생하는 가축들을 보기도 미안하다. 무엇보다 굶주린 가축들에게서 젖이 나오지 않으니 사람들도 항상 배가 고프다. 속도 모르고 날마다 눈이 내린다. 매일 새 눈이 내리는 건 아니다. 초겨울에 내린 눈이 녹지 않고 알타이산 골짜기에 쌓여 있다가 바람에 날려 매일매일 들이닥친다.

구름이 알타이산 위에 모자처럼 걸린 불길한 날이었다. 산에 있던 야크떼가 스스로 집을 찾아 내려왔다. 배를 곯아 젖이 돌지 않는 걸 잘 알기 때문에, 유목민들은 겨울엔 젖 짜는 일도 최소화한다. 말이나 야크같이 몸집이 커서 늑대의 공격을 적게 받는 가축은 일주일에 한 번 정도 젖을 짤 때만 집으로 몰아오고, 평소에는 알타이산 기슭에 풀어놓는다. 그런데 야크떼가 스스로 돌아온 것이다. 곧 조드가 시작될 징조였다.

어른들이 걱정스럽게 수군거렸다. 정월 초사흘, 새로 떠오른 달 끝이 뭉툭하고 비스듬하면 풍요로운 해가 될 징조이고, 달 끝이 날카롭고 똑바르면 조드가 닥쳐 힘든 해가 될 징조라 여겼는데 그해의 달이 딱 그랬다. 어떤 때는 좀생이별로 점을 치기도 했다. 좀생이별이 달의 아래에 나타나면 길조, 달의 위쪽에 나타나면 흉조다. 특히 봄의 첫 달에 달과 좀생이별이 만나면 꼭 조드가 들이닥쳤다.

조드는 초원에 닥치는 대재앙이다. 가을 초입부터 비가 오지 않아 초원이 까맣게 타버리기도 하고, 겨우내 큰 눈이 내려 길을 막아서기도 한다. 또 어떤 때는 눈도 뜰 수 없는 모래폭풍이 들이닥쳐 가축들을 쓰러뜨리고, 햇볕에 녹을 듯 말 듯 반짝이던 물방울이 얼어붙어 풀과 물을 빤히 보면서도 먹을 수 없는 유리처럼 만들기도 한다.

그래서 유목민들은 긴장감을 가지고 겨울 채비를 한다. 땔감으로 쓰려고 쌓아둔 소똥을 물에 풀어 양 울타리의 틈새를 메우

고 게르의 끈을 단단히 조인다. 가을에 미리 베어둔 건초를 준비하고, 그마저도 부족할 때는 비상용으로 가축에게 먹일 한줌의 밀가루를 장만한다. 월동 준비를 마무리하기도 전에 눈보라 폭풍이 어김없이 들이닥친다. 며칠간 강추위가 계속되며 초원을 꽁꽁 얼려버린다.

밤이 되면 수은주가 영하 오십 도 아래로 곤두박질친다. 서로 머리를 맞댄 채 찬바람을 피하고 선 소들의 꼬리가 뚝 부러지고, 숨을 헐떡이며 견디던 양과 염소가 썩은 나무처럼 픽픽 쓰러진다. 말도 야크도 추위를 피해갈 수 없다. 사람도 게르 밖으로 나갈 수가 없다. 늙고 쇠약한 녀석들부터 쓰러져간다. 양우리 옆으로 가축들의 사체가 쌓인다. 긴 겨울을 겨우 넘겼다고 해도 생사의 사투는 끝나지 않는다. 봄이 오면 동아시아에 꽃샘추위와 황사를 몰아오는 고비의 악명 높은 모래바람이 닥치고, 살아남은 가축들 중 절반이 또 죽어나간다.

한번 찾아온 조드는 일주일에서 보름까지 계속된다. 한차례 죽음의 폭풍이 지나고 나면, 유목민들은 살아남은 가축들을 몰고 초원으로 나간다. 뱃가죽이 등짝에 붙고, 눈이 죽음의 그림자로 퀭해진 가축들은 느릿느릿 풀을 찾아 나선다. 이때는 특히 야크떼를 관리하는 일이 조심스럽다. 초원에 먹을 것이라곤 없는데, 굶주린 야크는 바닥이 드러난 맨땅을 혀로 핥는다. 풀은 하나도 잡히지 않고 흙이며 작은 돌멩이들이 혀에 묻어 뱃속으로 들어간다. 돌멩이를 먹은 야크가 강물을 마시면 몇 걸음 못 걷고 주저앉아버린다. 주저앉은 야크들은 대부분 다시 일어나지 못하고 죽는다.

누나들은 공부로 취직으로 외지로 나가고, 비지아는 동생과 겨울을 나곤 했다. 그해에는 어머니마저 아버지의 간호 때문에 도시 출입이 잦았다. 어느 날 저녁, 비지아가 양들을 돌보다가 집에 돌아와보니 야크떼를 몰러 간 동생이 날이 어두워지도록 돌아오지 않았다. 이튿날도 그다음날도, 나흘이 지나도록 동생은 돌아오지 않았다. 눈길을 헤매다 길을 잃지는 않았을까, 어느 바위 골짜기에서 얼어붙고 있지는 않을까? 속 타는 날들이 계속됐다.

바람을 타고 흉흉한 사고 소식이 전해지기도 했다. 알타이산 바로 북쪽이 바양울기 볼강 솜이다. 카자흐족이 사는 북쪽 비탈은 눈이 사람 키보다 높이 쌓인다. 겨울이 깊어지면 천지에 풀을 찾아볼 수 없어 가축 유목도 불가능한 땅이 된다. 그러면 카자흐족 사람들은 만년설산을 넘어 몽흐 하이르항으로 원정 유목을 온다. 그 겨울에, 카자흐족의 양 한 마리가 철도 모르고 새끼를 낳았다. 카자흐족 목자는 새끼가 첫젖 먹기를 기다렸다가 품에 거두었다. 그는 몽골의 전통복 델 품에 새끼 양을 넣고 산기슭을 내려오다가 넘어져서 산 아래까지 굴러떨어졌다. 그의 시체는 비지아의 친구에게 발견되었다. 사천 미터 산에서 굴러떨어진 카자흐 목자는 머리에 피를 흘리고 죽어 있었다. 신기하게도 목자의 품에서 새끼 양이 매애 하고 울고 있었다.

그런 얘기를 들을 때마다 소식 없는 동생 걱정에 맥이 풀렸다. 양을 돌보러 나가서도 비지아는 말을 몰고 알타이산 등성이를 몇 번이나 올라갔다. 눈보라에 가려 앞도 보이지 않았다. 무작정 동생이 오기를 기다릴 수밖에 없었다. 양우리를 서성거리기도 하고, 말에 올랐다 내렸다 하며 게르에도 들어가지 못한 채 바람을 맞았다. 추운 것도 문제이긴 하지만, 썰렁한 게르에 들어서는 게 더 두려웠다.

여드레쯤 되니 자기도 모르게 혼자서 중얼거리고 있었다. 그래도 안 되면 다시 말을 달려 바위 협곡으로 갔다. 큰 소리로 동생의 이름을 부르면 메아리가 대답했다. 산이 높고 골이 깊어 몇 번이고 되풀이해 들려오는 메아리가 꼭 동생의 대답만 같았다. 그래도 허허로운 마음이 달래지지 않았다.

붙잡아도 놓아도 꿈은 하나의 빈 것
어슴푸레 나타나도 신기루는 하나의 빈 것
불러도 대답해도 메아리는 하나의 빈 것

옛날 사람들이 만든 속담이 그때 자기의 마음을 표현한 것 같았다.

며칠 뒤, 양을 몰고 집에 돌아오니 야크들이 돌아와 있었다.

동생은 피곤에 전 얼굴인데, 비지아는 그 얼굴이 얼마나 반갑던 지 피곤하다는 동생을 데리고 계속 말을 걸었다. 야크가 어디까지 갔더냐, 뭘 먹었더냐, 너는 누구네 집에 갔었냐. 그러곤 대답 없는 동생한테 그동안 얼마나 외로웠는지 아느냐며 끝내 눈물을 보이고 말았다. 동생을 고생시킨 미안함이 없는 것은 아니었지만, 더 절실한 건 외로움이었다.

그렇게 겨울이 갔다. 매년 오는 봄이지만, 그해의 봄은 특별했다. 초등학교에 입학하는 해였다. 학기는 가을에 시작되지만, 초등학교에 들어가는 예비 학생들은 보통 봄에 보름 동안의 사전 교육을 받는다. 글씨는 쓸 수 있는지, 숫자는 깨우쳤는지 학교가 미리 조사를 하는 차원이다. 유목만 하던 어린 나이에 학교가 뭔지 알지 못했지만, 비지아는 기대로 설레었다.

"이제 형은 학교에 가야 돼. 형이 없으니 양떼 데리고 갈 땐 홀브스랑 같이 가고, 내 말은 꼭 보름만 타고 풀어주는 것도 잊으면 안 돼."

동생을 붙잡고 다짐을 받은 뒤, 비지아는 아끼던 양뼈 장난감을 동생에게 선물해주었다.

인간이 살아온 생을 온전히 다 기억할 수는 없다. 하지만 어떤 장면은, 그것이 슬픔이든 기쁨이든 번개를 맞은 것처럼 강렬한 어떤 사건은 한 장의 사진으로 남아 몸에 새겨지곤 한다. 그렇다면 비지아의 생은 그날 시작된 것이다.

봄 예비학교에 가기로 한 날 아침, 집안 분위기가 어수선했다. 너무 많은 사람들이 와 있었고 어머니는 눈물을 흘리고 있었다.

"아버지가 돌아가셨단다."

어머니가 말씀하셨다. 그러는 게 아니었는데, 지금 생각해도 후회스러운 말을 하고 말았다.

"그럼 내 학교는?"

셋.

말을 팔아서 지혜를 사라

낯설고 설레는 길 •

아침 일찍부터 집안이 분주하더니 할아버지가 새 델을 꺼내 입으셨다. 여름마다 봐왔던 낯익은 풍경이었다. 여름 한철은 유목민에게 축제의 계절이다. 풀이 무성해 가축을 돌보는 일이 쉬워지는 철이 되면 남자들은 일 년 치 밀린 유흥을 즐긴다. 할아버지는 새 델을 입고 집을 나서서 보름이고 한 달이고 돌아오지 않았다. 그러곤 피곤에 절어 말에 매달려 돌아올 때면 늘 델이 찢어져 있곤 했다. 할머니는 타박을 하기도 했지만, 걱정을 하는 때가 더 많았다. 특히 이사할 때가 되면 "집이나 제대로 찾아오시려나?" 하며 초원 끝자락을 하염없이 바라보곤 했다. 할아버지는 바람에 떠도는 소문을 모아서 용케도 집을 찾아냈다. 그리고 며칠 푹 쉰 다음 또 길을 나섰다.

그날은 여름이 끝나고, 여름 한가운데 있는 나담 축제도 끝난 지 한참인 8월의 마지막날이었다. 아버지의 갑작스러운 죽음으로 입학이 일 년 늦춰진 비지아는 그해 입학식을 하루 남겨두고 있었다. 할아버지 말과 비지아의 말에 안장이 얹어졌다. 새 델과 좋은 안장을 갖추는 건 먼길을 떠난다는 뜻이다. 속담에 아버지가 있을 때 친구를 사귀고 말이 있을 때 세상을 구경하라고 했는데, 돌아가신 아버지를 대신해 할아버지가 어린 손자의 새 출발을 응원하러 나서고 있었다.

아침 일찍 출발한 발걸음이 하루종일 계속됐다. 나담 축제에 나선 소년처럼 말을 내달린다면 한나절 안에 당도했을 테지만, 할아버지는 터덜터덜 말의 걸음에 몸을 맡길 뿐 채찍을 들지도 않았고 추— 추— 하며 박차를 가하지도 않았다. 대신에, 따그닥 따그닥 말발굽 박자에 맞춰 이야기를 시작했다. 할아버지가 스무 살 남짓이던 시절이니 사십 년은 지난 이야기였다.

알타이산 중턱에서 유목을 하던 할아버지에게 편지가 도착했다. 돌고 돌아 당도한 편지엔 '군대 징집영장'이란 날인이 선명했다. 보낸 지 얼마나 지나서 도달한 것인지, 할아버지가 주둔지인 울란바타르에 도착해야 하는 날까지 시간이 얼마 남지 않은 상황이었다. 주변에 인사도 제대로 하지 못하고 서둘러 떠나야 할 판이었다.

시외버스도 비행기도 없던 시절, 할아버지는 천오백 킬로미터나 되는 길을 말을 타고 가야 했다. 길이란 게 분명하게 있는 것도 아니어서 중간에 헛길로 빠지는 경우도 허다할 터였다. 알타이산맥을 지나면 항가이산맥을 넘어야 하고, 망망대해처럼 앞뒤도 분간할 수 없는 델게르 초원을 통과하고 나면 그다음엔 바이다르강을 건너야 했다. 물도 없고 음식도 없어 굶어죽지 않을지도 걱정이었지만, 노숙이 일상일 터인데 늑대의 공격은 또 어떻게 막을지 대책이 서지 않았다. 국가의 부름이라 가지 않을 수도 없는데, 옆에서 걱정하는 사람들이 곧 죽을 표정인지라 내색도 못하고 호기를 부렸다.

"알타이산이 길러낸 사내놈이 어디인들 못 갈까."

할아버지는 힘센 갈색 말에 안장을 얹었다. 음식 끓일 냄비와 물통, 그리고 말린 고기를 묶어 메고 말에 올랐다. 이정표도 없고, 지도도 없었다. 꼬불꼬불 산길을 넘기도 했다가, 길이 사라져 초원을 가로지르기도 했다. 말잔등에 지친 몸을 맡긴 채 하늘의 별을 보며 걷기도 하고, 해가 뜨면 해를 보고 방향을 잡아 길을 새로 만들며 걸었다.

준비한 음식은 일주일이 안 돼 바닥났다. 운이 좋아 서너 번은 유목민 게르를 만나 식사를 해결했고, 저녁에 만난 게르에선 잠도 청했다. 그러나 하루종일 걸어도 유목민 게르를 만나지 못

하는 날이 더 많았다. 배가 고팠고, 무엇보다도 목이 말랐다. 호수는커녕 개울물도 없는 푸석푸석한 초원을 터벅터벅 걸었다.

"사흘 밤낮을 혀 위로 아무것도 올려놓지 못하곤 했다."

할아버지는 그때처럼 오래 굶어본 적이 없었다고 했다. 게르를 찾으려다 죽겠다 싶으면 뭐라도 먹어야 했다. 어떤 날은 가죽 장화를 한 가닥 찢어서 국을 끓여먹었다. 냄새가 고약했지만 소가죽으로 만든 것이라 요기가 되었다. 더 힘든 날은 자기 오줌을 받아먹기도 했다.

"세상에서 제일 맛없는 게 뭔 줄 아느냐? 말 오줌이더라. 냄새도 맛도 입에 댈 수가 없어. 독약처럼 쓰고 아린데, 마치 용광로에서 막 나온 붉은 쇳물이 그런 맛일까 싶더라."

그렇게 걷던 초원길에서 말이 죽었다. 며칠을 목도 축이지 못한 탓이었다. 말 위에서 휘청거리며 걷던 길도 사라지고, 이제는 스스로 길을 내야 했다. 다행히 집에서부터 따라온 검은 개 한 마리가 동무가 되었다. 그나마 그 검둥이 덕택에 어두운 밤을 견딜 수 있었다. 암흑 같은 밤엔 검둥이의 눈이 불빛이 돼주었다. 후미진 골목길의 가로등처럼, 인적 없는 곳에서 만난 민가의 초롱불처럼 반갑고 반가운 친구였다.

"그렇게 석 달 만에 울란바타르에 도착했는데, 글쎄 같이 갔던 개의 발톱이 싹 빠져버렸어."

이야기가 끝나고도 할아버지는 한동안 말이 없었다. 젊어서 고생한 이야기를 왜 하는지 비지아는 알 듯 모를 듯해 고개만 끄덕여 보일 뿐이었다. 날이 어두워질 즈음, 뭉흐 하이르항 솜에 당도했다. 그날, 비지아는 도시를 처음 보았다. 인구가 오백 명도 안 되는 작은 솜이지만 초원에서만 살아온 어린 유목민에게 솜은 외계의 어느 별처럼 느껴졌다.

처음 본 도시 풍경은 기대와는 달랐다. 나무를 엮어 만든 울타리가 눈을 가로막아 숨을 쉬기가 어려웠다. 알타이산에서도 나무 구경하기가 어려운데 저렇게 많은 나무가 어디서 났는지 궁금했다. 울타리 안쪽엔 게르도 있고, 아예 벽돌로 지은 집도 있었다. 어디에도 자기네 게르만큼 너른 마당이 있는 집은 없었다. 도시라는 데는 자기 울타리를 세우겠다고 땅바닥을 잘게 쪼개놓은 곳이란 생각이 어렴풋이 들었다.

할아버지가 앞장서 큰 건물로 들어섰다. 학교였다. 비지아는 이제 학생이 되는 것이었다. 흥분된 마음으로 기숙사까지 둘러보고 나왔다. 그런데 문득, 뭔지 모를 게 울컥하고 복받쳐오는 느낌을 받았다. 이제 반년 동안은 집에 돌아갈 수 없다는 말을 들은 뒤였다. 교장선생님과 기숙사 사감까지 나와 환영을 했지만 비지아는 정신이 딴 데 가 있었다. 할아버지도 어머니도 만날 수가 없다. 말도 탈 수 없고 양떼도 없다. 그리고 이 답답한 도시에서는 알타이산도 보이지 않는다. 기숙사는 그에게 담 높은 감옥처럼 보였다. 학교에 대한 기대감은 온데간데없어지고, 도시란 곳에 갇혀 살 일만 걱정으로 다가왔다.

울며 매달리는 비지아를 남겨두고 할아버지는 말을 타고 떠났다. 죽을힘을 다해 따라갔지만 달리는 말을 따라잡을 수는 없었다. 한 마리를 타고, 다른 한 마리를 끌고 가는 할아버지의 뒷모습이 흙먼지와 함께 지평선 너머로 사라졌다. 비지아는 혼자 남겨졌다. 할아버지가 사라져간 길을 보며 얼마나 앉아 있었는지 모른다. 몇 시간이 지나고 깜깜한 하늘에 별이 떠도 할아버지는 돌아오지 않았다.

"지금은 저 말을 놓친 것만 안타깝겠지. 공부야말로 세상 어디든 갈 수 있는 명마란다."

일으켜세우는 선생님의 손이 따뜻했다. 기숙사로 들어간 첫날, 비지아는 이별을 배웠다.

모으면 똥이고 • 그냥 두면 자연이다

걱정했던 것과는 달리 공부는 여간 재밌지 않았다. 집에 책이라고는 딱 한 권밖에 없던 어린 시절에도 비지아는 양떼를 데리고 초원에 나갈 때면 늘 책을 들고 가서 읽곤 했다. 『고비의 봄과 가을』이란 소설책이었는데, 백 번도 넘게 읽어서 시처럼 외울 정도였다. 학교엔 교과서 말고도 읽을 책이 넘쳤다. 하루하루가 아까울 정도였다. 그런 비지아에게 더는 학교에 다닐 수 없는 사건이 발생했다.

며칠은 긴장한 탓에 똥을 쌀 생각도 못하고 살았다. 일주일이 다 돼서야 신호가 왔고, 뛰어나가려는 그를 기숙사 사감이 막아셨다. 똥은 화장실에 가서 싸야 한다며 친절하게 위치를 손짓으로 알려줬다. 비지아는 화장실이란 말을 태어나 처음 들었다. 그것이 무엇일까 하고 문을 연 순간, 그 자리에서 죽을 뻔했다. 세상에, 화장실은 똥을 모아두는 곳이었다.

눈뜨고는 볼 수 없는 광경에 고약한 냄새, 배가 찢어질 듯 아팠지만 그곳에는 들어갈 수 없었다. 학교는 학교대로 유목민 아이들에게 화장실을 사용하도록 엄격하게 훈육했다. 사감이 무지막지한 손으로 화장실 앞까지 끌고 가기도 했지만 비지아는 울며 버텼다. 그러곤 학교를 그만두리라 다짐했다.

어머니께서 먼길을 달려오셨다. 오랜 협상 끝에 밤이 되면 학교 밖으로 나가 초원에서 똥을 싸고 들어올 수 있도록 통행증을 얻어내는 성과를 이뤄냈다. 그날부터 비지아는 알타이산을 뛰어다니며 아무데서나 똥을 누던 시절의 자유를 누릴 수 있었다. 물론 우수한 성적을 기록하며 학교도 계속 다녔다.

비지아가 밤마다 학교 밖으로 나가 똥을 누고 흐뭇한 표정으로 돌아와 잠자리에 들 때, 그의 머릿속은 고향의 가르침으로 충만했다.

'초원은 사람의 똥과 가축의 똥과 동물의 사체 같은 것들이 흩어져 어우러진 대지이다. 나는 그 속에 산다.'

푸른 하늘의 뜻을 섬기는 오리앙카이 유목민인 비지아가 문명이란 이름으로 대지의 일부를 쓰레기로 분류하는 것을 인정할

수는 없었다. 그것은 푸른 하늘의 뜻대로 만들어진 푸른 대지에서 사는 방법이 아니었다.

지금도 유목민들은 화장실을 따로 짓지 않는다. 베르사유궁전에 화장실이 없어서 파리 시내가 똥물투성이였다는 이야기와는 다르다. 유목민들은 사방이 지평선인 대초원에서 살아가는 탓이다. 똥은 그 자리에서 썩어 거름이 되고, 거름 위에서 다시 꽃이 핀다. 버리면 자연인데 모아놓으면 쓰레기가 된다.

초원을 여행하는 여행객도 그렇다. 제대로 된 화장실을 찾아가려면 다음 도시를 만나야 한다. 하루가 걸릴지 이틀이 걸릴지 모를 일이다. 변비로 쓰러지지 않으려면 마음만 살짝 바꾸면 된다. 차가 멈춰 선 자리, 사진을 찍던 그 자리가 화장실이다. 내 분비물쯤이야 한강 백사장에 떨어진 바늘 하나일 뿐, 누군가 그 자리로 다시 걸어가다 똥 밟을 일은 거의 없다. 일행들에게 창피하다고 멀리까지 갈 필요도 없다. 어차피 눈길이 닿는 데까지 지평선, 가도 가도 몸 가릴 데는 없다.

화장실에 관한 유목민들의 재미있는 표현이 있다. 우리는 화장실에 갈 때 큰일을 보러 간다거나 뒷집에 간다고 말하고, 영어로는 '자연이 부른다Nature calls me'고 하는데, 유목민들은 유목민답게 '말 보러 간다'는 은유를 쓴다. 앉아서 일을 보는 여자들은 '말젖 짜러 간다'고 말한다. 하기야 화장실 가는 게 일상의 일과 구분될 필요는 없다.

몽골이 사회주의 체제가 된 직후, 울란바타르에 러시아대사관이 설치되었다. 어느 날, 길에서 똥을 싸던 몽골인이 러시아 대사가 탄 마차에 치여서 다친 일이 있었다. 대사관에서는 '길거리에서 똥을 싸는 미개인'이라며 흥분을 감추지 않았다. 유목민들은 분노했다. 성난 군중들이 피켓을 들고 대사관 앞으로 몰려들었다. 그때 피켓에 쓰인 문구가 이랬다.

"그는 단지 똥을 싸고 있었을 뿐이다."

동물은 풀을 먹고 · 사람은 고기를 먹는다

교회나 성당의 스테인드글라스에는 유독 눈동자가 새겨진 그림이 많다. 하나님이 지켜보며 함께하고 있다는 것을 표현한 이미지이다. 손이 천 개인 불국사의 천수관음도도 그런 의미이다. 고통이 있는 모든 곳의 중생과 함께하겠다는 의지이면서, 관심과 돌봄을 잊지 않겠다는 고백이다. 한편으로 누군가 지켜보고 있다는 의식은 인간에게 허튼 생각, 허튼 짓을 말라는 무언의 경고가 되기도 한다.

내가 만나본 유목민들이 대부분 순수하고 순박했던 이유도 저런 의식 때문이 아닐까 생각한다. 유목민들은 늘 하늘을 이고 살며 발붙인 땅을 잊지 않는다. 하늘과 땅이 보고 있는 삶이니 악한 마음이 끼어들 틈이 없을 것이다.

어린 비지아는 착한 유목민이었다. 일곱 살 시절, 옆집에 세 살 먹은 '자미'라는 사내아이가 있었다. 그 꼬마를 얼마나 잘 돌봐줬던지, 자미는 무슨 일이 있을 때마다 엄마가 아니라 비지아의 이름을 부르면서 울었다. 동네에 참한 비지아로 소문이 자자해질 정도였다. 그랬던 비지아가 학교란 곳에 들어가면서 착한 아이와는 전혀 딴판인 문제아가 되었다. 여기저기서 충돌이 생겼고 그가 살아온 팔 년의 인생은 송두리째 흔들렸다.

기숙사에서 주는 식사는 언제나 입에 맞지 않았다. 균형 잡힌 식단이란 이름으로 나온 야채가 문제였다. 좋아하는 고기를 다 먹고, 밀가루 음식을 깨작거리다보면 늘 야채가 남았다. 그런데 사감 선생님은 식판을 다 비우지 않은 학생들을 식탁에서 일어나지 못하게 했다. 오도 가도 못한 채 식당에서 길을 잃었다.

알타이산에 살 때도 그런 일이 있었다. 사회주의 정부는 국민 건강을 증진한다는 명목으로 한 집에 한 포대씩 야채를 보내곤 했다. 주민들 누구도 야채를 먹지 않았다. 포대를 뒤져 감자나 몇 개 꺼내고 나면, 나머지는 소들의 몫이었다. 포대에는 특히 배추가 많이 들어 있었는데, 그건 소도 먹지 않았다. 동네 아저씨들은 그럴 때마다 "가축은 풀을 먹고 사람은 고기를 먹는다"라고 말하며 돌아서버렸다.

비지아에게 새 업무가 생겼다. 숙제를 두 번 해야 하는 일이었다. 같은 학급에 '낙타'라고 불리는 친구가 있었다. 야채를 잘 먹어서 생긴 별명이었다. 비지아는 식당에 갈 때마다 낙타를 따라다녔다. 그리고 그가 식사를 마치자마자 자기 야채를 내밀었다. 소문이 퍼져 낙타 앞에는 늘 엄청난 개수의 식판이 쌓였고, 낙타는 여러 가지 조건을 내걸기 시작했다. 숙제를 대신 해주는 정도는 쉬운 일이었다. 낙타는 땅을 딛고 다니지도 않았다.

야채와 과일 탓에 생기는 우스운 일들은 수없이 많다.

"너 사과라는 거 먹어봤어?"

유목민들은 이렇게 묻지 않는다.

"너 사과라는 거 들어봤어?"

이게 질문이다.

시골 사는 친구의 어머니가 학교가 있는 솜에 왔다. 아들을 데리고 시장에 가서 수박을 사줬는데, 얼마나 달고 시원하던지, 친구는 그 맛을 잊을 수가 없었다. 방학이 끝나고 집을 떠나올 때, 어머니가 한 학기 동안 쓸 용돈을 주었다. 친구는 그 돈을 들고 시장으로 갔다. 이름도 모르는 그 과일, 그는 야채가게에서 그걸 발견했고, 사자마자 누가 따라붙을세라 서둘러 개울까지 한걸음에 달려갔다. 아무도 없는 걸 확인하고 껍질을 깠다. 그런데 안에 또 껍질이 있었다. 다시 껍질을 깠다. 까도 까도 계속 껍질이 나왔다. 친구가 반년 치 용돈을 털어 산 것은 양배추였다.

몇 해 전, 몽골에 건포도가 처음 들어왔다. 달짝지근한 맛이 입맛을 사로잡았다. 사람들은 그것을 '우즘'이라 불렀다. 그런데 몇 년 후, 진짜 포도가 수입되었는데 유목민들이 알고 있던 우즘과 같은 맛이지만 물이 많았다. 사람들은 그 진짜 포도를 '물 많은 건포도'란 뜻으로 '오승 우즘'이라 불렀다. 지금도 몽골에서 사용되는 명칭이다.

믿을 수 없겠지만, 유목민들은 평생을 살면서 야채나 과일을 거의 먹지 않는다. 고기만 먹고도 죽지 않고 사는 방법이 있다. 유제품이다. 만리장성은 국가 간의 장벽, 문명 간의 장벽인 군사시설로 여겨지지만, 또하나의 사실이 숨어 있다. 생태분계선이란 점이다. 만리장성은 돼지고기의 북방한계선이자 유제품의 남방한계선이다. 유제품은 동물의 젖을 원료로 하는 것이고, 당연히 유목민들의 개발품이다. 젖을 끓여 으름, 아롤, 바스락 같은 다양한 치즈를 만들어 먹고, 말젖을 발효시켜서 아이락마유주을 빚어 여름내 마신다. 사계절 마시는 음료도 젖과 차를 섞어 만든 수테차이고, 타락이라는 요구르트는 몽골 일품의 발효음식이다. 겨우내 기름진 고기에 전 소화기관을 여름 한철 유산균으로 소독하는 것이다.

우리가 밟는 풀을 그들이 먹는 것인지
그들이 먹는 풀을 우리가 밟는 것인지

몽골의 국민 시인 하과 수렌의 시 한 구절이다. 그가 한국에 왔을 때, 김치나 샐러드 같은 야채를 즐겨 먹는 한국인들을 보면서 쓴 시라고 한다. 물론 하과 수렌의 시에 담긴 것은 '몽골 유목민의 미래'에 대한 고뇌일 것이다. 마지막 유목민의 땅, 하지만 몽골도 이제 유목민의 수가 전체 인구의 절반도 되지 않는다. 앞으론 더욱 줄어들 것이다. 돈벌이를 찾아 국경을 넘는 노동자들, 도시로 나와 한탕을 노리는 보헤미안들, 그 틈에서 유목은 설 자리가 있을까?

"동물은 풀을 먹고 사람은 고기를 먹는다."

유목민들에게 유명한 이 문구, 채식주의자가 들으면 경을 칠 일이다. 소 한 마리가 방귀와 트림으로 내뿜는 메탄가스의 양이 소형차 한 대의 그것과 맞먹는다며, 지구온난화의 주범이라 하여 소 방귀에 세금을 매기자고 할 정도이니 유목이 친환경적인 삶의 방식과는 거리가 멀다고 생각할 수도 있다.

유목민들은 어쩌자고 주구장창 고기만 먹는 것일까? 하지만 유목민들이 씀바귀도 먹고, 파무침도 해먹고, 상추도 뜯어먹는다고 생각해보자. 그 순간, 말도 소도 양도 염소도 먹을 걸 잃어버리게 될 것이다. 적어도 가축들이 먹을 수 있는 먹이의 양은 줄어들게 된다. 만약(대개 그렇지만) 인간의 이기심이 작동된다면 상황은 걷잡을 수 없이 악화된다. '네 발 달린 것 중엔 책상 빼곤 다 먹고, 날아다니는 것 중엔 비행기 빼곤 다 먹는다'는 중국인들의 습성을 유목민들이 배우지 말란 법도 없다.

문제는 또 있다. 인간이 먹는 음식, 그 고귀한 풀에 가축들이 침범하는 것을 만물의 영장이라는 종족이 그냥 두고 볼 턱이 없다. 그렇게 초원에는 울타리를 비롯한 수많은 칸막이들이 생겨날 것이다. 그런 초원은 이미 초원이 아니다.

여행자의 입장에서 봤을 때, 가축은 풀을 먹고 사람은 고기를 먹는다는 유목민의 주장은 감사할 일이다. 지구가 건조기후에 들어섰을 때 인간은 살길을 찾아 뿔뿔이 흩어졌고 티그리스, 유프라테스 강이 흐르는 메소포타미아의 비옥한 초승달 지대라든가 황허, 인더스, 나일 강 언저리에 모여들었다. 문명을 이루지 못한 사람들도 작은 하천 주변이나 바닷가에 정착했고 조개껍질을 남기며 길이길이 삶을 경작했다.

그때 농업혁명의 혜택을 받지 못한, 받을 수 없는 이들이 있었다. 일 년 내 내리는 비가 이백사십 밀리미터도 안 돼 쌀도 밀도 경작할 수 없는 유라시아 초원에 남은 사람들이다. 그들은 바다를 찾아 떠나는 대신 가축들을 길들여 먹고살기로 한다. 발목 높이까지 자란 풀이 있으니 그것을 뜯어먹는 가축을 기르고, 가축들을 따라 인간이 살아가는 이동의 숙명을 선택한 것이다.

곡식이나 야채 대신 고기만을 먹고 살아야 했지만, 그렇게 유목민은 자칫 텅 비어서 공허가 됐을 유라시아의 심장부를 채움으로써 하나로 연결된 지구를 완성했다. 실크로드니 스텝 루트니 하는 중세의 교역로는 말할 것도 없거니와 오늘날 지구가 손바닥만해진 데에는 유라시아를 인간의 땅으로 만든 유목민의 공로를 외면할 수 없다. 초원에서 게르 하나를 만나도 반가운데, 그 천지가 다 비어버렸다면 인간은 그 광막한 대지를 여행하기는커녕 발조차 들여놓을 수 없었을 것이니 지구적 시각으로도 감사할 일 아닌가.

젖 도둑

학교와 멀지 않은 곳에 살던 친구가 있었다. 틈만 나면 엄마가 찾아와 아이들의 부러움을 사곤 했는데, 이상한 건 입학식 날부터 엄마가 올 때마다 둘이서 어디론가 사라져버린다는 것이었다. 무슨 일인지 너무 궁금했고 의아했다. 어느 날 비지아는 친구의 뒤를 밟았다. 학교 담장 밖 바위 뒤에 숨어 있는 뒷모습을 찾을 수 있었다. 조심조심 다가가다 걸음을 멈췄다. 운동장을 뛰놀 때는 어른 같던 친구가 엄마 품에 곱게 안겨서 젖을 빨고 있었던 것이다. 일곱 살이 넘어서까지 젖을 먹는 친구를 비지아는 '뱌로' 라고 불렀다.

'바로'는 두 살짜리 송아지를 부르는 이름이다. 한 살짜리는 '토갈', 세 살 수송아지는 '곤', 네 살은 '둔', 다섯 살은 '햐잘룽'이라 하고 세 살부터는 암송아지와 따로 구분해 부른다. 원래 송아지는 한 살 때까지만 엄마젖을 먹는다. 간혹 어미소가 다음해에 새끼를 낳지 못하면 빈 젖을 빠는 경우가 있긴 했지만, 소가 새끼를 배지 않는 일은 거의 없었다.

문제는 늦젖을 먹는 바로들이었다. 막 태어난 새끼보다 힘이 세니, 동생을 밀치고 자기가 엄마젖을 독차지했다. 막무가내로 치고 들어오니 어미소도 속수무책이었다. 이럴 때면 비지아가 나서야 했다. 아직 코뚜레를 할 시기가 되지 않았지만, 젖을 먹지 못하도록 코를 뚫어 연필만한 나무막대기를 꽂았다. 엄마젖을 향해 고개를 들이밀면 왼쪽이든 오른쪽이든 막대기가 닿아 코가 아프니 젖을 찾지 못하고 늦젖을 떼게 된다. 개중에 영리한 바로도 있었다. 벽이나 울타리로 가서 막대를 한쪽으로 밀어내는 것이었다. 잠깐의 고통을 참으면 한쪽 편이 자유로워지니 그쪽 고개를 들이밀어 젖을 먹을 수 있게 된다. 쫓고 쫓기는 아이디어 싸움이다. 다시 비지아가 나선다. 이번엔 막대의 한가운데에 홈을 파서 끼운다. 아무리 밀어내도 한쪽으로 밀려나지 않으니 결국 바로는 손을 들고 만다. 젖을 먹지 못하게 된 바로가 비지아를 쳐다보던 애처로운 눈빛이 새록새록 떠올랐다.

알타이산으로 몰고 다니던 송아지 생각이 간절했다. 그리고 엄마젖을 빨고 있던 친구가 몹시 부러워졌다. 어머니가 보고 싶었고 무엇보다도 배가 고팠다. 알타이산에 살 때는 배고픔을 생각해본 적이 없었다. 아침저녁으로 끓는 어머니의 음식이 있었고, 게르 지붕엔 달콤새콤한 치즈가 말라가고 있었다. 여름엔 아이락, 겨울엔 마른고기가 떨어지지 않았다. 그런데 학교 기숙사엔 급식 말고는 군입거리가 없었다.

식사시간을 알리는 종소리만 기다리며 살았다. 하루는 다리를 다쳐 병원에 있다가 기숙사로 돌아오는 친구를 마중하러 갔다. 당시 뭉흐 하이르항 솜의 병원 사정이 재미있다. 의사도 있고 병실도 있었지만 침대는 없었다. 환자가 입원을 하려면 본인 침대와 이부자리를 가지고 와야 했다. 다리를 다친 친구도 그렇게 기숙사 침대를 들고 가서 입원을 했고, 마침내 퇴원일을 맞이하게 된 것이었다.

다리 깁스를 풀지 않은 친구가 앉아 있는 침대를 여럿이서 들쳐 메고 교문으로 들어섰다. 그때 식사 종이 울렸다. 너 나 할 것 없이 어깨에 올렸던 침대를 내팽개치고 뛰기 시작했다. 누구나 배가 고픈 시절이었다.

그즈음, 마을 가게에 '소간 통조림'이 처음으로 들어왔다. 소간을 삶은 뒤, 곱게 갈아서 잼처럼 만든 것이었다. 비지아는 맨처음 소간 잼을 빵에 발라서 먹었을 때의 감동을 지금도 잊지 못한다. 하지만 그때는 돈이 없어서 사먹을 수가 없었다.

하루는 마을에 나갔다가 트럭에서 벽돌을 내리는 아저씨를 만났다. 굳이 청하지 않았지만 열심히 일을 도와드렸다. 일을 마치고도 쭈뼛거리고 서 있는 비지아에게 아저씨는 잔돈 몇 푼을 건넸다. 한걸음에 가게로 뛰어가 통조림을 샀다. 빵은 없었지만 소간만이라도 먹고 싶어 침이 고였다. 산에 도착해 바위 뒤에 자리를 잡았다. 그런데 아뿔싸! 통조림을 딸 방법이 없었다. 멍하니 통조림을 바라볼 수밖에 없었다. 안타까워 눈물이 났다. 궁리에 궁리를 거듭하다가 옆에 있는 바위에 통조림 가장자리를 문질러봤다. 금세 손이 뜨거워졌다. 그래도 쉬지 않았다. 그렇게 손이 델 것처럼 아플 때쯤 통조림이 열렸다.

"지금도 그 맛을 잊을 수가 없어. 근데 내가 멋진 걸 생각해냈다."

비지아가 추억에 젖은 표정으로 입맛을 다시며 말했다. 소간 통조림을 본 적도 없는 나까지 군침이 돌 정도였다.

"왜? 주인 없는 소라도 한 마리 잡았냐?"

"아니, 소처럼 부지런하면 자다가도 떡이 생긴다는 걸 알게 된 거지."

여학생들도 소간 통조림을 좋아하기는 마찬가지였다. 그러면 그들은 깡통을 어떻게 따서 먹을까? 문득 그런 생각이 들었다. 그날부터 비지아에게는 바위산에 오르는 것이 일상이 됐다. 아무 일이 없어도 수업만 끝나면 바위에 나가 앉아 있었다. 운이 좋은 날에는 여자애들이 통조림을 가지고 산에 올랐다. 그들도 깡통따개는 미처 준비하지 못했을 것. 비지아는 통조림을 대신 따주고 그 답례로 음식을 조금 얻어먹고 돌아오곤 했다.

몇몇 친구들은 숨겨둔 돈을 헐어 군것질을 하는 것 같았다. 몰래 빵이나 치즈를 오물거리는 것도 보였다. 돈이 없는 비지아는 형편이 말이 아니었다. 어머니가 만들어주는 빵과 치즈 생각이 간절했지만, 말을 타고도 하루를 가야 하는 먼 거리를 오갈 방법이 없었다. 편지를 쓴다 해도 도착하는 데 몇 날 며칠이 걸릴지 모를뿐더러, 어디론가 이사를 갔을 자기 집에는 원래 주소랄 것도 없었다.

비지아는 큰길가 작은 주유소로 나갔다. 솜에 주유소가 하나뿐이라 차란 차는 모두 그곳에 들러야 했다. 자기 동네로 가는 차가 있는지 주변을 샅샅이 뒤졌다. 한참 만에 먼지 가득한 트럭을 발견했다. 동네로 가는 차는 아니었지만, 집에서 가장 가까운 곳을 지나는 차였다. 손가락에 침을 묻혀서 먼지 가득한 트럭 뒤꽁무니에 어머니에게 보내는 편지를 썼다.

'빵—비지아'.

어느 토요일 오후, 교문 앞에 찾아온 사람이 있었다. 먼 친척 아저씨였다. 울란바타르로 일을 보러 간다는 아저씨 손에 어머니가 보낸 빵이 들려 있었다. 고맙다는 인사를 했는지 말았는지, 비지아는 빵을 들고 달리기 시작했다. 개울까지 와서야 멈춰 섰다. 허겁지겁 빵을 뜯어먹었다. 목이 메면 엎드려 개울물을 마셨다. '수레차가 있으면 얼마나 좋을까?' 어머니 생각이 간절했다. 그때 주변이 소란스러워졌다. 염소들이 물을 마시러 온 것이었다. 비지아는 기뻐서 눈물이 날 것 같았다. 하늘이 보내준 선물이 아닌가. 재빨리 달려가서 어미 염소 한 마리를 잡아 입으로 젖을 빨아 먹었다. 태어나 처음 해본 도둑질이 하필 젖 도둑질이 되었다.

알타이산에서 자기가 키우던 젖 도둑 양이 생각났다. 늘 비지아의 꽁무니를 따라다니던 암컷 양 한 마리가 새끼를 낳자마자 죽어버린 일이 있었다. 비지아는 새끼를 안고 다니면서 다른 어미 양을 붙잡아 젖을 먹였다. 어미 양은 자기 새끼한테 줄 젖이 부족할까봐 죽을힘을 다해 도망친다. 그걸 쫓아가서 젖을 먹이는 것이 보통 어려운 일이 아니다. 그렇다고 불쌍한 새끼 양을 그냥 둘 수도 없다. 비지아도 죽을힘을 다해 쫓아가 젖을 훔친다. 그렇게 겨울이 될 때까지 품에서 키운 양을 제법 어른이 다 된 후에 무리에 섞어놓았다. 그런데, 그렇게 애지중지 키운 녀석은 진짜 젖 도둑이 되고 말았다. 같은 시기에 태어난 다른 양들이 젖을 뗄 나이가 된 후에도 도둑젖을 먹고 다니는 것이었다. 얄밉고 괘씸해 다시는 젖동냥을 하지 말아야겠다 다짐을 했지만, 그 약속은 늘 지켜지지 못했다.

세상에 예쁘지 않은 새끼는 없다. 그중에서도 새끼 양은 정말

예쁘다. 복슬복슬한 하얀 털을 만지고 있으면 구름을 안고 있는 기분이다. 어느 해 가을에 태어난 어린 양이 있었다. 봄에 태어나는 것이 정상인데, 어미가 초여름에 교미를 해서 시기를 잘못 타고 태어난 양이었다. 그런 새끼를 초원에 두면 겨울을 날 수 없다. 비지아는 어린 양을 품에 안아 키웠다. 겨울이 다가오면 어미의 젖도 부족해진다. 비지아는 가을에 태어난 새끼 양을 가슴에 품고 다니며 또 이놈 저놈의 젖을 훔쳐서 먹이고, 사람이 먹는 우유를 주기도 했다. 그 예쁜 놈이 미워질 때도 있다. 새벽 동트기 전, 배가 고픈 새끼가 운다. 새끼 울음을 들은 어미 양도 게르 바로 옆까지 와서 같이 운다. 그 소리가 얼마나 시끄러운지 꿀맛 같은 새벽잠이 다 도망쳐버린다.

아침에는 늘 일어나기가 싫다. 어젯밤 피워놓은 불은 이미 온기가 없고, 어머니가 아침 수테차를 끓일 때까진 화로도 식어 있다. 그러면 아버지 침대로 간다. 게르 천창을 통해 들어온 아침 햇살 한줌이 아버지 침대에 떨어지는 시간인 것이다.

바람이 불면 날아갈 듯 허술해 보이지만, 유목민의 게르는 수천 년의 세월이 쌓여 완성된 과학적인 구조물이다. 그중에서도 천창天窓, 하늘로 난 창문이야말로 작은 천문관측소라 할 만하다. 천창의 원형은 크게 사등분되어 있고, 각 칸마다 다시 셋으로 쪼개져 총 열두 조각으로 돼 있다. 큰 칸 하나가 한 계절이고 작은 조각들은 한 달이다. 별이 어디에 걸려 있는지를 읽으면 깜깜한 밤에도 날짜와 시간을 알 수 있는 것이다.

남쪽 절반이 열려 있는 천창을 통해 아침이면 한줌의 햇살이 들어온다. 그 첫 빛이 딱 아버지 침대를 비춘다. 시간의 흐름에 따라 게르 안을 한 바퀴 돌며 온기를 주던 해가 저녁이면 다시 창문을 통해 빠져나간다. 이불을 뒤집어쓴 채 아버지 침대에 앉아 아침해를 맞는다. 새끼 양도 비지아를 똑같이 따라 한다. 어미가 방목지에 나가고 나면 새끼는 게르에 남아 잠만 잔다. 그놈도 게르 천창으로 들어온 햇빛 아래 눕는다. 시간에 따라 햇빛은 계속 이동한다. 잠을 자던 새끼 양이 눈을 슬며시 떠보고는 햇빛 쪽으로 자리를 옮기면서 잔다. 인형이 살아서 움직이는 것 같다.

돌아올 수 없는 강 •

자기가 사는 게르 지붕도 다 볼 수 없었던 여덟 살 시절, 비지아는 평생 흘릴 눈물을 다 흘렸다고 한다. 아무리 춥고 배가 고파도 울지 않았고 말에서 떨어져 어깨가 끊어질 듯 아파도 울음소리가 입 밖으로 나오는 게 창피해 피가 나도록 어금니를 악물곤 했었지만, 이해할 수 없는 일을 강요받고 그것에 저항할 어떤 힘도 없다는 것을 느꼈을 때는 주체할 수 없는 눈물이 터져나와 손쓸 틈도 없이 무너지고는 했다.

일주일에 한 번, 학생들은 선생님의 손에 이끌려 일제히 시내로 나갔다. 시내에 하나뿐인 목욕탕을 찾아가는 것이었다. 아침부터 나무를 때놓은 목욕탕은 후끈후끈한 열기 때문에 들어서는 것조차 힘이 들었다. 내부는 온통 물안개가 낀 것처럼 뿌옇고 미끄러운데, 아이들 떠드는 소리가 메아리치는 통에 정신을 차릴 수 없었다.

목욕은 죽기보다 싫었다. 안간힘을 쓰며 버텼지만 선생님들은 미개한 삶의 때를 벗겨내기라도 하듯 연신 물을 뿌려댔다. 절규와 반항 속에서 목욕이 끝나면 다리가 후들거렸다. 말도 탈 수 없을 것처럼 기진맥진했고 다시는 알타이산에 돌아갈 수 없을 것 같은 기분이 들었다.

한국에서 함께 지내던 어느 날, 나와 비지아는 에스키모의 삶을 다룬 다큐멘터리를 본 적이 있었다. 순록을 따라 설원을 누비던 어린 에스키모인 형제 둘이 처음 도시로 나와 학교에 다니게 된다. 그러다 비지아처럼 운명의 첫날을 맞이한다. 목욕이었다. 형은 겨우겨우 목욕을 끝내지만, 동생은 한사코 버틴다. 공포스러운 목욕 의식을 마친 형이 자기 눈물이 마르기도 전에 동생이 걱정돼 달려온다. 동생은 울며 버티고 서 있다. 욕조에 담긴 목욕물일 뿐이지만, 들어가면 끝이다. 소위 '근대'가 만들어놓은 길을 따라서 영원히 돌아나올 수 없는 문명 속으로 들어가게 되는 것이다.

반성 없이 근대를 살고 있는 내 눈에는 보이지 않았던 것이 비지아의 가슴에는 바위처럼 내리친 것 같았다. 그 동생의 울음

이 남의 일 같지가 않던 비지아는 다큐멘터리를 보는 내내 눈이 벌겋게 달아올라 있었다. 목욕도 안 해본 더러운 몸이라서, 무식한 촌놈이라서 생긴 일이 아니다. 빙판에서 넘어져도 표정 하나 변하지 않고, 자기보다 큰 순록들 틈에서도 씩씩하게 올가미를 던지던 작은 거인이 목욕물 앞에서 넋이 나가도록 울고 있는 것이다. 친구들 모두가 하는 일이지만, 그 꼬마 녀석에게는 문명으로 들어가는 일이 그렇게 힘든 것이다.

한국에서 번듯하게 교수를 하고 있는 지금도 비지아는 사우나에 가는 걸 죽도록 싫어한다. 뜨거움을 참지 못하기 때문만은 아니다. 함께 초원을 여행할 때였다. 지금이야 가는 곳마다 캠프 리조트가 있고, 샤워기에서 물이 펑펑 나오지만 불과 몇 년 전만 해도 그런 여행은 꿈도 꿀 수 없었다. 특히 가을을 넘겨 여행하는 경우엔 문을 여는 캠프가 없어 유목민들이 사는 민가에서 잠자리를 해결해야 했다. 찾아가는 유목민마다 흔쾌히 침대를 내주었고, 집주인이 땅바닥에 펠트를 깔고 자는 불편을 감수했다. 문제는 아침이었다. 말을 타고 두 시간을 가서 떠왔다며 세숫물을 내미는데, 그 한 컵 정도의 물을 도저히 받을 수가 없었다. 최소한의 물로 양치를 하고, 대충 얼굴을 훔친 뒤 컵 절반쯤 남은 물을 다시 주인에게 돌려주곤 했다. 그렇게 며칠을 돌아다니다 비지아에게 말했다.

"목욕 안 하고 사는 삶도 좋구만."

비지아의 대답은 달랐다.

"그땐 처음 만나는 문명이었으니깐."

비지아에게서 얼핏 내가 한 번도 의심하지 않았던, 당연한 진실처럼 받아들인 이 세계에 대해 고뇌하고 번민한 흔적이 보였다. 굳이 찾아보자면 인류가 잊어버린 것들, 다시는 생각하지 않는 것들, 지금의 삶이 외롭고 허무해 다시 돌아봐도 보이지 않는 것들, 아득히 머나먼 과거의 땅의 이야기 같은 것이었다. 나는 이 첨단 자본주의 세계에 내 의지와 상관없이 던져진 것이고, 비지아는 자기 발로 그것을 통과한 것이다. 그는 그 기억, 그 마음을 안고 우리와 똑같이 21세기를 살아가고 있다. 나의 세계에선 몇십, 몇백 년 전에 지나가버린 그 대결 속에, 내 친구 비지아는 아직 살고 있다.

넷.

오랑캐로 사는 즐거움

뜨겁게 내린 소주 한 잔 •

술꾼이 아닌 유목민을 본 적이 없다. 한국에서 술깨나 한다는 사람도 유목민들과 며칠 여행을 다니게 되면 학을 떼고 만다. 자동차를 세우는 곳이 술집이고 둘러앉는 자리마다 술자리가 된다. 아침이어서 안 된다거나 빈속이라 힘들다거나 하는 변명은 통하지 않는다. 나중엔 차를 세우는 것이 무섭다. 딱딱한 의자 때문에 엉덩이가 결려도 그저 달렸으면 싶다.

더 고역인 것은 그들이 안주를 먹지 않는다는 점이다. 독한 술을 안주도 없이 마시는 건 여간 힘든 일이 아니다. 몇 년 동안 비지아에게 안주 타령을 했더니, 어느 날은 '러시아식 안주'라면서 식빵 한 쪽을 가지고 왔다. 그거라도 어디냐 싶어 집으려는데 비지아는 빵을 내 코에 대더니 "숨을 들이쉬어" 하곤 다시 가져가버렸다. 러시아식이란 게 빵냄새만 맡게 하는 것이었다. 그깟 빵 한 쪽도 안 주느냐고 하면 "안 주니까 안주지"라며 말장난을 할 뿐, 여전히 안주는 없다.

"우리 동네에 사는 전설의 술꾼 소설가 아저씨가 있는데."

그 술꾼, '죽드르바름'은 얼마나 술을 많이 마시는지 다음날이 되면 손이 너무 떨려서 전화를 걸지도 못했다. 밀가루 포대를 어깨에 걸쳐 메어 손을 진정시키고 나서야 번호를 누를 수 있었다. 그래도 자꾸 손이 떨려서 수화기로 얼굴을 비비게 되는데, 상대는 수화기에 수염이 쓸리는 사그락 소리가 시끄러워서 말을 알아듣지 못했다. 자꾸 알아듣지 못하고 다시 물으면 죽드르바름은 "빨리 말해. 밀가루 다 쏟아져" 하고 화를 냈다. 그래도 그의 음주량은 줄어들지 않았다. 아침마다 어느 집에 가면 술을 얻어 마실 수 있는지 살폈다. 언젠가는 막 결혼한 신혼부부 집을 찾아갔다. 몽골에선 찾아오는 손님에게 차를 가장 먼저 내준다. 떨리는 손으로 뜨거운 차를 받아들면 필시 절반은 쏟고 말 것이었다. 탁자에 놓으라고 해도 죽드르바름의 소문을 모르는 새댁은 자꾸 다가와 뜨거운 찻잔을 건네주었다. 그는 "왔다 왔다" 하면서 앉은 채로 뒷걸음질을 쳤다. 얼마 지나지 않아 그 새댁도 죽드르바름에게 차를 건넬 때면 냄비 뚜껑으로 제 얼굴을 가리고 대접했다.

"도대체 오랑캐들은 왜 그렇게 술을 많이 마시는 거야?"

비지아가 대답 대신 뜬금없는 귀신 이야기를 시작했다. 야크 관리를 하러 산으로 갔을 때였다. 야크를 관리하는 일은 쉽지가 않다. 그놈들은 집으로 돌아올 생각도 하지 않고, 방목하면 산꼭대기로 올라갈 생각만 한다. 그렇다고 딱딱한 돌멩이밭에서 야크떼를 몰아붙이면 발바닥이 상해 걷지도 못하게 된다. 겨울엔 젖을 짤 일이 있을 때만 집으로 몰고 올 뿐, 열흘이나 보름씩 산에 둘 때가 많다.

어느 날, 야크가 머물던 곳을 찾아갔는데 그놈들이 없어졌다. 알타이산을 다 돌다시피 하며 찾으러 다녔지만 흔적도 보이지 않았다. 산속의 밤은 빨리 찾아왔다. 골짜기를 따라 찬바람이 내리쳤고, 기온은 하염없이 떨어졌다. 춥고 피곤했다. 눈을 감으면 그대로 죽을 것 같아 잠이 들지 않으려고 살을 꼬집으며 웅크린 채 밤을 보냈다. 새벽 첫 해가 산꼭대기에 걸렸다. 얼마나 반가운지, 다시 힘이 솟았다. 배고픔도 잊고 말을 몰았다. 다행히 아침해가 높이 뜨기 전에 야크떼를 찾았다. 반갑기는 했지만 집에 돌아갈 일이 걱정이었다. 너무 멀리 와버렸고, 집까지는 큰 산을 두 개나 넘어야 했다. 이미 말은 지칠 대로 지쳐 있었다.

어느 골짜기에 들어섰을 때, 오싹한 느낌이 등골을 스치고 지나갔다. 사람이 살다 이사를 간 흔적을 본 것이다. 귀신은 사람이 사는 곳에만 살고, 사람이 이사를 하고 나면 그 자리에 남아서 다른 사람을 기다린다는 할머니 이야기가 생각났다. 그때, 말이 갑자기 멈춰 섰다. 몽골 속담에 '귀신은 말의 다리를 묶는다'는 말이 있는데, 딱 그런 것 같았다. 아무리 채찍을 내리쳐도 말은 꿈짝도 하지 않았다. 말에서 내리자 한기가 더 밀려왔다. 큰 소리로 노래를 부르며 괜찮은 척해봤지만 소용이 없었다. 신문지를 말아서 담배를 피우려는데 손이 얼마나 떨리는지 담배를 말지도 못했다. 아까운 담뱃가루를 절반이나 쏟은 후에 겨우 말아서 꼬나물었는데, 등뒤에서 누군가가 목덜미를 끌어당기는 느낌이 들었다. 부들부들 떨고 있는 말한테 등을 기대고 서서 담배를 피웠다.

그나마 야크들이 옆에 있어서 조금 안심이 됐건만, 녀석들은 속도 모르고 자꾸 움직였다. 한 발짝이라도 떨어질까 무서워 말고삐를 잡아끌고 야크들을 따라갔다. 얼마나 갔을까, 말의 숨소리가 편해진 듯했다. 야크떼는 내팽개치고 말을 몰아 산을 넘었다. 집에 돌아오니 한밤중이었다. 이틀 만에 돌아온 아들이 걱정되어 어머니가 차를 내오셨는데, 손이 떨려 뜨거운 찻잔을 받을 수도 없었다.

"아, 그때 어머니가 시밍 아르히몽골의 증류주 한 잔을 내려주셨어. 그 따뜻한 것이 목을 타고 쪼르륵 들어가고 나니 살 것 같더라."

이틀을 굶은데다 추위에 꽁꽁 얼어붙은 몸속에 독하고 따뜻한 술이 들어갈 때의 감각이 전해지는 듯했다. 그날 비지아에게

시밍 아르히는 술이 아니라 죽지 않고 살아 있음을 확인한 행복이었을 것이다.

"그래서, 귀신은 봤어? 말이 왜 움직이지 못한 거야?"

"그렇지 않아도 할머니께 귀신 얘기를 말씀드렸지. 근데 귀신이 아니고 말한테 병이 든 거라고 하셨어."

살이 많이 찐 말을 잘 먹이지 않고 오래 고생시키면 병에 걸리게 된다고 하시며 할머니가 말 엉덩이에 손을 올려 눌러보았다. 엉덩이 쪽에서 맥박보다 큰 박동이 느껴졌다. '툭셰'라는 말병이었다.

사람이 먹으려고 떠온 물을 먹이고, 늦겨울을 위해 준비해둔 풀을 가져다 먹였다. 그러곤 지친 비지아를 대신해 동생이 밤새 말을 끌고 다니며 풀을 뜯겼다. 아침에 일어나 찾았을 때도 말은 풀을 뜯지 않고 가만히 서 있었다. 아직 정상이 아닌 것이었다. 모든 동물은 물에 빠졌다 나오면 부르르 몸을 흔들어 물기를 털어낸다. 그런데 그놈은 서리가 눈처럼 쌓인 몸을 스스로 털지도 못했다. 귀에 손가락을 집어넣으려 손을 가져가도 고개를 돌리거나 피하지도 못했다. 오래도록 그랬다. 여름이었으면 피를 뽑아 치료를 하면 되는데 겨울이라 그것도 할 수 없었다. 한 달이 지난 뒤에야 겨우 나아졌는데, 예전 그 말이 아니었다.

"몽골 남자들이 제일 무서움에 떨 때가 언제인지 알아?"

"글쎄? 아내가 샤워할 때인가? 크크."

내 대답이 틀렸는지 비지아는 손사래를 쳤다.

"아내가 말고삐를 풀어버릴 때야."

술만 마시는 남편이 미우면 아내는 남편이 타는 말의 고삐를 풀어버린다. 그러면 고삐 풀린 말은 숨도 안 쉬고 뛰어서 산속의 동무들에게로 간다. 원래 승마용 말은 보름 정도 타고 풀어주고, 다른 말을 데리고 와 안장을 올리고 재갈을 물린다. 그런데 다른 말도 없이 고삐를 풀어버리면 보름간 남자의 다리가 잘리는 것이다. 아내는 말이 없어지면 남편이 집에 남아서 일을 할 것이라 생각하지만, 남자가 생각할 때 말이 없는 남자는 남자도 아니고 여자도 아니다.

"술 마시는 걸 후회한 적은 없는데, 가끔 말한테 미안했던 적은 있지."

친구를 만나 술을 마시는 동안, 말은 게르 옆에 묶여 있다. 가끔은 직접 데리고 나가 풀을 뜯기기도 하는데 그럴 시간은 사실 거의 없다. 한참 분위기에 취해 술을 마시고 있으면 말이 신호를 보낸다. 으드득 으드득, 말이 어금니 가는 소리를 내는 것이다. 그 소리를 들으면 술이 안 넘어간다. 며칠 술을 마시고 놀고 난 뒤에도 후회는 없다. 그런데 말을 보는 순간 후회가 밀려온다. 내 친구인데, 너무 불쌍하다.

도시에서 술을 마실 때면 말을 멀리 묶어두어야 한다. 놀다보면 이틀 사흘이 훌쩍 지나간다. 문득 정신이 들어 찾으면 말이 없다. 말을 어디에 두었는지 기억이 나질 않는다. 한참을 헤매 찾아보면 말은 며칠 전 묶어둔 자리에서 양떼처럼 풀을 뜯고 있다. 풀의 윗부분만 먹는 말이 오죽 배가 고팠으면 양처럼 바닥까지 싹싹 핥아먹었을까 싶어 미안하기만 하다. 물도 입에 대지 못했을 터, 말을 데리고 개울로 간다. 말은 개울물에 입을 대고 코로 숨을 쉬면서 멈추지 않고 물을 마신다. 쭈욱쭈욱 물 빨아들이는 소리가 마음을 더 아프게 한다.

그렇다 해도 술이 없는 삶은 생각할 수 없다. 새 풀이 돋아나는 여름 축제를 술 없이 어찌 보내고, 예닐곱 달 동안이나 계속되는 기나긴 겨울밤을 어찌 보낸단 말인가? 술이 있으면 모두가 친구이고, 모든 노래가 합창이 된다. 특히 오리앙카이의 술자리는 더욱 그렇다. 술에 취한 사람들은 노래 부르기를 좋아하는데, 각자 부르는 다른 노래들이 신기하게도 합창으로 끝을 맺는다. 술의 힘이다. 술의 아름다움이다.

담배, 짜릿한 키스 •

인디언 전설에 따르면 아주 먼 옛날, 정말 못생긴 처녀가 남성들로부터 사랑 한 번 받지 못하자 "저승에선 세상 모든 남자와 키스를 하겠다"는 말을 남기고 자살을 했고, 그 처녀의 무덤에 풀 한 포기가 피어났는데 그것이 담배였다고 한다. 콜럼버스가 아메리카 대륙을 발견한 뒤 담배는 전 세계로 퍼졌다. 지구의 흡연 인구가 십이억 명이라고 하니, 전설대로라면 그녀는 저승에서도 입술 마를 날이 없을 것이다.

비지아도 어릴 때부터 인디언 처녀와의 짜릿한 키스를 경험했다. 그런데 담배를 구하기가 쉽지 않았다. 할머니가 몰래 주시는 담배로는 성에 차지 않았다. 한 달에 한 봉지의 담배 표가 지급되던 사회주의 시절엔 어느 집이나 담배가 부족했다.

양떼를 몰고 초원에 나갈 때마다 갖가지 풀을 뜯어 말렸다. 하지만 어떤 풀을 말아 피워도 담배맛이 나지 않았다. 읍내까지 나가 가게 앞을 서성거렸지만, 표도 없고 돈도 없었다. 하는 수 없이 동네 아저씨를 찾아갔다가도, 어떻게 말을 꺼내야 할지 용기가 나질 않아 몇 번이고 되돌아오곤 했다. 혼자 갈 수 없어 친구를 데리고 함께 갔을 때, 아저씨는 까탈스러운 질문 없이 담배 한 봉지를 건넸다. 바위산을 뛰어올랐다. 가슴이 벅차 터질 것 같았다. 조심스럽게 담배를 말았다. 지금 같은 개비 담배가 아니고 큰 봉지에 든 말린 담뱃잎을 종이로 말아 피우는 궐련이었다. 손바닥에 종이를 얹고 담뱃잎을 올려 돌돌 만 뒤 끝에 침을 묻혀 고정시켰다. 머리가 핑 돌 때까지 한자리에서 서너 대를 나눠 피웠다.

남은 담배를 보관할 방법이 없었다. 나눠서 집에 가져갈 수도 없었다. 비지아와 친구는 담배 봉지를 타르박 구멍에 넣어두기로 했다. 마침 빈 타르박 구멍이 보였다. 비를 맞지 않게 구멍 깊숙이 담배를 넣은 뒤, 돌을 얹어 표시를 해두고 집으로 돌아갔다. 집에서 일을 하고 있으면 멀리서 친구의 말달리는 모습이 보였다. 담뱃굴로 가는 것이었다. 비지아도 황급히 말을 몰아 담뱃굴로 달려갔다.

어느 날 보니 비어 있던 타르박 굴에 주인이 들어왔다. 타르박은 호기심이 많다. 그 호기심 때문에 사냥을 당하면서도 버릇은 여전하다. 자기가 모르는 물건이 있으니 궁금했는지, 봉지를 뜯어 담배를 다 흩뿌려놓았다. 초원에 뿌려진 담뱃잎을 하나하나 주워모았지만, 피 같은 담배는 절반이나 줄어버렸다. 또 서너 대를 나눠 피우고 다른 타르박 굴에 숨겼다.

이사 가는 날이 됐다. 비지아네 집이 먼저 이사를 떠나게 되어 친구를 불렀다. 그날 두 사람은 평생 다시 보지 못할 것처럼 담배 이별식을 치렀다. 담배 한 대 피우고 서로 얼싸안고, 다시 담배 한 대 피우고 헤어지는 모습이 스스로 생각해도 참 멋져 보였다. 둘은 남은 담배를 반씩 나누어 헤어졌다.

어떤 날은 성냥 때문에 당황한 적도 있었다. 학교가 방학을 했다. 기숙사 생활을 하던 비지아는 트럭을 타고 집 근처 큰 마을까지 가기로 돼 있었다. 그런데 트럭이 떠나는 날이 이틀 뒤였다. 집에 가고 싶은 생각이 간절했던 비지아는 '내일보다 내세가 먼저 올 수 있다'는 티베트의 격언을 덧붙이며 옆 동네에 사는 친구를 설득해 먼저 길을 나섰다. 학교에서 집까진 말을 타고도 거의 한나절이 걸리는 길. 오십 킬로미터가 넘는 거리를 걸어가야 했다. 그래도 맥없이 앉아 이틀을 기다릴 수는 없었다.

솜을 벗어나자 곧바로 초원이 시작됐다. 사람도 없고 길도 없었다. 하지만 괜찮았다. 멀리 알타이산이 보였으니 길을 잃을 걱

정이 없었고, 무엇보다도 주머니에 담배가 가득 들어 있었다. 세 걸음 걷고 담배 한 대 피운다 생각될 만큼 담배를 많이 피웠다. 그렇게 길이 멀었다. 걸어도 걸어도 그 자리인 것 같았다. 두 사람은 걷기도 하고 뛰기도 하면서 길을 재촉했다. 아무리 뒷짐을 지고 머리를 숙이고 애써 걸어도 길은 줄어들지 않았다. 비지아도 친구도 지쳐갔다.

"베이징은 서 있고 나는 가고 있다."

비지아가 몽골인들의 속담을 가져다 붙이며 호기를 부렸다. 떠난 사람은 결국 도달하기 마련이다. 하지만 해가 문제였다. 이대로 밤이 되면 어떡하나 걱정이 됐다. 친구랑 함께 있어서 다행이었지만, 깜깜한 밤에 무리 지어 공격하는 늑대를 막아낼 수 있을지 알 수가 없었다. 설상가상으로 성냥이 똑 떨어지고 말았다. 담배만 걱정했지 성냥을 충분히 챙길 생각은 못했던 것이다.

불이 없으니 담배 생각이 더 간절했다. 천지 사방이 텅 빈 초원에서 성냥 구할 곳도 없었다. 불도 못 붙인 맨담배를 말아 문 채 걷고 또 걸었다. 얼마나 지났을까? 멀리 게르 한 채가 보였다. 급하게 뛰어가긴 했지만, 학생 신분에 남의 게르에 불쑥 들어가 불을 구할 수는 없었다. 다행히 저녁을 준비할 시간, 두 사람은 게르 옆에 숨어서 기다렸다. 아르갈을 태워 밥을 짓는다면 재가 많이 나와 하루 두 번은 재를 버리게 돼 있다. 집주인이 저녁 준비를 위해 난로의 재를 버리면 얼른 가서 그 안의 불씨를 찾을 생각이었다. 아주머니가 나왔다. 비지아는 그녀가 버리고 간 재를 뒤져 불씨를 찾아내곤 앉은자리에서 그리운 담배를 피웠다.

한결 발걸음이 가벼웠다. 그리고 갑작스러운 행운이 찾아왔다. 초원에서 추드르를 찬 말을 발견한 것이다. 두 사람은 말을 잡아타고 집을 향해 달렸다.

똥이 뒹구는 곳에서는 살지 않는다 •

중학교 때 처음 돼지가 들어왔다. 기숙사 식단 개선 차원에서 정부가 추진한 일이었다. 협동농장에서 일을 하던 '바틀락'이란 아저씨가 돼지 키우는 일을 맡았다. 그날부터 아저씨는 자기 이름으로 불린 적이 없었다. 돼지 키우는 사람이라는 뜻의 '가하이칭'이 아저씨의 새로운 이름이 됐다.

"돼지라는 것이 온다."

돼지가 들어오기도 전에 소문이 먼저 마을에 도착했다. 돼지에 대해 처음 들은 말은 똥을 먹는 동물이라는 것이었다. 똥을 먹고, 똥이 뒹구는 데서 산다는 것이다. 더러워서 생각도 하기 싫었지만 그럴수록 궁금증도 커졌다.

점심시간이든 쉬는 시간이든, 틈만 나면 친구들과 영화관을 가듯 돼지를 구경하러 뛰어갔다. 다섯 마리의 까만 돼지가 양우리처럼 생긴 곳에 갇혀서 기숙사 아이들이 먹다 남긴 음식을 먹고 있었다. 이상한 생김새에 놀라기도 했지만, 무엇보다 냄새가 너무 심했다.

가하이칭 아저씨는 아침이면 돼지를 초원에 풀어두었다. 뚱뚱하고 피곤해 보였다. 다리는 짧은데다가 뒤뚱거리느라 잘 걷지도 못했다. 초원에 풀어두면 돼지는 코로 잔디밭을 파헤치고 다녔다. 그냥 두면 온 초원을 다 망쳐놓을지도 모를 일이었다. 어느 모로 보나 쓸모가 없는 동물이었다.

초원을 짓이기는 꼴이 보기 싫기도 하고, 뒤뚱거리며 달리는 모습이 재미있어서 친구들은 여럿이서 돼지몰이를 하곤 했다. 돼지는 꽥꽥거리면서 잘도 도망쳤다. 아이들은 돼지를 쫓기만 할 뿐 냄새나는 몸뚱이엔 손도 대지 못했다. 그러다 가하이칭 아저씨에게 걸려 혼이 나기도 했다. 어느 날, 교장선생님에게 경고문이 날아왔다. 돼지를 괴롭히는 학생이 있으니 훈계하여 그런 일이 다시 없도록 하라는 것이었다.

비지아가 스물도 안 된 나이에 맛을 본 삼겹살은 사실 칭기즈칸도 먹어보지 못한 음식이다. 유목민의 삶을 생각해보면 그럴

만한 사정이 납득이 가고도 남는다.

첫번째 이유는 자연지리적 조건에서 찾을 수 있다. 만리장성이 돼지고기의 북방한계선이 된 이유이기도 하다. 만리장성 너머의 땅인 몽골은 사막과 반사막 기후이다. 양이나 염소, 소나 말은 잘 자라지만 돼지는 생존하기 어려운 조건이다. 돼지가 살기 위해서는 습지가 있어야 하는데, 몽골은 일 년 내내 내리는 비와 눈의 양이 이백사십 밀리미터밖에 되지 않는다. 과도한 지방층 때문에 체온이 쉽게 올라가는 돼지는 그럴 때 습지의 진흙을 몸에 발라야 정상 체온을 유지할 수 있다. 물이 없으면 이런 활동에 제약을 받고, 삶을 유지할 수 없게 되는 것이다.

그것이 전부는 아니다. 상당히 어려운 일이겠지만, 인간은 어떤 방식으로든 돼지를 키우기 위해 노력했을 것이고, 또 성공했을 것이다. 인간은 이 정도의 한계 때문에 그 맛있는 돼지고기 요리를 맛볼 기회를 원천적으로 박탈당할 종족이 아니다.

다른 요인이 또 있다. 안타깝게도 돼지는 인간에게 사육되는 가축이면서 인간이 먹는 음식을 같이 먹는다. 그 양도 만만치가 않다. 사정이 이러하니 인간이 돼지를 기르게 되면 한 집단 전체가 식량 부족에 맞닥뜨리게 되는 것이다. 실제로 한 집단이 돼지고기를 먹기 위해서는 다수의 (배고픔을 감내한) 희생이 필요하고, 그 토대를 딛고서야 약 오 퍼센트의 특권층이 돼지고기 요리를 즐길 수 있다고 한다. 몽골처럼 식량 자체가 부족한 곳에서는 생각하기 어려운 일이다. 돼지고기를 맛보기 위해 사회 전체의 분열과 파괴를 부를 수는 없는 노릇이니까. 게오르규의 『마호메트 평전』에 이런 대목이 나온다.

> 어떤 때는 가뭄, 전쟁, 제방의 붕괴와 대홍수, 또 어떤 때는 강물이 불어나 밀려가듯 인구가 너무 불어남으로 해서 잉여 인구가 추방되기도 했다. 하지만 갈 곳이라고는 북부밖에 없었다. 북부는 사막이었다. 안주하고 있는 사람들도 일단 사막 속으로 들어오면 살아남기 위해 유목민이 되는 수밖에 없었다. 사막에서 가능한 단 한 가지 생활 수단인 유목생활만큼 가혹한 생활 형태는 달리 없다.

물론 이것은 아랍의 사막 지역에서 살아가는 유목민들에 해당하는 말이지만, 모든 유목생활은 황량한 자연 속에서 외롭게 투쟁하는 인간들의 처절한 모습을 보여준다는 점에서 동일하다. 그들이 살고 있는 자연환경은 인간의 생존에 필요하다고 믿었던 최소한의 조건조차 의심케 만든다.

그러나 유목민들이 돼지고기를 먹지 않는 가장 큰 이유는 이 모든 것을 더한 것만큼이나 중요한, 돼지가 반유목적 동물이란 점 때문이다. 돼지는 인간의 말을 잘 알아듣지 못하는 짐승이다. 일 년에 서너 번의 이사를 다녀야 하는 유목민들은 일행을 제대

로 따라다니지 못하는 짐승을 키울 수가 없다.

돼지의 다리는 그 무게의 육십 배나 되는 무거운 몸뚱이를 버티고 서야 한다. 돼지는 말과 양을 따라 초원을 건너갈 수도 없고, 변화하는 계절과 환경(특히 가뭄과 혹한)에 적응할 수도 없다. 그저 뒤뚱거리며 자신의 울타리 안을 돌아다닐 수 있을 뿐이다. 비대해진 몸뚱이의 무게를 힘겹게 버티고 서 있는 돼지의 모습은 소유에 집착한 나머지 너무 무거워져버린 정착문명을 상징하는 것처럼 보인다. 유목민들은 그런 돼지에게서 정착민의 천박한 특성을 보았는지도 모를 일이다.

체온을 조절하겠다고 강물에 뛰어드는 돼지의 모습은 공동체가 함께 쓰는 강물에 함부로 오줌을 누는 흉악범처럼 보였을 것이다. 거름을 만들겠다며 재에 똥과 오줌을 섞는 정착민 같은 동물로 비쳤을 수도 있다.

'아, 어쩌면 돼지와 정착민은 저렇게도 똑같이 닮아 있는가?'

칭기즈칸이 삼겹살의 맛을 포기할 수밖에 없었던 이유를 미루어 생각하면 이런 게 아닐까?

몽골 작가 차드라발 로도이담바의 소설 『맑은 타미르강』에 이런 구절이 있다. 고향을 떠나 살길을 찾아가던 '에르덴'이 노숙을 하던 중에 한 마리 남은 말을 도둑맞자, 아내 '돌고르'가 땅을 치며 울부짖는다.

"이를 어째? 타향 땅 깊은 곳에서 돼지 걸음으로 어디를 간단 말이야?"

돼지는 이동하지 못하는 자, 발병 난 자의 대명사쯤으로 쓰이는 동물이다. 반유목적 동물과 함께하는 건 유목민의 자긍심에 상처가 생기는 일일 것이다. 유목민들은 정착민을 욕할 때 투르크메니스탄 격언을 써서 "네놈은 네 똥이 뒹구는 데서 계속 살아라"라고 말한다. 유목민들의 눈에 정착민은 떠날 수 있는 자유를 갖지 못한 하찮은 종족일지 모른다.

위대한 유목민이란 자유로운 인간에 다름아니다. 어느 유목민 시인은 "한 번 깨어난 곳에서 두 번 다시 잠들고 싶지 않다"라고 말했다. 유목민이 바로 그렇게 사는 사람들이다. 그래서 유목민들은 가난할지언정 정착해서 사는 삶을 동경하지는 않는다. 그들은 스스로 매우 높은 도덕의식을 가지고 있으며, 자신들의 문화에 대해 정착문명의 주인들보다 더 높은 긍지와 자부심을 가지고 있다.

알타이에서 만난 철새 친구 •

양떼를 몰고 나간 비지아가 우연히 새 둥지를 발견했다. 폭신한 솜털이 깔린 둥지 안에 검은 점이 송송히 박힌 새알이 옹기종기 모여 있었다. 저 껍질 속에 생명이 자라고 있다는 것이 신기하고 대견했다. 비지아는 온종일 새 둥지 옆을 떠나지 못했다. 집에 돌아가서도 머릿속에 새알이 떠다녔다. 눈먼 소나 양이 밟아 깨뜨리지나 않을까 밤새 뒤척거려야 했다.

"개울 가는 길에서 본 새 둥지가 내 평생의 걱정이다."

소설가 독밋의 책에서 읽었던 구절이 비로소 이해가 됐다.

다음날도 그다음날도 새 둥지를 찾아가서 놀았다. 대꾸도 없는 알들과의 대화가 익숙해질 즈음, 아기 새들이 껍질을 깨고 나왔다. 어미 새는 어디로 갔는지 보이지 않고, 인기척을 느낀 새끼들이 눈도 뜨지 못한 채 입을 벌리며 아우성을 쳤다. 비지아는 부지런히 소똥을 찾아다녔다. 전에는 땔감으로 쓰기 위해 모았지만, 지금은 달랐다. 소똥을 쪼개 그 안에 있는 벌레를 잡았다. 아기 새들은 배를 부풀리면서 숨만 쉬고 있다가 비지아의 기척이 느껴지면 입을 벌렸다. 한 마리씩 벌레를 입에 넣어주면 눈도 못 뜬 것들이 날름날름 잘도 받아먹었다. 어떤 때는 어미 새와 마주치기도 했다. 어미 새는 걱정스럽게 주변을 돌며 소리를 질렀다. 그러거나 말거나 비지아는 제 새끼를 키우듯 지극정성으로 아기 새들을 키웠다.

그러던 어느 날, 새끼들이 하늘을 날기 시작했다. 눈물이 날 것 같았다. 내가 키운 새끼들이 하늘을 난다는 건 경험하지 않은 사람은 알 수 없는 희열이었다. 한없이 기쁜데, 한편으로 아쉬움이 확 덮쳐왔다. 소중한 것은 갖는 것이 아니라는 어른들 말씀이 떠올랐다. 만남은 언제고 이별을 예약하고 있는 법, 이별의 순간을 어찌 이겨낼 것인가?

몽골 사람들은 새를 좋아한다. 바다의 흙을 가져와 몽골 땅을 만들었다는 전설의 새 항가르디도 좋아하고, 용맹의 상징인 송골매도 좋아한다. 그중에서도 가장 많은 사랑을 받는 새는 비지아가 키워낸 평화의 새 '앙기르'이다. 앙기르는 봄에 왔다가 가을에 돌아가는 철새다. 앙기르가 울면 길고 혹독한 겨울이 끝났다고 생각해 사람들은 앙기르 울음소리를 기다린다. 강 강 고르르르 강 강 고르르르 하고 우는데, 아름다운 자태와 고운 목소리는 사랑을 받기에 충분하다. 앙기르는 황금색을 띤 오리인데, 원앙이나 청둥오리를 닮았다. 어머니가 아이를 낳고 처음 물리는 노란 빛깔의 초유를 보고 사람들은 앙기르 우유라고 하고, 앙기르가 한 번에 열 개 넘는 알을 낳고 정성껏 새끼를 부화시키며 늘 새끼들을 데리고 다니는 모성애 강한 생물이라 하여, 형제자매가 많은 사람에게 '앙기르처럼 자라라'는 축원을 보내기도 한다.

새끼가 적당히 자라면 어미는 훈련을 시작한다. 가을이 되면 다시 지구의 반 바퀴를 날아 한국으로 대만으로 더 멀리 호주까지 가야 하기 때문이다. 길고도 힘겨운 여행을 무작정 떠날 수는 없을 터, 매일 어미 새를 따라 혹독한 훈련을 반복한다. 호수면을 박차고 오르는 훈련, 지치지 않고 날갯짓을 하는 훈련, 대열을 만들고, 선두를 바꾸고, 다시 대열을 만드는 훈련을 한다. 처음에 가족 단위로 진행되던 훈련은 날이 갈수록 규모가 커지고 비행 고도도 높아진다.

그렇게 훈련을 거듭하던 어느 안개 가득한 날, 훈련처럼 출발한 새 무리는 곧장 하늘 꼭대기까지 날아오른다. 새끼들이 두려워하지 않게, 겁먹지 않게, 훈련인지 실전인지도 모르게 길을 떠난다. 그런 날이면 비지아는 뿌연 안개 속에서 새끼가 어미를 놓치지 않을까 걱정이 됐다.

하늘 안개에서 길을 잃은
앙기르 새끼가 가엾어라
세상 안개에서 길을 잃은
사람의 자식이 가엾어라

저절로 오리앙카이 어른들이 부르던 노래가 입에서 흘러나왔다. 친구들과 놀다가 잘못을 저지를 때면, 어른들이 그렇게 측은한 눈으로 노래를 해주곤 했었다.

알타이산 아래에는 하르 오스검은 물라고 하는 거대한 호수가 있다. 매년 가을이면 하르 오스 호수 가득 앙기르 무리의 축제가 시작된다. 비행 훈련을 하는 수천수만 마리의 새들이 일제히 창공을 향해 솟아오르는 장관이 펼쳐지는 것이다. 철새에게는 원하는 곳에 낙오 없이 도착하는 일이 지상 과제이다. 『경호』의 기러기떼 이야기처럼 V자 대형의 맨 앞에 선 리더가 나침반 역할을 하고 뒤에선 무리들이 큰 울음으로 힘을 북돋아줘야 한다. 그렇게 서로가 서로에게 힘이 되고, 힘을 주면서 긴 여정을 떠난다.

철새는 한곳에 모여 사는 텃새와는 체험의 지평이 다르다. 나는 높이가 다르고, 조망하는 세계의 크기가 다르다. 지구 반 바퀴

를 여행해야 하는 저 철새들에겐 텃새 따위는 생각할 수 없는 봉황의 뜻이 있다. 먹이도 다르다. 텃새는 사람 옆에서 깝죽대고 훔쳐먹는 것이 일이지만, 철새는 직접 물고기를 사냥하고, 갈대나 풀뿌리를 파먹는다. 잠도 물위에서 잔다. 적으로부터 자신을 보호하는 경계의 자세다. 그들의 뼈는 어떤가? 먼길을 날기 위해 뼛속이 비어 있다. 오리앙카이의 눈에는 철새야말로 진짜 새인 것이다. 그런 동무와 이별하는 날, 비지아는 먼길을 떠나는 철새에게 한없이 아쉬운 인사를 건넸다.

"철새의 수를 세지 말아라."

어머니가 벌건 눈으로 하늘을 올려다보며 말씀하셨다. 돌아오면 몇 마리가 없을 터, 참으로 가슴 아픈 일이다. 이별을 미리 알고 사랑하는 것처럼 아픈 일이 또 있을까?

낙타처럼 살아간다 •

새끼가 어미를 닮고 가족이 서로를 닮아가는 것처럼, 유목민들은 가축을 닮는다. 유목민 비지아도 여러 동물의 모습을 닮았다. 말처럼 자유로우면서도 개처럼 친근하고 소처럼 우직하다. 양처럼 순박하고 착하기도 하지만 가끔은 염소처럼 좌충우돌해서 주변인들을 놀라게도 한다. 그중에서도 가장 많이 닮은 것이 낙타다.

"이건 똥배가 아니야. 낙타처럼 혹을 만들어야 알타이의 추위와 배고픔을 이길 수 있는 거야."

불룩한 배를 보며 웃을 때마다 비지아는 내게 이렇게 대답한다. 자신의 복부 비만은 낙타를 따라 한 거라고 너스레를 떤다. 아니 그렇게 자신을 속이면서 살을 찌우고 있다.

끈기와 인내의 상징인 낙타를 보고 있으면 유목민들이 견뎌온 고행의 이력이 그 몸에 응축돼 쌓여 있는 것 같다. 고통이 너무 크면 암덩어리가 생기듯 낙타도 유목민의 고단한 삶을 등에 짊어지고 있는지도 모른다.

척박한 땅을 살아가기에 낙타만한 동물이 없다. 대충 먹고도 두세 달을 견딜 수 있고 물을 마시지 않고도 사십 일을 견뎌낸다. 특히 먼 여행길을 떠날 때와 이사를 할 때 낙타는 없어서는 안 되는 동물이다. 낙타는 시속 육십 킬로미터로 달릴 수 있고, 최대 육백 킬로그램의 짐을 질 수 있다. 낙타고기는 식량으로 쓰이고, 젖은 진하고 맛이 좋다. 특히 낙타젖을 발효시킨 '호르목'은 영양가가 높아 아이락보다 훨씬 고급으로 취급받는다. 털도 쓰임이 많다. 낙타 한 마리의 털을 자르면 그 무게가 오 킬로그램까지 나온다. 낙타털은 질기기로 유명한데, 사람들이 겨울철에 쓰는 목도리, 모자, 재킷, 이불도 만들고, 새끼처럼 꼬아 게르가 바람에 날아가지 않도록 묶어두는 데 쓰기도 한다.

인간은 물 없이 얼마나 살 수 있을까? 1995년 삼풍백화점 붕괴 현장에서 살아남은 한 여학생은 십육 일을 견뎠다고도 하지만, 보통 인간은 삼 일에서 칠 일이면 죽는다. 몸무게의 칠십 퍼센트가 물이라고 하니, 인간의 몸은 물통이나 다름이 없는데도 또 따로 물을 마셔줘야 하는 것이다. 낙타는 먼지만 날리는 사막에서 사십 일을 버틴다니 참으로 대단한 생명력이다.

낙타가 물을 전혀 마시지 않는 것은 아니다. 한번 물을 마시면 아주 많이, 더 정확하게는 오랫동안 마신다. 몽골 사람들은 낙타가 물을 오래 마시는 건 사슴을 기다리고 있기 때문이라고 말한다.

오랜 옛날, 사슴은 뿔이 없고 낙타는 뿔이 있었다. 둘 다 서로 성격이 온순하고 착해서 아주 친했다고 한다. 어느 날 사슴이 큰 잔치에 간다면서 장식으로 낙타의 뿔을 빌려갔다. 다음날 강가에서 물 마실 때 만나서 돌려주기로 약속했다. 잔치에서 만난 동물들은 사슴의 뿔을 보고 칭찬을 아끼지 않았다. 사슴은 마음이 변했다. 낙타는 강가에서 오랜 시간을 기다렸지만 사슴은 오지 않았다. 그날부터 낙타는 매일 강가에서 물을 마시면서 사슴을 기다린다고 한다. 지금도 낙타는 물을 한 번 마시고 먼산을 한 번 쳐다보고 하면서 오랜 시간 강가에 머문다.

"낙타가 착한 동물이라고? 말도 안 돼."

비지아의 이야기를 듣다 나도 모르게 발끈했다. 낙타에게 봉변을 당해본 사람은 안다. 위가 두 개인 낙타는 풀을 뜯는 시간보다 되새김질하는 시간이 더 많다. 긴 목으로 처음 뜯어 보관한 풀을 쑥 끌어올려서는 하염없이 어금니를 간다. 그러다 짜증이라도 나면 씹고 있던 침 가득 묻은 풀을 푸, 하고 뱉어버린다. 끈적거리고 냄새나는 낙타의 침 공격을 한번 받으면 아무리 샤워를 해도 며칠간이나 냄새가 빠지지 않는다. 그런 일이 아주 가끔도 아니다. 낙타 앞에서 늘 몸조심을 해야 하는 이유다.

"그런 건 아무것도 아니야. 낙타의 교미를 훔쳐보면 죽는다는 말도 있어."

비지아가 한술 더 뜬다. 임신 기간이 십삼 개월이어서 이 년에 한 번 새끼를 낳는 낙타는 겨울 동지 무렵에 교미를 한다. 그런데 암수의 교미가 상상외로 어렵다. 우선 앉는 것부터 남다르다. 낙타는 지구상의 동물 중에 뒷다리가 3단으로 꺾이는 유일한 동물이다. 티라노사우루스도 2단이었다. 보통의 동물은 다리가 허벅지뼈와 종아리뼈로 돼 있고, 그 아래 발목이 있다. 낙타만 허벅지뼈가 두 개고, 그것이 꺾인다. 그래서 땅에 배를 대고 앉으려면 출렁출렁 다리를 꺾어야 한다. 앉는 모습만으로도 처절하다.

교미 시기가 되면 수컷 낙타는 앉기 싫어하는 암컷의 뒷다리를 물어 주저앉힌다. 이제 다른 동물들처럼 암컷 뒤에서 올라타야 하는데, 암컷이 미리 혹을 두 개나 짊어지고 있어서 자세가 나오지 않는다. 더 결정적인 문제는 수컷의 생식기가 아주 작다는 것이다. 아무리 용을 써도 교미가 제대로 되지 않자, 수컷은 애먼 화풀이를 주변에 한다. 다른 수컷과 싸우는 것은 말할 것도 없고,

사람도 발로 차고 쓰러뜨려 밟기도 한다. 그래서 교미 시기의 낙타를 만나면 조심해야 한다. 낙타가 일 톤이 넘는 덩치로 밀어붙이면 큰 상해를 입을 수 있기 때문이다.

수컷 낙타만 불쌍한 게 아니다. 암낙타의 출산도 말 못할 고통이다. 겨울에 새끼를 가진 낙타는 이듬해 초봄에 새끼를 낳는다. 난산이 아니어도 보통 몇 시간씩 걸린다. 암낙타는 세 살 때부터 새끼를 낳을 수 있는데, 초산인 경우는 어미의 스트레스가 장난이 아니다. 낙타 새끼는 다리도 길고 목도 긴데다가 등에 작은 혹도 나 있어 여간 빠져나오기 힘든 것이 아니다. 간혹 뒷다리가 먼저 나오는 소나 말의 난산도 힘이 들지만, 낙타는 모든 출산이 난산이고 고통이다. 새끼의 몸통 절반이 나오도록 종종거리며 힘을 주던 낙타가 버티지 못하고 초원에 눕는다. 그렇게 몇 시간을 더 뒷다리를 버둥거리며 밀어낸다. 돌아눕고 땅을 긁으며 비명을 지른다. 근처엔 주인도, 다른 낙타도 접근을 못한다.

그렇게 난산을 겪은 어미는 새끼를 외면하고 돌보지 않는다. 사람이 먼저 건드려서 냄새가 나거나 너무 빨리 어미에게서 떼놓아도 어미는 새끼를 구박한다. 젖도 물리지 않는다. 그냥 두면 며칠 못 가서 새끼가 죽을 것이다.

낙타 주인이 집안에 모셔둔 마두금을 꺼내 어미 낙타 옆에 걸어둔다. 바람이 마두금 현에 부딪쳐 나는 소리가 꼭 새끼 낙타의 울음소리를 닮았기 때문이다. 그렇게 해도 어미의 마음을 움직이지 못하면, 동네에서 가장 유능한 마두금 연주자를 초빙해 연주를 해준다. 슬프고 구성진 가락의 마두금 연주가 밤새 울리면, 낙타는 눈물을 뚝뚝 떨어뜨리며 새끼를 찾아 젖을 물린다. 유목민의 지혜가 가득 담긴 이 이야기는 독일로 유학을 간 몽골인에 의해 〈낙타의 눈물〉이라는 다큐 영화로 만들어지기도 했다.

"낙타는 이래저래 불쌍한 동물이네."

"불쌍하지. 그런데 멋있어. 고통 속에 살면서도 쓰러지지 않는 게 꼭 유목민을 닮았지."

말 도둑 바타

고등학교 시절, 비지아와 가까운 곳에 사는 친구가 있었다. '바타', 그 가난한 친구에게는 말馬이 없었다. 옆집이지만 반나절 걸리는 길을 꼭 비지아가 찾아가야 했다. 바타는 있어야 할 말은 없고, 없어도 될 먼 곳의 여자친구는 있었다. 하루는 그가 집까지 찾아왔다. 여자친구를 만나러 가야 하는데 말이 없어 난처하다며 비지아에게 빌리러 온 것이다. 하필 그때가 타던 말을 풀어준 때였다. 비지아는 동생을 보내 자기 말을 데려오게 했는데, 동생은 산 높이 올라갔는지 말떼가 보이질 않는다며 빈손으로 돌아왔다.

"어떡하지? 어두워지면 아무거나 한 마리 훔쳐서 갈까?"

'별의 천신' 신화의 자야가치 천신이 들었더라면 '눈을 파내고 허리를 분질러줄' 뒤틀린 생각이었다. 바타가 여자친구를 만날 욕심에 내지른 말을 막았어야 했다. 하지만 비지아는 그 간절함을 외면하고 싶지 않았다. 말안장을 챙겨 들고 둘이서 깜깜한 초원을 헤집고 다녔다. 그러다 호숫가에서 말떼를 발견했다. 호수 쪽으로 몰아 도망치지 못하게 하고 밧줄을 던졌다. 오리앙카이족이 말을 잡을 때 카우보이처럼 던지는 밧줄을 '찰름'이라 한다. 앞뒤 분간도 못하게 깜깜한 허공에 대고 찰름을 던졌다. 한 마리도 잡히지 않았다. 그렇게 양어깨가 끊어질 듯 오랫동안 밧줄을 던진 끝에 뭔가 걸렸다. 암컷인지 수컷인지 종마인지 사나운 야생마인지 알 수도 없었다. 밧줄을 잡아당겼다. 재갈을 물려보면 알 수 있을 터였다. 순순히 재갈을 물면 훈련이 된 놈이다. 성냥을 켜서 배 밑을 확인했다. 거세한 수말이었다.

"이건 젊고 튼튼한 놈이야."

괜한 아는 척을 해보았다. 친구가 안장을 얹었다. 함께 담배를 나눠 피우고, 포옹을 하고 떠나보냈다. 친구가 말을 달려 언덕을 넘었다. 달빛에 어슴푸레 비친 친구의 뒷모습이 그렇게 멋있을 수가 없었다.

며칠 뒤, 비지아 집으로 다른 친구와 그의 아버지가 찾아왔다.

"우리 말떼 중에서 한 놈만 없어졌다. 그럴 리가 없는데, 도둑인지 늑대인지 알 수가 없다. 늑대라면 한 마리만 없어졌을 리도

없고……"

범인을 알고서 찾아온 건 아니었고, 며칠간 말을 찾아다니다 소식이나 들어볼까 해서 들른 것이었다. 바타의 얘기를 해야 하나 어쩌나 주저하다가 아무 말도 못하고 말았다. 친구와 아버지는 그후로도 며칠 동안 말을 찾으러 초원을 헤매 다녔다.

"늑대에게 잡혔어도 뼈는 남아 있을 텐데……"

비지아는 "내가 알아서 해결해놓을 테니 잘 다녀와" 하고 바타에게 건넨 인사가 마음에 걸렸다. 그렇다고 사실대로 말을 할 수도 없고, 친구는 물론이고 그의 아버지까지 초원이며 산등성이를 오르내리는 걸 보고 있는 것도 못할 짓이었다. 그걸 아는지 모르는지 초여름에 떠난 바타는 여름 한가운데 있는 나담 축제 때까지도 돌아올 기미가 없었다. 원망스러우면서도 걱정이 됐다. 그 밤에 제대로 가기는 했는지, 말은 사납지 않았는지, 여자친구를 만나기는 했는지, 아니 죽었는지 살았는지, 소식을 알 수 없어 답답하기만 했다.

나담 축제가 시작됐다. 늘상 그렇듯 비지아도 제일 좋은 옷을 꺼내 입고 축제장으로 갔다. 바타는 비지아보다도 먼저 축제장에 와 있었다. 욕을 퍼붓기는커녕 가슴에서부터 뜨거운 눈물이 올라와 비지아는 그를 꼭 껴안았다.

"말은?"

"저기 있다."

밤에 잡아서 태워 보낸 말이라 흰 말인지 검은 말인지도 몰랐는데, 바타가 가리킨 말은 잘생긴 갈색 말이었다. 그간의 자초지종을 설명했다. 바타는 그제서야 상황 파악이 됐던지 난감해했다.

"초원을 걸어오는데 지친 말이 있길래 타고 왔다고 할까?"

바타가 거짓말이랍시고 툭 던졌다.

"혼자 무리에서 떨어질 리가 없잖아. 걸릴 것 같은데?"

"그렇지? 그럼 내 말을 풀어두었는데 사라져서 찾으러 다니다가 저놈을 발견했다고 하자."

"그것도 안 돼. 친구랑 아버지가 며칠째 찾으러 다니셨어. 그때는 없고 지금은 있는 게 말이 돼?"

바타의 머리 굴리는 소리가 들리는 듯했다.

"비지아 네가 말을 빌려줬는데, 캄캄해서 착각했다고 하자. 저게 네 말인 줄 알았다고."

만들어내는 거짓말마다 허점투성이였다. 유목민이 말을 빌려주면서 어떤 말을 내주었는지 모른다는 건 말이 안 된다. 말을 빌려줄 일이 있으면 그때 탈 수 있는 가장 좋은 말을 골라주고, 빌린 사람이 말을 타고 떠나는 모습까지 지켜보지 않는 사람이 없다.

"뭐야. 나를 이상한 유목민으로 만들 셈이야? 아저씨도 눈치채실걸?"

"그래? 아이 몰라 몰라. 이럴 줄 알았으면 거기서 그냥 팔아버리는 건데."

말 도둑들의 수법이 원래 그랬다. 어느 마을에서 말을 훔치면 곧바로 다른 마을에서 새로운 말과 바꿨다. 그렇게 서너 동네를 돌며 족보 세탁을 하면 자기 동네로 돌아와서도 제 말처럼 타고 다닐 수 있었다. 물론, 그것도 완전범죄가 되지는 못한다. 말들이 종종 주인을 찾아가는 것이다. 새로운 주인이 조금만 한눈을 팔아도 말은 옛집을 찾아, 동무를 찾아 뛰어가버린다. 사람이 안 탄 말은 따라잡을 수도 없다. 그러면 결국 멀리 가지 못한 도둑은 잡히게 된다.

비지아가 친구네 천막을 찾아갔다. 축제를 위해 준비한 천막에는 술과 치즈가 가득했다. 보드카 한 병을 드리자 친구 아버지는 이마 높이 술병을 받아 올리며 입이 벌어지셨다. 여러 잔의 술을 거푸 드시게 한 뒤, 비지아는 얼굴이 빨개진 아저씨에게 바타의 일을 고백했다.

"그놈이 좋은 놈인데 참 어렵게 살아요. 먼길 갈 일이 있는데 제 말이 문제가 있어서요."

이런저런 상황을 설명도 해보고, 죄송하다고 빌기도 했다. 그래도 아저씨는 술만 따라줄 뿐 용서한다는 말을 하지 않으셨다. 처음부터 말했으면 말 찾는 고생이라도 안 했겠지, 이렇게 비지아를 핀잔하는 것 같았다.

"멀리 가긴 했지만, 말을 고생시키진 않았다고 해요."

그 말을 듣자 아저씨가 비지아를 쳐다봤다.

"그래? 그건 그나마 참 다행이네."

아저씨가 첫 대꾸를 했다. 용서하겠다는 신호였다. 비지아는 술 몇 잔을 더 권해드린 뒤 가벼운 걸음으로 천막을 나왔다. 바타는 벌써 다른 천막에서 아이락을 마시며 떠들고 있었다. 참 속도 편하다 싶었지만, 사나흘씩 말을 달려야 하는 곳까지 여자친구를 만나러 가는 정성이 있으려면 저 정도 창자는 돼야지 싶어 그만 두었다.

장거리 연애에 지쳐서인지, 다른 문제가 생겼는지 모르지만 바타는 그녀와 결혼을 하지는 못했다. 그러니 비지아가 받았어야 마땅한 '황금 잔에 가득 채운 보드카 한 잔'도 바람 속으로 날아가버렸다. 세월이 많이 흘러 다시 만난 친구는 가정을 꾸리고도 그때의 연애를 무용담처럼 이야기한다. 외롭고 쓸쓸한 시절을 버티게 해준 힘이 청춘의 연애였다. 비지아에게도 그런 사랑이 있었다.

다섯.

오랑캐의 사랑

세 살 망아지를 닮은 시절

여자는 칩거자, 남자는 사냥꾼 나그네이다. 여자는 충실하며(그녀는 기다린다), 남자는 나돌아다닌다(항해를 하거나 바람을 피운다). 여자는 시간이 있기에 물레로 실을 잣고, 노래를 부른다. 그러므로 부재에 형태를 주고, 이야기를 꾸며내는 것은 여자이다. 철학자 롤랑 바르트의 말을 빌리자면 그렇다. 비지아는 롤랑 바르트의 『사랑의 단상』이 자신의 삶을 보고 쓴 글이 틀림없다고 생각한다.

머리가 굵어진 남자는 거세하지 않은 세 살 망아지 같다. 앞뒤 분간도 못하고 암말을 찾아 떠돈다. 머릿속이 온통 그 생각으로 가득찬 듯하다. 양떼를 관리하기 위해 초원에 나가면 눈이 바빠진다. 망원경보다 좋은 눈으로 초원을 샅샅이 살핀다. 어느 집 양떼를 몰고 온 목동이 소녀인지 살펴보는 것이다. 몽골인들의 시력은 4.0 이상이라고 한다. 믿지 못하겠지만 사실이다. 한국의 의료단체가 몽골로 봉사활동을 갔는데, 유목민 할아버지가 찾아왔다고 한다. 눈이 나쁘다고 해서 검사를 했는데 아무 이상이 없었다. 그러자 할아버지는 "저 산꼭대기에 있는 게 소인지 말인지 분간이 안 돼"라고 했다는 우스갯소리가 있을 정도이다.

풀을 뜯던 양떼가 작은 언덕을 하나 넘었다. 새롭게 펼쳐진 지평선 안에 다른 집 양떼가 있었다. 심지어 양떼 뒤에서 말을 모는 목동이 아가씨였다. 비지아는 천천히 양떼를 몰아갔다. 최대한 눈길을 보내지 않으며 그저 자기의 양떼를 따라온 것처럼 꾸몄다. 가까이서 보니 학교에서 보던 얼굴, 한 학년 아래인 '알리마'였다. '사과'라는 이름답게(알리마는 우리말로 사과 소녀라는 뜻이다) 둥글고 발그레한 볼이며 초롱초롱한 눈망울이 마음을 잡아끌었다. 방학 전에도 본 적이 있는 얼굴인데, 그동안 몰라보게 예뻐진 것인지 마음에 사랑이 처음 싹터서 그런지 분간이 되지 않았다. 〈아름다운 아가씨〉라는 오리앙카이 토올이 저절로 흥얼거려졌다.

게르를 통과하는 빛이 있고
과일같이 붉은 뺨이 있고
일출의 모습을 지닌
일몰의 모습을 지닌
저쪽을 봤을 때
저쪽 대지의 가축들이
해와 달이 떴다고 쳐다보는
이쪽을 봤을 때
이쪽 대지의 동물들이
해와 달이 떴다고 쳐다보는
빛깔 예쁜 얼굴로 태어났다네

비지아가 인사를 건네자 알리마도 알은체를 했다. 수줍게 말을 건네는 입술이 토끼를 닮았다. 올해는 풀이 좋다는 둥, 너희 집 양은 예쁘게 살이 쪘다는 둥, 자꾸 마음과 다른 말들만 튀어나왔다. 같이 앉아서 얘기를 하고 싶었지만 뭐라고 말을 꺼내야 할지 몰라 허둥대느라 시간만 허비하고 말았다. 그런 자신이 미워 발을 구르는데, 알리마도 땅을 쳐다보며 애꿎은 풀만 간질이고 있었다.

한참을 한데 섞여서 풀을 뜯던 양떼가 흩어졌다. 자기 양떼가 멀어지자 알리마는 황급히 인사를 남기고 말에 올랐다. 한

마리쯤 잘못 섞여 있어야 양을 데려다준다는 명목으로 다시 쫓아라도 가볼 것인데, 멍청한 양들이 그날따라 한 마리도 동료를 잃지 않고 제대로 모여 있었다. 비지아는 멍한 눈으로 멀어져가는 알리마를 바라볼 수밖에 없었다. 알리마의 목뒤로 빨간 머플러가 나풀거렸다. 여름이 코앞인데도 머플러가 참 잘 어울린다 생각했다.

그녀가 떠나자마자 비지아는 갑자기 몸이 축 처지면서 기운이 빠졌다. 명치끝이 짜릿하게 아팠다. 양떼나 쳐다보고 있는 자신이 한심하게 생각돼 풀줄기를 뜯어 몇 번 씹어보다가 집으로 돌아와버렸다.

"나 온 줄 알고 빨리 돌아온 거야?"

가난해서 양떼도 적은 바타가 한가한 여름을 보내려고 놀러와 있었다. 대답하는 것도 귀찮아 그냥 두었다.

"얼굴이 좀 이상한데? 오늘 초원에서 무슨 일 있었어?"

비지아의 표정을 살피며 바타는 자꾸 말을 걸었다. 히죽거리는 친구에게 알리마의 이야기를 하고 싶지가 않았다. 그래도 그녀석은 포기할 줄 몰랐다. 술잔을 몇 번 비우기도 전에 실토를 하고 말았다.

"오호. 그래, 별은 셌어?"

"대낮에 별은 무슨!"

비지아는 버럭 화를 냈다. 여자를 눕히고 사랑을 나누는 걸 오리앙카이 친구들은 '별을 세게 한다'고 말했다. 비지아도 물론 알고 있었지만, 오늘 본 알리마에겐 어울리지 않는 불경한 말처럼 느껴졌다.

"그냥, 말 타고 가버렸어."

"우르 보로니 아질구름과 비의 일, 雲雨之情이 너 같은 샌님에겐 쉬운 일이 아니지. 그렇다고 맥없이 말을 태워 보내?"

바타의 연애학 강의가 시작됐다. 구름이 영글어야 비가 쏟아지는 법인데, 비지아는 그것부터가 되지 않는다며 추궁했다.

"생각해봐. 그 아이라고 하루종일 양떼를 돌보는 일이 심심하지 않겠어? 마찬가지지. 그러니까 옆에 앉히고 빼꾸기를 날렸어야 해. 뭐, 이런저런 말을 할 수도 있지만 돌려 말해도 결국 원하는 건 한 가지잖아. 사랑."

"얘기가 잘되고 안 되고가 아니라니깐. 그냥 양떼 따라서 말 타고 가버렸다구."

짜증 섞인 듯 말했지만 비지아도 내심 바타의 조언이 통할지 궁금하기는 했다. 그런데 말도 제대로 걸어보기 전에 말을 타고 훌쩍 떠나버린 것을 어쩌란 말인가.

"아이구, 바보야. 그럴 땐 올름을 확 풀어버려야지."

'올름'은 말안장을 고정하는 가슴끈이다. 끈이 풀리면 안장이 기우뚱거려 말에 오르지 못할 것이었다.

"누구나 한 방에 성공할 수는 없지. 그래도 올름을 풀면 한 번의 기회가 더 생기는 거잖아. 흐흐. 그래서, 내일은 어디서 양을 친대?"

비지아는 또 땅을 내리쳤다. 황망히 떠나보내느라 그걸 물어 보지 못한 것이다.

초원의 사랑 깃발

양떼들이 사흘간이나 말의 속도로 초원을 헤맨 끝에, 비지아는 알리마를 다시 만났다. 반가움을 웃음으로 받아주는 알리마는 잘 익은 사과 같았다. 긴 안부 인사를 건네며 눈치를 살피던 비지아가 풀밭에 앉았다. 알리마도 그 옆에 슬며시 따라 앉는다. 고개를 까딱거리며 배시시 웃어주는 바람에 비지아는 그동안 알고 있던 농담이란 농담은 다 가져와 너스레를 떨었다.

연인이 생기면 양떼를 돌보는 일은 천국의 노동이 된다. 양떼가 풀을 뜯는 데 골몰하는 사이, 연인들은 말을 타고 초원을 활보한다. 누구든 말 등에 앉으면 양쪽 종아리가 드러나게 되는데, 서로의 종아리를 비비면서 말을 달리는 초원의 연애는 무엇과도 바꿀 수 없는 짜릿하고 달콤한 경험이다.

"영양가 없는 짓은 집어치워. 올가를 꽂아야 해, 올가."

바타의 목소리가 들리는 듯했다.

'올가'는 한글의 '올가미'와 같은 것으로, 야생마를 잡을 때 쓰는 밧줄 고리가 달린 긴 막대기이다. 초원의 청춘 남녀들에게도 사랑은 불꽃과 같아서, 육체를 불태울 둘만의 장소가 필요하다. 하지만 몽골 초원은 눈길이 끝나는 데까지 일망무제, 지평선이 신기루를 만들어내는 땅이다. 게다가 유목민들의 시력은 상상을 초월한다. 불타는 정염을 어찌할 것인가? 이때 사용하는 게 바로 올가다.

청춘 남녀는 말을 타고 사람들이 없는 곳으로 가서 올가를 깃대처럼 땅에 꽂아놓고 사랑을 나눈다. 올가가 꽂힌 걸 멀리서 본 사람은 근처에 얼씬거리지 않는다. 수천 년을 지속해온 유목민의 삶이 만들어낸 불문율의 약속이고, 그 약속이 연인들의 사랑을 지켜준다.

이것을 모티브로 한 영화가 있다. 프랑스가 제작하고, 러시아 감독 니키타 미할코프가 메가폰을 잡은 내몽골 영화 〈우르가〉이다. 광활한 초원 속에서 소박하게 살아가는 몽골 유목민들의 삶을 잔잔하게 그려내어 관객의 찬사를 받은 이 수작은 1991년 48회 베니스 영화제에서 황금사자상을 수상했다. 현대화의 물결 속에

서 칭기즈칸의 영광을 가슴에 품고 사는 유목민의 고뇌와 좌절, 그리고 희망이 잘 어우러져 있다. 영화의 마지막에 주인공이 초원에 올가를 꽂아두고 사랑을 나누는 장면이 나오는데, 제목 '우르가'가 바로 올가의 영어식 표기이다.

"푸른 초원 위에서 그림 같은 사랑을 하는 거야? 낭만적인데?"

감격에 젖어 있는 비지아에게 말을 걸었다. 추억을 방해했는지, 내 질문이 마땅치 않았는지 비지아의 표정이 싹 바뀐다.

"나도 호텔이 더 좋아. 근데, 하루종일 달려도 그런 데가 없으면 어떡해?"

유목민의 올가는 낭만 때문이 아니라 어쩔 수 없어서 만들게 된 즉석 침실이다. 올가는 자연 속에서 살아가는 사람들의 아름다운 사랑법이지 들판이나 산이나 아무데서나 하는 농탕질이 아니다.

"그래서, 올가는 꽂았어?"

"아니, 초원에 올가 한 번 꽂지 못했는데 이사하는 날이 오고 말았어."

알타이의 물이 모여 하르 오스 호수가 된다. 바다만한 호수에 알타이 만년설산이 비치는 모습은 엽서 속의 그림을 보는 것처럼 아름답지만, 이 아름다운 검은 물에 여름이면 모기가 끓는 게 문제였다. 사람들은 모기가 올라오기 전에 새 영지를 찾아 알타이산 꼭대기로 올라간다.

"우리집, 내일 이사 가요."

알리마가 조심스럽게 입을 열었을 때, 비지아는 눈앞이 깜깜해졌다. 열세 개나 되는 알타이산 봉우리 중에서 어느 산꼭대기로 사라진다는 것인가?

원래 이삿날은 잔칫날이다. 모두가 비슷한 시기에 이사를 하는 통에, 길에서 이웃을 만나는 경우도 있었다. 만나는 곳마다 작은 잔치가 벌어진다. 그래서 애나 어른이나 할 것 없이 가장 좋은 옷을 입고 가장 예쁜 모습으로 이사를 한다. 하지만 비지아에게 그해의 이사는 즐거울 수가 없었다. 사흘이나 먼저 떠난 알리마를 길에서 만날 일은 없었다. 무거운 마음을 말도 못한 채, 게르 정리를 마치고 이삿길에 올랐다.

말이 앞에 서고 그 뒤를 야크와 양, 염소 떼가 따랐다. 맨 뒤에선 낙타에게 짐을 맡기고 길을 걷는다. 이사할 때 힘든 건 말, 소, 양, 염소를 모는 일이다. 비지아가 자꾸 딴생각에 빠지자 가축떼가 우왕좌왕했다. 어머니의 꾸중 소리가 끊이질 않았다.

"양떼가 낙타의 길을 막으면 안 된다. 그들은 짐꾼이다. 길을 막으면 얼마나 화가 나겠느냐?"

작은 골짜기로 들어섰다. 양쪽으로 바위 절벽이 하늘 높이 솟아 있고 그 사이로 좁은 길 하나가 나 있다. 가축들을 몰고 가느라 후미에서 걷던 가족들이 바빠졌다. 협곡에선 선두를 맡은 말들이 제대로 길을 가는지 어쩌는지 알 수가 없다. 바윗덩어리가 길을 막고 있거나, 계곡물이 넘쳐 길이 끊어져 있으면 낭패다. 가축들을 헤집고 할아버지가 말을 몰아 앞으로 나갔다. 줄을 지어 걸어가던 가축 행렬이 흐트러지면서 어미에게서 떨어진 망아지가 히히힝, 요란을 떨었다. 새끼를 찾는 어미 말의 울음소리며 양 떼 염소떼의 울음이 섞여 천지가 시끄러운데, 좁은 협곡에선 메아리도 더 크게 요동쳤다.

"그때 그 소리, 말 모는 소리, 망아지 우는 소리, 어른들 말달리는 소리, 엄마가 화내는 소리, 그런 메아리들…… 모두가 눈물나게 그리운 소리들이다. 지금은 이사하는 모습도 옛날 같지가 않아. 트럭을 빌려 짐을 옮긴다. 그때의 소리가 사라지는 것, 그것도 눈물나는 비극이다."

비지아가 또 감상에 잠긴다.

새벽 동트기 전에 출발한 이사 행렬은 저녁이 돼서야 멈춘다. 초원에서 대충 잠을 자고, 다시 하루이틀을 걸어야 새 영지에 도착한다. 첫날밤, 마음이 답답한 비지아는 말을 타고 초원을 내달렸다. 아무데로나 말이 가는 대로 그냥 두었다. 얼마나 갔을까? 눈앞에서 낯익은 물건이 펄럭였다. 알리마의 빨간 머플러였다. 알리마네 집도 이 길로 이사를 간 것이다. 그렇다면 산꼭대기 새 영지에서 다시 만날지도 몰랐다. 가슴이 두근거렸다. 까무룩 잠이 들었다가 새벽 해가 떠오르기도 전에 눈을 떴다. 비지아가 수

선을 떠는 바람에 식구들은 평소보다 두 시간이나 일찍 길을 나서야 했다.

산꼭대기 여름 영지에 도착했다. 주변으로 이사 온 사람들이 어워에 모여들었다. 축제가 벌어졌다. 비지아네도 어워에 짐을 내려놓고 음식을 차리고 술잔을 돌렸다. 땅이 파여 갈비뼈까지 묻히도록 춤을 춘다. 전쟁에서 이긴 용사들처럼 즐긴다. 그리고 그곳에 알리마가 있다.

새로운 아침, 새들의 울음으로 잠이 깬다. 모기도 없고 시원하다. 맑고 맑은 알타이의 한복판에 들어선 것이다. 새 풀을 먹느라 가축들도 정신이 없다. 양들은 몸이 지치는데도 아랑곳하지 않고 맛있는 풀을 찾아다니느라 다리가 풀린다. 갑자기 좋은 보약을 먹은 것처럼, 양들이 마약에 취한 사람처럼 걷는다.

머플러를 건네줬을 때, 바람에 날려 잃어버린 줄 알고 낙심했다는 알리마의 눈이 똥그래졌다. 그 넓은 초원에서 딱 자기의 물건을 발견한 사내를 운명의 짝처럼 바라보는 것 같았다. 말없이 웃어주고 집으로 돌아왔다. 비지아의 발걸음도 마약에 취한 것처럼 한들거렸다.

오니를 세는 밤 •

비지아가 올가 한 번 꽂아보지 못하고 고고한 유목생활을 한 것은 물론 아니다. 중년 신사의 체면을 생각해 말을 아껴야겠지만, 모아놓으면 꽤 여러 날이 될 하룻밤 풋사랑이 그에게도 있었다.

여름밤이면 친구들과 함께 다른 게르를 찾아다녔다. 손님이 오면 집주인은 누구에게든 환대를 베풀었으며 아낌없이 술을 내오곤 했다. 집주인에게 안부 인사도 드릴 겸, 술도 마실 겸 찾아가는 것이지만 정작 목적은 다른 데 있었다. 비지아 일행이 주로 찾아가는 집은 낮에 보아둔 젊은 처녀들이 사는 게르였다.

비지아는 친구들을 먼저 게르로 들여보내고 담배를 피우는 척 슬며시 남는다. 여름엔 게르 바깥에서 잠을 자는 아이들이 많다. 과년한 처녀도 펠트 한 장 깔아놓고 바깥에서 잠을 잔다. 게르에 들어가지 않고 주변을 어슬렁거려본다. 누구라도 보이면 옆에 앉아 농지거리를 한다. 가끔은 별을 세게 할 수도 있다. 고독하게 빛나는 별은 사람의 마음을 한껏 열어놓는다. 한여름 밤에는 쏟아지는 별만큼이나 많은 사랑이 초원을 떠돈다.

이른 저녁이라 바깥에서 잠든 처녀가 없으면 다시 게르로 들어가면 된다. 집주인과 늦도록 술을 마시고 논다. 아이들이 잠들고 처녀애도 자기 침대에서 잠을 잔다. 손님들의 침대는 게르의 입구 왼쪽에 있다. 보통 게르 안에는 침대가 네 개 있다. 게르 입구에서 봤을 때, 입구 왼쪽에 손님의 침대가 있고 그 안쪽이 집주인 아버지의 침대, 오른쪽 안쪽이 어머니 침대이고 젊은 딸은 그 옆에서 잠이 든다. 슬며시 고개를 들어 게르 천장을 받치고 있는 오니서까래의 개수를 센다.

모두가 잠이 든 시간. 난롯불도 꺼지고 천지가 암흑이다. 슬며시 일어나 게르 천장의 오니를 잡고 한 걸음씩 더듬거려 여자의 침대로 간다. 마흔, 마흔하나, 마흔둘, 그 아래에 잠든 그녀가 있다. 걸음을 멈추고 사랑을 구걸한다. 한여름 밤은 역시 사랑을 하기에 딱 좋은 시간이다.

마음먹은 대로 되지 않는 날도 있다. 물론 그런 날이 훨씬 더 많다. 어느 집에선 아가씨와 실랑이를 벌이다 집안 식구들의 잠을 깨워버린 적도 있었다. 하필 그 집 아버지가 성격이 고약했다. 사고다. 신발도 신지 못하고 줄행랑을 쳤다. 아버지가 뛰어나와 소리를 질렀다. 말을 타고 도망치는데 뒤에서 총소리가 들렸다. 친구가 다급하게 외쳤다.

"고개를 숙여."

고개를 숙이면서 생각한다.

'엉덩이는 필요 없는 건가?'

전속력으로 말을 달리며 다른 게르 옆을 지나치다가 비지아는 초원으로 날아가버렸다. 분명 누군가가 들어서 던진 것 같은 느낌이었다. 게르와 양의 우리를 연결해놓은 밧줄에 걸린 것이었다. 밧줄이 활시위가 되어 팽팽하게 당겨졌다가 쏘아진 꼴이니 말 위의 사람이 날아가지 않을 도리가 없었다.

"방탕한 오랑캐였구만."

학교하고 도서관밖에 몰랐던 나로선 이해가 되지 않는다.

"원래 그것이 자연스러운 거 아냐?"

비지아는 '자연스럽다'고 말한다.

유목민들은 동물과 인간이 다르다고 생각하지 않는다. '우리는 만물의 영장으로서 지구를 개조하고 발전시키기 위해 이 땅에 태어났다', 이런 식의 인간교육헌장을 읊조리지도 않는다. 그러니 자연스럽게 하늘과 대지의 뜻대로 움직이는 것이다. 말이, 소

가, 양이, 염소가 교미하는 장면을 일상으로 보아온 유목민들은 인간도 그렇게 자연스럽게 사는 게 옳다고 여긴다. 수컷이 추는 구애의 춤 정도는 애교로 인정할 수 있지만, 화대로 거래하는 교미, 울고불고 책임지라고 들러붙는 교미는 본 적이 없는 것이다.

유목민들의 게르는 다섯 평 남짓한 원형의 원룸이다. 배치에 따라 아버지 침대, 어머니 침대, 아이들 침대가 나뉘지만, 결국 한 공간에서 이론적으로 구분한 정도일 뿐, 기둥 두 개를 제외하곤 칸막이가 전혀 없는 구조이다. 영하 사오십 도를 오르내리는 겨울밤, 부부가 사랑을 하게 되면 아이들은 어떻게 해야 할까? 금쪽같은 새끼들을 어찌 칼바람 부는 춥고 어두운 초원으로 내몰 수 있겠는가. 해답은 그냥 자연스럽게 관계를 가지는 것이다. 별다른 대안이 없으니 어쩔 수 없는 노릇이긴 하다. 굳이 말하자면 일상의 일을 하면서 유난을 떨 필요가 없다는 생각인지도 모른다.

선뜻 동의가 되지 않는다. 인간의 성생활이 동물의 교미와 같을 수는 없다. 적어도 발정기가 아닌 때에도 성행위를 할 수 있게 된 이후로, 인간의 성은 본능이 아니라 문화의 영역에 포함되었다. 부끄러워할 것까지는 없을지라도 공공연히 드러내놓고 할 일은 아닌 것이다.

"인간은 지구상에 살아 있는 종 중에서도 가장 불행한 종인 거 같아. 어떤 종이 같은 종을 죽이고, 또 스스로를 죽인단 말이야?"

비지아는 내 말이 인간중심적이라 여기는 듯했다. 유목민들은 씨를 퍼뜨릴 한두 마리를 제외하곤 두 살이 넘는 모든 가축의 수컷을 거세한다. 거세하지 않으면 전쟁이다. 그것이 우주 생물의 질서다. 오직 인간만이 거세를 하지 않고, 전쟁도 없이 공존하며 사는 색다른 실험을 하고 있다. 사실 문화와 사상, 철학의 힘을 바탕으로 진행중인 인간의 실험은 아슬아슬한 모험이다.

"우린 공자님 맹자님이 없으니깐."

유목민들은 오천 년간 적으로 살아온 중국의 문화를 받아들인 적이 없다. 유교적인 눈으로 바라본 도덕과 가치, 도와 예, 군자지도를 초원에 이식한 적이 없다. 음풍농월 따위를 부러워한 적도 없고, 족보를 이고 다니지도 않는다. 만리장성보다 높은 생각의 담벼락이 없는 셈이다. 공맹의 도를 따져 야만인을 선발한다면 몽골 유목민들은 오랑캐가 맞을지 모른다. 하지만 잣대란 여러 가지일 수 있다.

또한 눈여겨볼 사실은 몽골에선 부부의 성관계가 항상 게르 오른쪽에 있는 여성의 침대에서만 이루어진다는 점이다. 게르는 어차피 트인 공간인데, 굳이 여성의 침대에서만 부부관계가 이루어지는 연유는 무엇일까? 유목민들은 이것을 여인에 대한 배려, 여성의 자존감을 지켜주기 위한 처사라고 말한다. 사랑은 여성의 영역이므로, 남녀의 역할 분담상 여성의 침대에서 이루어지는 게 맞는다는 것이다. 어떤 동물이든지 여성을 중심으로 남성끼리 경쟁한다. 정착민만이 여성을 남성 중심의 사고로 대상화했다. "너 이리 와" 하는 게 아니라 남성이 여성의 방으로 가는 것, 작은 일이 아니다. 삼 미터의 문명이다.

실제로 몽골에선 여성의 지위가 매우 높다. 개인들의 자존심이 강하고, 남자라고 내외하지 않는 자유로운 성격 탓도 있을 것이다. 하지만 사회 전체가 여성을 배려하고 존중하는 데 익숙하다. 몽골에선 아들과 딸이 장성했는데 대학을 한 명만 보내야 한다면, 딸을 먼저 입학시킨다. "아들은 막노동을 해서라도 살아갈 수 있잖아요"라고 유목민들은 말한다.

여인은
사막의 오아시스요
전쟁터의 말이요
추운 겨울날의 화롯불이다

유목민들의 경구와도 같은 노랫말이다. 이런 가사가 아무 이유도 없이 만들어졌을 리는 없다. 유목민들이 자녀가 지켜보는 데서 부부관계를 한다고 그들의 삶이 야만적이거나 미개하다고 오해할 필요는 없다. 인간의 삶의 방식은 그들이 처한 조건 속에서 생겨나고, 지속되며, 발전한다. 그것이 쌓이고 쌓여서 '문화'가 된다.

야성의 사랑학 •

예닐곱 달의 긴 겨울을 견뎌야 하는 유목민에게 여름 한철은 하늘이 내려준 짧고 강한 축복이다. 풀이 잘 자라니 가축들도 행복하고, 가축이 살찌니 유목민의 생활도 풍요로워진다. 유목민에게 양羊이 큰大 것보다 더 아름다운美 것은 없다. 고기와 젖이 넘쳐나는 그 시절엔 가축을 관리하는 일도 쉽다. 배가 부르고 등이 따뜻한데 한가하기까지 하다.

선물 같은 여름 한가운데에 유목민의 축제가 있다. '놀다'라는 뜻의 몽골어 '나다흐'에서 이름이 유래된 나담 축제이다. 청나라로부터 독립된 날을 기념하려고 매년 7월 11일부터 사흘간 벌어지는 전국적 축제인데, 그 역사는 이천 년에 이른다. 나담의 정식 이름은 '에링 고르왕 나담', 즉 남자의 세 가지 놀이란 뜻이다. 말타기 시합, 활쏘기 시합, 몽골 씨름이 벌어지는데, 요즘 들어 여성부 활쏘기 대회가 포함되었지만 예로부터 남자들만 선수로 참가할 수 있었다.

승부를 겨루는 건 동네 최고의 선수들이지만, 참가하는 선수도 응원하는 사람들도 모두 축제의 주인이 된다. 축제를 준비하느라, 축제에 참가하고 승리를 만끽하느라 7월 한 달, 남자들은 대부분의 시간을 놀러 다니는 데 쓴다. 모이는 자리마다 술이 빠지지 않는다. 그 행복한 시간 중에서도 단연 으뜸은 젊은 처녀가 사는 게르를 찾아가는 때이다. 김형수의 소설 『조드—가난한 성자들』에 재미있는 대목이 나온다. 온 천지가 흰 눈에 덮인 '차간 조드'의 어느 날, 손님을 마중하기 위해 눈길을 헤쳐 가던 젤메가 외딴 게르를 만나게 된다. 우연찮게도 그 집엔 여자 혼자 살고 있다. 언 몸을 녹이던 젤메가 집주인 여자를 보고 농을 친다.

"사방이 깜깜해지니 내 여편네인지 남의 여편네인지 모르겠네."

그러자 여인이 부끄러운 기색도 없이 대답한다.

"그럼, 확인해보시구랴."

명품의 넉살에 명품의 답변이긴 한데, 도대체 저런 대화가 가능하기는 한 것일까? 만리장성보다 높은 담벼락 안에서 살아온 우리들이, 아니 여자들이 저런 농담을 받아들일 수 있을까? 내숭이라고는 찾아볼 수 없는 저 대답이야말로 우리가 상상하지 못하는 유목민 여성의 성의식이다.

"음탕 방탕해. 저건 소설이니깐 가능한 거겠지."

나는 이해할 수 없다고 말하지만, 오히려 비지아는 그런 나를 의아해하는 눈치다.

"젤메 이야기는 소설이겠지만, 진짜 역사에도 그런 게 있다니깐."

비지아가 몽골의 유일한 역사서인 『몽골비사』를 들이민다. 『몽골비사』는 1232년, 칭기즈칸의 셋째 아들 오고타이칸이 선조들의 역사와 몽골족의 흥망성쇠를 기록하기 위해 쓴 책이다. 때는 젤메가 농을 치던 때로부터 삼십여 년 전의 일이다.

몽골 북쪽 바이칼 호수 근처에 살던 메르키트족의 수령 '톡토아 베키'의 동생인 '칠레두'가 남쪽 땅 올코노오드족의 최고 미녀를 만나 혼인을 하게 된다. 그녀의 이름은 '허엘룬', 지금까지도 몽골인이 가장 사랑하고 존경하는 여인이다. 신랑 칠레두는 몽골의 예법대로 신부의 집에서 며칠을 묵은 후 제 부족의 땅으로 데려가려고 빨간 천으로 신부의 얼굴을 가린다. 만리장성 근처에서 출발한 신행단은 고향으로 가는 길에 동몽골 초원의 젖줄인 오논강을 건너게 된다.

마침 오논강에서 형제들과 함께 사냥을 하던 남자가 있었다. 몽골족의 족장 예수게이였다. 허엘룬의 미모에 반한 예수게이는 남편과 함께 있는 여인을 약탈해 정실로 삼는다. 그리고 이듬해 테무진칭기즈칸의 아명이 태어난다. 용감한 것인지 야만적인 것인지 모를 예수게이의 약탈혼 덕택에 유목민의 시대를 열어젖힌 칭기즈칸이 탄생할 수 있었는데, 여기에도 이해하기 어려운 장면이 나온다. 결혼식을 올렸고, 첫날밤도 치렀고, 함께 며칠을 산 신랑 칠레두에게 "일이 틀어졌다. 도망쳐 목숨이라도 건져라"라고 말하는 신부 허엘룬의 대사다. 『몽골비사』 55절에 실린 표현은 이렇다.

당신은 살아만 있으면
수레의 앞방마다 처녀들이
수레의 검은 방마다 귀부인들이 있어요.
다른 여인을 얻어 허엘룬이라 이름 지어요.

"살아만 있으면 황금 잔에 물을 마실 날이 있다"라고 말하는 유목민들의 사고는 이해가 가지만, 그 황금 잔이 '처녀'와 '귀부인'이라니, 자신을 지키지 못하고 도망치는 남자에게 던지는 신부의 대사라고는 이해하기 어려운 측면이 없지 않다. 그러곤 어쩔 수 없는 숙명처럼 자신을 약탈한 남자와 초원의 삶을 살아간다. 사랑이 어떻게 변한단 말인가.

형이 죽으면 동생이 형수를 취하는 '형사취수제'라는 혼인 풍습이 있다. 우리 역사에서 가장 유목적인 삶의 형태를 취한 국가였던 고구려에서도 유행했던 풍습이다. 당시 북방 유목민들의 이 제도를 현대의 학자들은 미망인의 생존권 보호 조치라고 말하기도 한다. '사랑'이란 애매한 말과는 개념이 다를 수 있겠지만, 초원에 버려진 여성의 삶을 고려한다면 그 말은 일리가 있다. 사방이 적이고 매일이 전쟁인 초원에서 여자 혼자서 살아갈 방법은 존재하지 않는다.

이를 좀더 확장시켜보면 적의 아내에도 적용된다. 전쟁은 지도자의 정치행위이지 병사들의 생존투쟁은 아니다. 그러니 지도자(권력)만 해체하면 전쟁은 끝나도 무방한 것, 칭기즈칸은 전쟁의 목적과 방식을 바꾼다. 적국의 우두머리를 쓰러뜨리면 더이상 사상자를 내지 않는 것이다. 양떼 기르다가 전장에 끌려온 병사들이야 누가 지도자가 되든 상관이 없다. "목적을 이뤘다. 전쟁은 끝났다"라는 칭기즈칸의 말은 그래서 아름답다.

전쟁이 끝나고, 전사한 적군의 아내가 남는다. 승자에게는 세 가지 선택지가 생긴다. 하나, 적국의 사람이므로 그냥 죽이는 것. 패전한 국가의 병사도 죽이지 않는데 하물며 민간인인 여자를 죽일 이유가 없으니 그것은 아니다. 둘, 직접 전쟁에 참여하지 않았으니 그냥 살려두고 돌아온다. 인도적인 것처럼 보이지만, 남겨진 여자는 혼자서 살아갈 방법이 없다. 겨울 조드를 이겨내지 못할 것이고, 스스로를 보호할 수 없어 다른 방식으로 죽게 될 것이다. 그러므로 그것도 방법이 아니다. 그래서 데리고 와 승리한 부족의 장수나 병사의 아내(또는 첩)가 되게 한다. 적과 아, 네 호적과 내 호적, 핏줄과 부족, 이런 제도와 법령의 문제 너머 인간 대 인간의 관점에서 보자면, 당연히 세번째 선택지가 정답이 된다. 그러니 새로운 남편은 철천지원수가 아니라 새로운 사랑의 대상이 될 수 있다.

"여자들이 호박씨 깔 이유가 없구만. 좋은 일이야, 흐흐."

초원은 연애 천국 같다. 초원엔 하룻밤 풋사랑이 바람처럼 떠돌고, 그들이 모여든 울란바타르도 예외가 아니다.

> 여성이 제2의 성으로 취급되지 않는 사회, 모계사회에서 공통적으로 나타나는 특징은 성에 대한 금기의 부재다. 어린이들이 성에 대해 갖는 호기심, 청소년들이 시도하는 성적인 관계, 이 모든 것이 허락된다. 서로의 몸과 마음이 이미 서로를 원하지 않는 상황임에도 가족이란 이름으로 묶여 있어야만 하는 결혼제도의 부자연스러움도 없다.

목수정의 『야성의 사랑학』을 보면, 딱 오랑캐적인 발상이 적혀 있다.

"근데 문제가 있다. 남자들이 여자 집을 찾아다니는 동안, 누군가가 자기 집에도 찾아온다는 거지."

떫은 감을 씹은 듯한 표정으로 비지아가 말한다. 찡그리는 모습이 재미있으면서도 한편 고소하다.

"남자는 배, 여자는 항구인 거야?"

내가 흥얼거리는 노랫가락을 비지아는 알아듣지 못한다. 그의 말에 따르면 상황이 그렇게 된다. 자유라는 돛을 달고 배는 여러 항구를 찾아다닌다. 언뜻 부러워 보이지만 사실은 정반대일지 모른다. 항구는 가만히 있어도 여러 배가 알아서 찾아오는 곳 아닌가.

그러고 보면 정착민이든 유목민이든 가리지 않고 남자들은 모두 철이 없다. 몽골에서 남편을 부르는 이름이 '하르훈'인 것도 그런 이유 때문일지 모른다. '하르'는 검은, '훈'은 사람이란 뜻이니 몽골에서 남편이란 검은 사람 또는 나쁜 사람이란 말이다. 부인을 '이흐네르', 즉 세상의 모든 어머니라고 하는 것과 대조된다.

"자유연애 참 좋은데, 그러다 아이라도 생기면 어떻게 책임지냐?"

내 일처럼 걱정이 앞선다.

"몽골 속담에 이런 게 있어. 침대 위에서 아빠가 되기는 쉽지만 침대 밑에서 아빠가 되기는 어렵다. 원래 게르의 주인은 이흐 네르야. 어머니든 아내든 여자란 대지만큼 넓지. 누구보고 책임지라고 울고불고 매달리진 않아. 스스로 책임지는 거지. 책임 없는 선택이 무슨 선택이야."

미혼의 딸이 아이를 낳으면, 부모가 내 집의 화로에서 태어났다고 기뻐하며 집안의 막내로 키운다. 몽골어로 화로는 '오치긴', 막내도 '오치긴'이다. 유목민의 문화가 그렇다보니 흘겨보는 눈도 없다. 저출산 시대에 대처하는 방안으로 우리가 지금 막 생각하기 시작한 문제, 유럽이 십여 년 전부터 대책을 마련하고 있는 혼외 자녀 문제를 유목민은 수천 년 전부터 해결해온 것이다. 게다가 몽골은 우리의 적장자 세습제와는 반대로 말자상속제이다. 그렇게 화로에서 태어난 막내가 부모의 재산도 모두 물려받는다. 더없이 행복하게 자란다니 역시 내가 걱정할 문제는 아니었다.

아내를 빌려주지 않는 나라 •

사회주의 시절, 비지아에게 트럭 운전을 하던 친구가 있었다. 이름이 하필 양의 복사뼈를 뜻하는 '샤가이'였는데, 물건을 배달하는 일을 했던 샤가이는 어쩌다 고향에 돌아오면 보드카를 병째 꺼내놓으며 친구들을 모으곤 했다. 머나먼 땅의 소식을 듣는다는 건 신기하고도 즐거운 일이었다. 말을 타고 하루 거리에 사는 친구들도 너나없이 이 전기수 앞에 기꺼이 모여들었다.

"별도 안 뜬 깜깜한 초원에서 귀신을 만났지 뭐야."

샤가이가 또 무용담을 늘어놓았다. 깜깜한 밤에 혼자 운전을 하고 오다 허리를 펴려고 잠시 차에서 내려 기지개를 켜는데 오싹한 한기가 들더라는 것이다. 무서운 생각이 든 친구는 얼른 차에 올라 그 자리를 떴다. 얼마나 갔을까? 차는 달리고 있는데 누군가가 운전석 차문에 노크를 했다. 똑똑똑! 옆을 볼 생각도 못하고 더 빨리 차를 달렸다. 속도를 높여도 똑똑똑똑 문 두드리는 소리는 거세지기만 했다. 옆을 돌아보면 처녀귀신이 쳐다보고 있을 것 같았다. 앞만 보면서 차를 달려 겨우 사람이 사는 게르에 도착했다.

"차를 세우고 내려보니 말이야. 아이구, 내가 하도 급하게 차에 타느라 허리띠 한 뼘이 문틈에 낀 거 아니겠어? 그러니 빨리 달릴수록 노크 소리가 더 컸던 거지."

넓은 세상을 떠도는 건 행복한 일이지만, 비지아는 샤가이가 너무 외롭고 힘들고 무섭기까지 한 일을 하는 것 같아 안타까웠다. 하지만 샤가이의 생각은 전혀 달랐다.

"어린애들은 모르는 비밀이 있지. 흐흐."

몽골에선 아무것도 없는 남자에게도 죽지 않는 방법이 있다고 말하곤 한다. 여자 혼자 사는 게르에 가면 된다는 것이다. 유목민은 손님을 내쫓는 법이 없다. 혼자 사는 여자도 마찬가지다. 그리고 외간남자라고 특별히 내외하지도 않는다. 여자의 그런 마음을 알기에, 가난한 남자는 손님으로 찾아가 숙식을 제공받는다. 그러곤 계속 손님으로 남는다. 그곳에서 평생을 지낼 수도 있다. 샤가이야말로 어느 동네에 가든 여자가 사는 게르의 '손님'이

될 수 있었던 것이다. 샤가이의 삶이 부러워졌다.

"가끔 울란바타르에 들어가면 옷가게에 들른다. 그리고 똑같은 원피스를 열 벌씩 사는 거지."

'뭉흐 투르'라는 친구는 어릴 적부터 소설을 많이 읽던 문학소년이었다. 그는 마흔이 넘은 지금도 집이 없다. 마을을 돌아다니며 아무 집에나 들어가서 먹고 마시고 쉰다. 그의 노잣돈은 이야기 솜씨이다. 하도 재미있게 이야기를 하는 바람에 사람들은 그가 사흘을 머물러도 보내려고 하지 않는다. 그렇게 닷새쯤 그 집에서 먹고 자고 일을 도와주며 이야기하고 놀다가 다시 다른 집으로 간다. 비지아는 그 친구를 '호르등'이라 불렀다. 호르등은 거세하지 않았지만 종마도 아닌 수말을 일컫는다. 원래 수말은 세 살이 되면 거세를 하거나 종마로 키워야 한다. 그런데 가끔 고환이 살 깊숙이 박힌 말이 있다. 그런 말을 잘못 건드리면 피가 멈추지 않아 죽게 된다. 어쩔 수 없이 거세를 못하고 무리 안에서 키우게 된다. 그놈들은 암말과 교미를 하기도 하는데, 새끼를 갖게 하지는 못한다.

불가의 수행자들에게 '일기일회一期一會'란 말이 있다. 여러 번 되풀이되지 않는, 평생 단 한 번뿐인 만남을 뜻한다. 일생 단 한 번 만나는 인연. 두 번 만나기 힘든 세상에서 서로 만났으니 만났을 때 최선과 진심을 다한다. 광활한 우주 속의 점 한 톨 같은 인간, 몽골 초원에서 사람을 만나는 것은 그런 인연을 맺는 일이다.

그러니 지금 옆에 있는 한 사람 한 사람이 얼마나 소중하겠는가. 유목민이 손님을 접대하는 마음이 딱 그렇다. 그런 모습을 보노라면 그들은 마치 도를 체득한 선사 같다는 느낌을 받는다.

초지를 찾아서 이동하는 게 숙명인 유목민은 이동중에 누군가에게 숙소와 음식을 제공받고 또 누군가에게 그만큼을 베푼다. 그런 순환 고리에서 벗어난 사람은 아무도 없다. 연고가 있든 없든, 안면이 있든 없든 모든 유목민은 그렇게 살아간다. 거대한 자연 속에서는 누구나 길을 잃을 수 있고, 허기와 추위와 맹수의 습격으로 위험에 처할 수 있다. 더구나 몽골 초원은 하루종일 차를 달려도 집 한 채 구경하기 힘들 만큼 광활하다. 그러니 천신만고 끝에 만난 게르에서 숙식을 거절당한다면 그 나그네는 다음 게르를 만나기 전에 죽을 것이다.

도가 지나치다 싶은 호의, 상식을 뛰어넘는 친절은 오해를 불러오기도 한다. 유목민을 멀리서 바라본 외지인들의 오해 중 대표적인 것이 몽골은 '아내를 빌려주는 나라'라는 것이다. 몇 해 전 한국에서 출간된 책의 제목이기도 했다. 한국인 여행객들이 물어오는 질문 1순위이기도 하다.

베네치아의 상인 마르코 폴로는 일찍이 초원을 다녀간 이탈리아 전기수다. 그런 허풍선이가 없다. 그는 아버지와 삼촌을 따라 동방으로 향하는 장삿길에 오른다. 그때가 1271년경. 쿠빌라이칸이 통치하는 원나라에 도착한 마르코 폴로는 이십여 년 동안 여행도 하고, 관직(삼 년간 양주 지방의 현감을 지냈다고 한다)에 있기도 하면서 지내다가 일칸국으로 시집가는 공주 '코카친'의 행렬을 따라 바그다드를 거쳐 이탈리아로 돌아간다. 그러곤 전쟁에 참여했다가 포로가 되어 제노바 감옥에 수감되고 그 안에서 '엄청난 허풍'을 곁들이며 동방 여행에 관한 무용담을 늘어놓는다. 그걸 옥살이 동기인 루스티켈로가 받아 적어서 출간하게 된 책이 『동방견문록』, 원제는 '백만Il Milione'이다. 마르코 폴로가 입만 열면 '백만'이라는 말을 했다 하여 그의 별명이 '밀리오네', 즉 백만이었고, 책 제목도 그렇게 붙여지게 되었다는 것이다. 원제가 '세계의 서술'이라는 설도 있다. 몽골제국의 장벽 허물기 덕택에 여행이 가능해지고, 기행문이란 장르가 생겨났으며, 세계사라는 인식이 처음 등장했으니 그 제목도 타당해 보인다.

마르코 폴로의 『동방견문록』에 '아내를 빌려주는 나라'에 대한 기록이 있다. 117장, '가인두에 대해 말하다' 부분이다. 가인두는 당시의 건도, 현재의 신장, 둔황 북부 하미 근방이다. 금나라와 서하의 경계 지역쯤인 그곳에 '아내를 빌려주는 풍습'이 있었다.

> 이 지방의 남자들은 어떤 이방인이 묵을 곳을 찾기 위해서—혹은 묵을 생각이 없더라도—자기 집으로 오는 것을 보면, 그

가 집에 들어오기도 전에 재빨리 밖으로 나가서 자기 아내에게 낯선 사람이 원하는 것은 무엇이든지 들어주라고 명령한다. 그러고 나서 그는 밭이나 과수원으로 가서 나그네가 자기 집에 머무를 동안 되돌아오지 않는다. 여러분에게 말하지만 나그네가 사흘 동안 그곳에 머물며 그런 불쌍한 친구의 부인과 동침하는 일은 흔히 일어난다. 그리고 나그네는 자기가 집안에 있다는 것을 알리는 표시로 자기 모자나 다른 물건을 걸어놓는다. 그 집에 이같은 표지가 보이는 한 주인은 절대로 집으로 되돌아가지 않는다.

이 얼빠진 남자들의 행동을 어찌 이해할 것인가? 마르코 폴로는 '그 지방이 우상을 숭배한다'며, 그곳 사람들이 아내를 빌려줌으로써 신과 우상이 자기들에게 혜택을 준다고 믿었다고 쓴다. 손님의 대부분이 대상단이었기에 세속적인 물건을 받기도 했다. 그들은 그런 일로 수치를 느끼지 않았다고 적고 있다.

몽골제국의 4대 칸인 몽케칸(그는 1251년에서 1259년까지 집권했다)은 가인두의 '아내를 빌려주는 풍습'을 듣고 경악을 한다. 몽골인들의 사고로는 용납할 수 없는 얼치기 풍습이었던 것이다. 하여 칸령으로 금지를 시킨다. 그런데 삼 년여의 시간 동안 가인두에 자연재해를 비롯한 악재가 계속되고, 사람들은 몰래몰래 과거의 풍습을 다시 행하게 된다. 마르코 폴로가 그 땅을 찾았을 때는 칸령을 어기고 다시 아내를 빌려주는 풍습이 부활한 시절인 셈이다. 몽골과 먼 곳의 일이므로, 그 풍습이 지금도 계속되고 있는지는 알 수 없다.

오랑캐 같은 결혼식 •

초원에 풀이 가득하고 달이 높은 여름밤 새벽 두시, 다섯 명의 오랑캐 청년들이 왁자지껄 말을 달렸다. 가장 좋은 옷을 입고 맨 가운데에 선 사람은 비지아의 고향 선배인 '도르지'. 서른이 되도록 장가를 들지 못하고 있던 노총각 도르지가 마침내 혼사를 맺으러 처녀의 집을 찾아가는 길이었다. 처녀의 집으로 가서 결혼 승낙을 받고 여섯 명이 되어 돌아오는 게 그들의 임무였다.

"비지아. 네가 해야 할 말들 다 기억하지?"

마음이 급한 도르지가 몇 번이나 반복한 이야기를 또 물어왔다.

"사슴 사냥을 하는 자는 우리집에 있다. 사슴 가죽으로 옷을 만들 수 있는 자는 당신네 집에 있다. 두 명이 합치면 행복하게 살 수 있다. 이렇게 말하면 되잖아요."

소중한 딸을 그냥 내줄 리는 없다. 신부를 데려오려면 신부 쪽 부모님이 만족할 만한 정중하고 우아한 청혼을 드려야 한다. 그 중차대한 역할을 근동에서 공부를 제일 많이 한 비지아가 맡은 것이다. 첫마디만 듣고도 게르 문을 닫아거는 경우가 있으니, 비지아는 더 멋진 말이 없는지 곱씹으며 말을 달렸다.

오리앙카이족의 결혼식은 특별하다. 그것은 과거의 전통을 지킨다는 의미를 넘어 유목민으로서의 긍지를 확인하는 자리이기도 했다. 알타이산만 벗어나도 정서가 다르다. 비지아가 동몽골로 말을 사러 간 적이 있었다. 말 주인이 자기 말떼를 몰아오는데 오토바이를 타고 말을 몰았다. 한심하기 짝이 없었다. 초원이 좋으면 유목민은 게을러진다. 속에서 욕이 튀어나오려고 하는 걸 간신히 참았다. 혼례를 치르는 경우엔 그런 일이 더 빈번히 발생했다. 도대체 몽골 유목민이 아닌 것처럼 처신하는 사람이 너무 많았다. 동네의 어떤 오리앙카이족 신부 아버지는 예의를 모르는 혼례식을 보고 '나를 무시하는 것'이라며 결혼을 엎으려고 한 일도 있었다.

"오는 길에 무엇을 보았는가? 이렇게 물어오면 어떻게 대답할 거야?"

"하얀 말이 해가 뜨는 쪽으로 달려가고 있었습니다, 초원에는 하얀 양이 천 마리쯤 편안하게 풀을 뜯고 있었습니다, 얼굴이 밝은 아이들이 즐겁게 놀고 있고, 하얀 사슴이 새끼를 낳아 행복하게 웃고 있었습니다."

비지아는 온갖 좋은 것을 다 갖다붙이며 대답했다. 하얀색이야말로 몽골인이 가장 좋아하는 색이며 신성함을 상징한다. 그건 신랑이 평생 운이 좋을 것이라는 대답이기도 했다.

"그렇지. 떨면 안 돼."

도르지는 걱정이 놓이질 않았다. 비지아의 대답이 문제가 아니었다. 그는 지금까지 여러 차례 처녀 아버지의 반대에 부딪쳐 왔다. 신부와의 사랑을 의심하진 않지만, 결혼이 성사될 수 있을지 스스로도 장담할 수 없었다.

"걱정 말아요. 오다가 보니 자동차가 고장나서 운전사가 고치고 있었습니다, 이렇게 대답할까봐 그래요?"

풍습을 모르는 젊은이였다면 느끼한 대답 대신 실제로 본 것을 이야기할 수도 있었지만, 그런 실수는 진골 오랑캐에겐 어울리지 않는다.

"그나저나 내 말만 가지고 되겠어요? 완강히 손을 내저으면 어떡하죠?"

호기롭게 말을 몰고는 있지만, 일행들 중 누구도 결혼을 장담할 수 없었다. 신랑인 도르지도 장인의 반대가 심하자 '내 방식대로 하겠다'며 자기 집에 결혼식을 준비시켜놓고 무작정 길을 떠난 참이었다. 잔치 준비도 끝냈고, 손님까지 모두 모였다고 하면 마음이 누그러질지도 모른다는 막연한 기대도 있었다. 말 등에 가득 실은 잔치 음식을 돌아보며 도르지가 한숨을 쉬었다.

"나도 모르겠다. 푸른 하늘이 알아서 하실 일이지. 노래나 한 번 더 연습하자."

신부의 집에 들어갈 때는 좋은 대답만 필요한 것이 아니었다. 여러 가지 질문에 꼭 들어맞는 대답을 하고 나면 신랑측 일행이 노래 한 곡을 합창해야 했다. 도르지는 〈바양 차간 노타크풍부한 하얀 산맥의 고향땅〉를 부르자고 했다. 알타이의 오리앙카이들이 가장 좋아하는 노래였다. 좋은 노래를 고르지 못하거나 노래를 잘하지 못해도 꼬투리를 잡힌다. 노래가 좋으면 신부측에서도 답가를 부르는데, 그러고 나서야 '손 니힐크'라 불리는 청혼의 첫 의식이 끝난다.

"네 술도 아니고 내 술도 아닌 우리의 술을 마시자."

장인이 나서서 이렇게 말하면 첫번째 시험을 통과한 것이다. 함께 술을 마시면 절반은 성공이다. 신부측에서 사람마다 나와 술을 따라주는 통에 술이 센 친구들과 같이 가지 않으면 그것도 낭패다. 하지만 그건 성공한 자들의 행복한 고민일 뿐이다.

새벽 해가 뜨기도 전에 신부집에 도착했다. 도르지는 아침이 되기 전에 먼저 처리할 일이 있었다. 사실 아직 신부에게도 승낙을 받지 못했다. 신부만 허락한다면 장인이 노래를 받아주지 않아도 그냥 데리고 올 생각이었다. 신부의 부모가 반대할 때는 보통 그렇게 했다.

도르지는 멀찌감치 일행들을 세워두고 혼자서 신부의 게르로 들어갔다. 깜깜한 게르에서 오니를 세며 겨우 신부를 찾아 불러냈다. 그런데 처녀가 얼굴빛을 확 바꾼다. 전날까지도 그렇지 않았는데, 막상 당일이 되자 아버지의 허락 없이는 결혼을 못한다는 것이다. 믿었던 마지막 보루가 무너지는 순간이었다. 아침이 될 때까지 정성을 다해 설득을 해도 막무가내였다. 그러다 아버지가 잠에서 깨고 말았다.

가족들이 모두 일어났는지 게르가 환해졌다. 비지아는 서둘러 게르로 달려갔다. 신부를 주십사 하는 부탁을 드려야 할 시간이었다.

"사슴을 잡을……"

말이 시작되기도 전에 신부의 아버지는 등을 보이며 돌아서버렸다. 늘 보던 청년들이 아니었다면 문전박대를 당해도 진즉 당했을 것이었다.

"먼길 왔으니 차나 마시고 가라."

장화를 신고 나간 아버지를 따라다니며 설득도 하고, 차를 마시며 어머니한테 말을 걸어보기도 했지만 허사였다. 오전 나절 내내 양털 깎는 일을 함께 도우며 계속 설득했지만 결국 결혼 승낙은 받지 못하고 말았다. 빈손으로 돌아서야 했다.

"우리집에선 지금 잔치가 한창일 텐데, 신부도 없이 어떻게 돌아가지?"

터벅터벅 말에 매달려 걸으며 도르지가 말했다. 무거운 분위기에 누구도 끼어들지 못하고 한숨만 쉬었다. 그때 한 친구가 말했다.

"다른 여자가 있다. 토야에게 가자."

도르지가 말을 멈췄다. 그리고 아무 말 없이 담배만 피웠다.

"그게 될까?"

'토야'는 도르지가 오며 가며 알고 지내는 여인이었다. 그녀는 도르지보다 두 살 연상이었고, 아이를 하나 키우고 있는 처녀였다. 몽골엔 그런 처녀가 적지 않았다. 토야의 늙은 어머니까지 세 식구가 깊은 산속에 살고 있었다.

"예수게이 아버지도 그렇게 결혼을 했잖아. 괜찮을 거야."

한참을 고민하던 도르지가 다시 말에 올랐다. 그들이 토야의 게르에 갔을 땐 날이 어둑어둑해진 뒤였다. 다섯 명의 청년들은 손님인 것처럼 게르 안으로 들어섰다.

"야생 산양을 사냥하러 다니는 길이에요."

늙은 어머니가 수테차를 내왔다. 배가 고플 것이라며 음식을 내올 때는 뒤통수가 간지러웠지만 아무 일 없는 것처럼 이런저런 이야기를 하며 시간을 벌었다. 그 시간, 토야를 데리고 밖으로 나간 도르지는 몇 년 전부터 준비한 청혼이라도 되는 것처럼 구애의 밀어를 속삭였다.

"토야, 너를 데리러 왔다. 미리 말하지 못한 것은 미안하지만, 나는 너를 쭉 지켜보고 있었다. 우리 같이 살자."

"그래도 어떻게 갑자기……"

"너를 믿으니까 그냥 왔지."

이야기가 길어지고 있었다. 게르 안에 남은 비지아는 어머니를 붙잡아둘 이야기가 더 필요했다. 마침 그즈음에 울란바타르에서 알타이산으로 오던 비행기가 사라진 사건이 있었다. 비지아는 그 일이 외국 마피아들의 짓이네 어쩌네 한껏 과장해서 떠들어댔다. 어머니는 신기한 소식을 전해 듣느라 정신이 쏙 빠졌다.

한 시간도 넘어서 도르지가 들어왔다. 토야의 얼굴이 붉어져 있었다.

"이제 사냥을 떠나자."

도르지가 일행들에게 말하곤 토야를 한번 돌아본 뒤에 게르를 나섰다. 일행은 게르가 내려다보이는 산기슭에서 밤이 깊어지기를 기다렸다. 여름이라고는 하지만 밤공기가 얼마나 차가운지 몰랐다. 오들거리며 몇 시간을 기다리다가 도르지가 토야를 데려오겠다며 게르로 향했다.

얼마나 기다렸을까, 옆에서 풀을 뜯던 말이 고개를 들었다. 사람보다 소리를 잘 듣는 말이 뭔가 느낌을 받은 것이다. 모두의 눈이 한곳으로 모였다. 달빛 아래로 어렴풋이 말을 탄 사람의 형체가 보였다. 두 사람이었다.

자, 결정됐다. 먼저 한 사람이 도르지네 집으로 가서 알려야 했다.

"미안하지만 신부가 바뀌었다. 알은척 말라."

하루가 지나도 신혼부부가 오지 않자 손님들은 모두 돌아가고 없었다. 가족과 도둑 혼인에 가담한 친구 몇 명만 참석한 조촐한 결혼식이 시작됐다. 도르지가 미리 준비해둔 새 게르 앞에는 하얀 양털 펠트가 깔려 있었다. 신부는 게르로 들어가 한가운데 놓인 화로 앞에서 절을 했다. 그 집의 식구가 되었다는 뜻이었다. 신랑의 형제들은 옆에서 〈에흐잉 차간 수어머니의 하얀 젖〉라는 노래를 불렀다. 시어머니가 자기 게르에서 불씨를 가져와 신부에게 전해주고, 수테차를 끓일 국자를 건넸다. 이렇게 토야는 화로의 주인이 되었고, 게르의 주인이 되었다.

한편, 토야의 어머니는 황망하기가 이를 데 없었다. 아침에 일어났을 때는 딸이 바깥일을 보러 나가서 보이지 않는다고 생각했다. 하지만 아침나절이 다 지나도록 딸이 돌아오지 않자 여기저기 찾아다녔다. 그러다 게르를 덮는 지붕 끈에 묶여 있는 하얀 천을 발견했다. 천에는 치즈 한 덩이가 싸여 있었다. 이것을 몽골말로 '보루 툴륵'이라 한다. 잘못을 푼다는 뜻이다. 어머니는 신호를 읽었다.

"이런 일이 일어났구나. 야생 산양을 사냥한다더니 내 딸을

데려갔구나."

사흘 뒤, 토야는 신랑과 함께 돌아왔다. 사람을 사냥한 친구들까지 잔치 음식을 싸들고 와 사과를 했고, 곧이어 성대한 잔치가 벌어졌다. 새 식구를 맞은 토야의 어머니도 크고 살진 양을 잡았다.

"우리 딸을 먹여 살릴 수 있는지 확인해야겠다."

신부 어머니는 딸이 이미 자기 게르 문을 넘어가버린 것을 알면서도 신랑을 몰아붙였다. 오리앙카이의 전통이 그랬던 탓이다. 어머니는 삶은 양고기에서 앞다리의 정강이뼈를 가지고 왔다. 정강이뼈 위쪽엔 작고 동그란 뼈가 붙어 있는데, 신랑은 그걸 손가락으로 부러뜨려야 한다. 힘이 없어 그걸 못하면 남자가 되지 못한다. 젖 먹던 힘을 다해 뼈를 부러뜨리고 나면, 이번엔 양의 쇄골뼈를 가져온다. 고기를 먹고 나면 하얀 종이비행기처럼 생긴 뼈가 나오는데, 그걸 손가락으로 쳐서 한 번에 부숴야 한다. 두 번의 힘자랑 시험이 끝나고 나면 신부가 신랑에게 양의 뒷다리뼈 고기를 준다. 신랑은 능숙한 칼놀림으로 고기를 발라먹고 뼈만 하얗게 남겨 다시 신부에게 준다. 신부는 하닥에 그 뼈를 싸서 보관한다. 시댁의 새 게르에 갔을 때 오니에 달아두어야 하기 때문이다. 신부가 친정에서 받아 남기는 유일한 물건이다.

이제 신부를 데리고 떠날 시간이다. 몽골에선 결혼을 '모르도흐'라고 한다. 말을 타고 떠난다는 뜻이다. 한번 가면 돌아오지 않는 길을 떠나는 것이다. 친정에 가겠다고 먼길을 갈 수도 없을 뿐더러, 간다고 해봐야 어디로 이사를 했는지 찾을 수도 없을 것이다. 몽골 여인은 시집을 가면 돌아오지 않는다.

비지아는 그 결혼 사건이 있고 십여 년 만에 고향에서 도르지를 다시 만났다. 토야도 함께 있었다. 결혼 전부터 키우던 토야의 아이 말고도 둘을 더 낳아 잘 살고 있었다. 늙은 어머니는 부부의 집 바로 옆에서 게르를 치고 유목을 했다. 양도 많고 부유했다. 그날의 일들을 떠올리며 부부는 자꾸 술을 권했는데, 비지아는 행복해 보이는 그 모습이 좋아서 눈물이 났다.

여섯.

모던 노마드

새로운 하늘이 열리다

비지아가 고등학교를 졸업하던 해인 1989년, 거짓말처럼 세상이 변했다. 학교에서 배운 모든 것은 거짓이 됐다. 레닌은 더이상 영웅이 아니었고, 사회주의가 최고의 시스템이라던 사상도 폐기처분해야 할 먼 과거의 것이 되었다. 장사를 하고 물건을 팔아 돈을 버는, 그렇게 비판하던 자본주의 세상이 된 것이다.

그리 오래전 일은 아니다. 당시 한국에선 올림픽을 치러낸 자긍심이 채 가시지 않고 있었다. 여기저기서 "서울 서울 서울" 하는 노래가 들렸고, 〈아! 대한민국〉 같은 건전가요가 가요 차트를 휩쓸었다. 미관을 해친다는 이유로 굴착기를 동원한 대규모의 구식 건물 철거가 이루어졌고, 그 막무가내 정치에 따른 후폭풍이 사회를 시끄럽게 만들기도 한 때였다. 그리고 세계적으론 'WWW', 그 유명한 월드 와이드 웹이 등장한다. 조만간 지구를 손바닥만하게 만들 사건이다. 그리고 또하나, 베를린장벽이 무너지고 소련을 비롯한 사회주의 진영에서 항복이나 다름없는 선언이 나온다.

인류에게 19세기는 자유를 향한 질주의 시절이었다고 누군가 말했다. 그리고 그것은 1789년 프랑스혁명을 기점으로 달력보다 먼저 시작되었다고. 20세기는 인류에게 평등을 향한 도전의 시대였고, 그 도전은 1917년 러시아혁명으로부터 시작된 것이라고도 했다. 그렇다면 1989년은 20세기가 일찌감치 막을 내리고 새로운 세기가 도래했다는 걸 의미했다.

지구 반대편에서 일어난 소식 하나도 CNN 위성안테나를 타고 아프리카 오지 마을이든 태평양 한가운데의 작은 섬마을이든 베트남 수상가옥이든 속속들이 생중계되는 지금에야 당연한 일이겠지만, 인터넷은커녕 전화도 변변치 못하던 그때, 몽골의 맨 서쪽 골짜기인 알타이산맥까지 사회주의의 몰락 소식이 전해진 것은 신기한 일이다. 지구 바깥에 살고 있는 것처럼 느껴졌던 오랑캐들이, 사실은 그 사건의 핵심 속에 살고 있었던 탓이다.

사회주의가 무너지기 전부터 징후는 있었다. 1978년, 울란바타르에서 있었던 전설적인 집단 난투극 이야기다. '싸움이 없으면 잔치가 아니다'라는 몽골 브리야트족의 속담이 있지만, 그날의 싸움은 상황이 달랐다.

시작은 미미했다. 헌병이 휴가 나온 어느 군인을 불러 세웠다. 복장이 불량해서 경고를 주거나 휴가증을 검사할 목적이었을 것이다. 고양이 앞의 쥐처럼 군인은 바싹 얼었고, 헌병은 권위적이고 폭력적인 태도로 그를 몰아붙였다. 그걸 본 주변의 시민들이 헌병을 제지하면서 사건이 커졌다.

항의를 하던 시민이 헌병에게 주먹을 날렸다. 사회주의 배지를 단 헌병에게 손을 댄다는 것 자체를 상상하기 어려운 시절이었다. 금세 무장한 헌병들이 몰려들었고, 위기감이 고조되었다. 그러나 시민들은 공포감을 이겨낼 만큼 흥분해 있었고, 무리를 이루며 위협당하던 군인의 편을 들고 나섰다. 광장 가득 시민들이 모여들었고, 순식간에 헌병대와 시민들이 엉키고 말았다. 이내 피아가 없는 난장판이 되었다. 사건 현장에서 멀리 떨어진 사람들은 누구와 누구의 싸움인 줄도 알 수 없었다. 시민이 시민과 맞서 주먹을 날렸다. 울란바타르 서쪽 백화점 광장에서 시작된 싸움은 전염병처럼 수흐바타르 광장을 지나 동쪽 끝 테렐지 입구까지 번져나갔다. 목적도 없고 이유도 모르지만 길에 나온 사람마다 주먹을 휘둘렀다. 먼저 때리지 않으면 맞게 되니 누구든 주먹을 뻗을 수밖에 없었다. 시민들은 이상한 열기에 휩쓸렸다. 마치 야성이 깨어난 짐승들 같았다. 어쩌면 억압과 굴종이 시민들에게 깊은 내상을 주고 있었는지도 모른다. 수흐바타르 광장 뒤쪽에 있는 몽골국립대의 교수들도 강의실을 나와 주먹다짐 대열에 합류했다고 한다. 점심때 시작된 싸움은 저녁 늦게야 끝이 났다. 모두들 피투성이가 되어 돌아갔다. 그러나 하루의 해프닝 같은 이 이상한 싸움으로 사회주의 체제는 금이 가고 있었다.

옛말에 사나이는 깃발을 들 때도 있고 송아지를 돌볼 때도 있다고 했다. 고등학교를 졸업한 뒤, 비지아는 다시 유목민이 되었다. 사회주의 정부가 대학에 진학하는 대신 공동농장에서 일하는 젊은이에게 기타를 선물해줬는데, 그 욕심 때문은 아니었다. 누구에게나 하나씩 나눠준 탓에 그때 동네엔 사람보다 기타가 많았다. 그리고 비지아는 기타를 칠 줄도 몰랐다. 세상은 혼란스러웠고, 비지아는 그 속에서 똑바로 설 자신이 없었다.

중학교 때 로도이담바의 소설 『맑은 타미르강』을 아주 재미있게 읽었다. 유목민들의 삶, 그리고 그들의 혁명을 읽을 땐 감동의 눈물을 흘리기도 했다. 그런데 소설조차 좋은 것이 나쁜 것이 되고, 나쁜 것이 좋은 것이 됐다. 무엇이 옳고 무엇이 그른지 분간할 수가 없었다.

비지아가 중학교에 다닐 때, 소련의 서기장 브레즈네프가 죽었다. 온 몽골에 애도의 물결이 일었고, 그건 알타이산 자락의 교정에까지 전해졌다. 선생님도 울고 기숙사 사감도 울었다. 어린

학생들도 따라 울었다. 집에 돌아가자 할아버지가 말씀하셨다.

"웃기는 짓이지. 뭉흐 하이르항에서 누가 죽으면 그놈이 울어 줄 거 같아?"

할머니는 말조심을 하라며 주변을 살폈지만, 할아버지는 늘 학교에서 가르치는 것과 반대로 말하곤 했다. 그런 할아버지도 오래전에 돌아가시고 없다. 돌고 돌아 다시 할아버지의 말씀이 맞는 세상이 되었지만, 수상한 세월에 믿을 것이라곤 할아버지의 할아버지, 또 그 할아버지 때부터 지켜왔던 유목민의 삶의 방식뿐이었다.

비지아는 말 조련사가 되었다. 나담 축제에 참가하는 말을 조련하는 것은 손이 많이 가는 일이었지만, 유목민들만이 제대로 해낼 수 있는 자랑스러운 일이기도 했다. 일반 말들과 다르게 나담에서 경주할 말들은 철저한 관리가 필요했다. 먼저 먹는 것이 그렇다. 풀을 아주 조금만 먹게 해야 한다. 봄부터 먹이를 조절해 주면 소처럼 굵은 똥을 싸지 않고 낙타처럼 가는 똥을 싸게 된다. 물을 많이 마시게 해서도 안 된다. 경주마들은 하루에 서른 모금의 물만 마셔야 했다. 하지만 한번 강물에 입을 대면 코로 숨을 쉬면서 엄청난 물을 흡입하는 말을 막아서기가 힘들다. 소리도 없고 물을 목구멍으로 넘기는 울대뼈의 움직임도 없다.

"그럴 때는 말의 귀를 보면 된다."

어른들 말씀이 떠올랐다. 말은 물 한 모금을 넘길 때마다 두

귀가 쫑긋 앞으로 누웠다가 일어선다. 강가에 올 때마다 비지아는 말 귀를 쳐다보느라 눈이 빠질 지경이었다.

온갖 정성을 다해 식단을 조절해도 비가 내리면 그간의 고생이 헛것이 된다. 풀잎이 물에 젖어 있어 물 조절이 쉽지 않다. 분주히 뛰어다니며 풀 뜯는 양을 더 줄여줘야 한다.

달리기 훈련도 빼놓을 수 없다. 어린아이를 태우고 매일 오전, 이십 킬로미터 이상을 최대한 빠른 속도로 달리게 한다. 속도를 유지하면서도 숨이 거칠어지지 않게 해야 한다. 조련사는 조련사대로, 말은 말대로 힘든 시기이다.

비지아가 훈련시키는 말은 다섯 살의 수말이었다. 털빛이 초원의 초록을 닮아 '비지아깅 헤르'라 불렀다. 나담이 다가오면 숫제 말 옆에서 살고 말과 함께 잠을 잔다. 이때부터는 식단 조절이 더 철저해진다. 말을 풀어줄 때도 풀을 뜯어먹지 못하도록 고삐를 짧게 당겨 갈기털에 묶어둔다. 말은 고개를 숙일 수 없어서 풀을 뜯지 못한다.

헤르는 잘 달릴 뿐만 아니라 영리하기도 했다. 갈기털에 고삐를 묶어 풀을 못 뜯게 하면 비지아의 눈치를 살피다가 무릎을 꿇고 앉아버린다. 그렇게 슬금슬금 배를 채우곤 했다. 평생을 서서 자고 서서 죽는 짐승이 먹이 앞에서 무릎을 꿇는 것이다. 하지만 비지아의 눈에 띄는 날이면 그런 행복도 끝이었다.

헤르 옆에서 잠을 자야 했을 때, 비지아도 똑같은 잔꾀를 쓴

적이 있었다. 말뚝을 박아놓고 고삐의 길이를 조절해 묶어두는 것이다. 고삐가 너무 길면 돌아다니는 반경이 넓어져서 풀을 많이 먹게 되고, 너무 짧게 묶으면 먹이가 부족해 힘을 쓰지 못한다. 적당한 길이이다 싶게 묶어두고 친구를 찾아가 놀다 오곤 했다.

그런 걸 어머니는 다 알고 있었다. 어디서 지켜보고 있나 생각했지만, 훗날 비지아도 알게 됐다. 말털을 쓱 문질러봤을 때 털이 빠지면 뭔가 잘못된 것이다. 먹이 조절부터 훈련까지 새롭게 시작해야 한다. 털이 빠지는 말이 나담에서 잘 뛰는 것을 본 적이 없다.

비지아가 고향을 떠나오기 전해, 다섯 살 헤르는 뭉흐 하이르항 나담에서 2등을 차지했다. 다음해엔 여섯 살이 돼서 나담에 참가하지 못했다. 유목민들은 어른도 아니고 아이도 아닌 여섯 살 말이 경기에 나서는 것을 금한다.

울란바타르에서 대학을 다니던 여름, 헤르가 나담에서 1등을 차지했다는 소식이 고향에서 왔다. 비지아는 만세를 불렀다. 가이드 일이며 아르바이트에 쫓기느라 지쳐 있던 그에게 헤르의 기운이 뻗쳐오는 것 같았다.

여러 해가 지난 뒤 비지아는 헤르와 재회했다. 말은 이미 늙었고, 나담에서 경주를 할 힘이 없었다. 젊었을 때의 고생을 생각해 어른들은 헤르를 그냥 풀어놓고 있었다. 하지만 그 녀석은 스스로 먹이 조절을 하면서 새로운 대표선수가 된 젊은 말 옆에서 눈치를 보며 놀곤 했다. 달리기 훈련을 할 때에도 혼자서 젊은 말을 따라 완주를 하고 돌아왔다.

"밤마다 나담 축제 꿈만 꾸었겠다. 어디서 아이 목소리만 들려도 너를 타고 앉았던 기수가 부르던 노래인 듯 돌아보았겠구나."

비지아는 잠깐의 재회가 반갑고 아쉬워 헤르를 꼭 안아주었다. 어른들은 헤르에게도 어린아이 하나를 태워 나담 축제에 참가시켰다.

그해 여름, 헤르는 달리는 길 위에서 쓰러져 죽었다. 숨은 가빠오는데 발이 먼저 간다. 마음은 청춘인데 몸이 늙은 것이다. 인정하기 싫지만 그것이 현실이다. 그래도 헤르는 쉬지 않았다고 했다. 결승선에 다 오지 못하고 앞다리가 꺾이면서 쓰러졌다고 했다. 사인은 폐파열이었다. 유목민이 말 위에서 죽는 게 영광인 것처럼, 말은 달리다 죽는 게 영광이다.

국경을 지키는 일

“잠깐 놀러갔다 올게요.”

보석 같은 여름날, 비지아는 하루도 집에 붙어 있는 날이 없었다. 그렇다고 무작정 사라질 수는 없어서 어머니에게 말을 하면 늘 한 움큼의 잔소리를 들어야 했다.

“언제 돌아올 건데?”

잔소리가 끝나면 어머니는 꼭 돌아오는 날을 확인했다.

“내일 올게요.”

“모레 오겠구만.”

어머니는 그렇게 말하며 혀를 찼고, 비지아는 약속한 날이 지나도 돌아가지 않을 때가 많았다. 하지만 군대 징집영장을 받아 놓은 날부터는 그런 대화가 더이상 필요치 않았다. 아무때 아무 곳이나 갈 수 있는 프리패스가 생긴 것이다. 남자가 군대에 간다는 건, 조금 호들갑을 떨자면 전쟁에 참전하는 칭기즈칸의 병사가 되는 것이다.

옷을 차려입은 비지아가 말을 몰아 옆 골짜기의 친구를 찾아갔다. 소식을 알고 있는 친구의 부모님은 잔칫날에나 맛볼 만한 음식과 술을 내왔다.

"이제 너한테 술을 따라주거나 음식을 차려줄 사람이 없어."

술잔을 건네며 아저씨가 측은한 인사를 건넸다. 몽골의 군대는 이 년 동안 휴가 한 번 주지 않는다. 일주일쯤 휴가를 준다고 해도 집에 다녀올 시간이 되지 않을 테니 당연한 일인지도 모른다. 그래서 너 나 할 것 없이 입영 전 한 달은 이승에서의 마지막 순간을 즐기는 것처럼 싸돌아다닌다.

친구 집을 나올 땐 그 친구도 함께 나온다. 그렇게 어울려서 다른 친구를 찾아 나선다. 또 술을 마시고 그 친구까지 데리고 나온다. 하루이틀 돌아다니다보면 금세 인원이 열 명을 넘어선다.

솜에 사는 친구들이 모두 모였다. 누군가가 옆 솜으로 놀러가자고 했다. 술도 마셨겠다, 노는 게 일인 참에 못할 것도 없었다. 그렇게 마을의 청년 열두 명이 바람처럼 사라졌다. 일주일씩이나 솜 어디에서도 흔적을 보이지 않는 비지아 일행 덕분에 어른들은 산으로 강으로 자식들을 찾아 나섰다. 그러거나 말거나 젊은이들은 그 일주일 동안 흥에 겨워 시간이 가는 줄도 모르고 놀았다.

집으로 돌아오는 길에 큰 산을 하나 넘어야 했다. 산중턱에서 일행은 쉬었다 가기로 했다. 고삐로 말 앞다리를 묶어놓고 잠이 들었다. 매일 술을 마시느라 잠도 제대로 자지 못한 상태라 누가 먼저랄 것도 없이 곯아떨어졌다. 눈을 떴을 땐 해가 산꼭대기를 베고 누워 있었다. 옆에 있어야 할 말들이 보이지 않았다. 추드르를 맨 말이 어디로 갔을까 찾아 나섰다. 산꼭대기 위에서 말 울음소리가 들렸다.

앞다리를 바짝 묶어놓아 아장거리며 걷는 말들이 산꼭대기까지 갈 정도면 한나절을 넘게 잔 것이다. 말이 없으면 움직이지도 못하는 사내들이 걸어서 산꼭대기까지 가야 했다. 술에 아무리 취해도 말만 있으면 문제가 없다. 등 위에 탄 주인이 쓰러지려고 하면 말이 옆으로 걸으면서 중심을 잡아준다. 멀리서 보면 말이 취해 비틀거리는 것처럼 보이지만, 사실은 주인을 떨어뜨리지 않으려고 춤추듯 걷는 것이다.

"그래도 다행이야. 우린 안장을 메고 걸어가지 않아도 되잖아."

친구가 농담이라고 한마디 던진다. 몽골 유목민들은 '안장을 메고 걷는 남자가 가장 못난 남자'라는 속담을 즐겨 외운다. 말을 묶어둘 땐 보통 안장을 풀어놓는데, 그러다 말을 잃어버리면 망신 중의 망신이다. 안장을 버릴 수 없어 그걸 메고 초원을 걷는다고 생각하면 사내의 꼴이 영 말이 아니게 된다. 잠에 취해 말안장을 풀어주지 못한 것이 위안이라면 위안이었다.

한 달을 하루인 듯 놀다가 입대를 했다. 비지아는 중국과 접경한 알타이산의 국경수비대에 배속되었다. 몽골 유목민과 중국인은 견원지간이다. 역사 이전부터 수천 년이 넘는 세월 동안 만리장성을 사이에 두고 쌓은 민족 감정 때문이다. 비지아는 그 중차대한 전선에 배치된 것이다.

정작 국경은 우스꽝스러웠다. 특별한 철조망이나 성벽이 있는 것이 아니고 몇십 킬로미터에 하나씩 움막집 같은 초소가 있을 뿐, 그 사이는 아무것도 없는 보통의 산이었다. 병사들의 일이란 것도 그 산길을 하루종일 말을 타고 걷는 것이었다. 점심은 앙꼬 없는 찐빵 한 쪽이 전부이고, 어두워 움막집에 도착을 하면 쪽잠을 자고 다시 하루를 걸어 돌아와야 한다. 2인 1조가 원칙이 아니었다면 말동무도 없이 심심해 죽었을 임무였다.

"적은커녕 우리 편도 만날 수가 없겠네."

훈련도 실전도 없는 군생활은 무료하기 짝이 없었다. 그럴 때마다 움막집에서 동료와 카드게임을 했다. 그날 카드놀이 판에 걸린 벌칙은 야외 취침이었다. 한 시간도 안 돼 결판이 났다. 비지아의 패배였다. 한겨울에 노숙을 해야 했다. 약속은 약속이라

며 동기는 움막 안으로는 발도 들여놓지 못하게 막아섰다.

얼기설기 나뭇가지로 엮은 집이지만 움막 초소에선 사람의 온기라도 잡을 수 있었다. 산속의 밤은 추웠고, 땅바닥에 깔아놓은 담요는 한기를 막아내지 못했다. 땅바닥마저 고르지 못해 뒤척이다가 마침 누군가 밥을 해먹었던 작은 솥 하나를 발견했다. 솥을 베개 삼아 누웠다.

막 잠이 들려고 했을 때, 솥 안에서 요동치는 소리가 났다. 깜짝 놀라 일어나 주변을 살폈다. 아무 소리도 들리지 않았다. 다시 솥에 귀를 대자 말발굽 소리가 울렸다. 무슨 일이 있었는지, 인근 유목민이 방목한 말들이 남쪽으로 달려가고 있었다. 그대로 두었다가는 중국까지 넘어갈 판이었다.

비지아는 능숙한 유목민답게 휘파람을 불며 말을 몰았다. 주인 없는 말떼를 잡아 도열시켜놓고 한참을 기다려 주인을 만났다. 이야기를 들어보니 바람이 많거나 눈이 심하게 오는 날이면 말떼가 따뜻한 곳으로 도망치는 경우가 종종 있다고 했다. 하마터면 재산을 통째로 잃을 뻔했던 말 주인은 그에게 몇 번이나 고맙다는 인사를 하고 돌아갔다. 비지아는 그렇게 휴가도 없는 이 년의 군생활 동안 세 번의 말 탈주를 막아냈다.

이상한 대학의 신입생

이 년이나 시간을 끌어봤지만, 다시 돌아온 세상은 여전히 엉망진창이었다. 1989년 10월에 시작된 민주화 혁명이 성공했고, 이듬해 3월 새 헌법이 공포됐다. 사회주의가 끝나고 자본주의의 시대가 막을 연 것이다. 하지만 먹고사는 문제는 더 어려워졌다. 특히 밀가루와 소금이 귀했다. 생필품의 독과점을 막으려고 정부는 밀가루와 소금을 구매할 수 있는 전표를 만들어 팔았다. 그러자 이번엔 그 딱지 구하기가 하늘의 별 따기가 되었다.

동급생들보다 한참 늦은 나이에 비지아는 다시 대학 문을 두드렸다. 그런데 놀라운 소식이 들렸다. 대학에 가려면 등록금을 내야 한다는 것이었다. 한 학년 위의 선배들만 해도 월급을 받으면서 학교를 다녔다. 한 달에 18투그릭한화 15원을 받았는데, 그것도 적은 돈이 아니었다. 80년대 말까지도 쇠고기 일 킬로그램, 휘발유 일 리터가 1투그릭이었다. 90년대가 시작되면서 물가가 천정부지로 뛰긴 했지만, 비지아는 일 년에 3만 투그릭한화 2만 5천원이나 되는 거액의 등록금을 내야 했다. 늦깎이 대학생의 꿈을 접어야 했다.

어느 날, 집에 있던 수소가 사라졌다. 소싸움에서 왕을 차지한 크고 힘센 녀석이었다. 찾아 나서려는 비지아를 어머니가 막아섰다.

"내가 팔려고 내놓은 것이다."

솜에서 공무원으로 일하는 사촌누나에게 부탁해 소를 판 것이다. 누나는 3만 투그릭을 가지고 집으로 왔다. 그 돈으로 비지아는 대학 등록금을 냈다.

"혼자서 하루 만에 수소 한 마리를 먹었네."

씁쓸하게 입맛을 다시는 비지아를 어머니가 다독여주셨다.

"나중에 더 큰 일을 할 수도 있다."

한국까지 와서 대학교수를 하는 것이 더 큰 일인지는 알 수 없지만, 그런 날들이 쌓여서 오늘이 되었다.

비지아는 몽골국립대 국제관계대학 한국어과에 입학했다. 국립대도 가장 좋은 학교였지만, 그 안에서도 국제관계대학은 경쟁

률이 가장 높은 인기 학부였다. 입학하는 날, 비지아는 깜짝 놀랄 경험을 했다. 과 친구들은 분명히 몽골 학생들인데 몽골어를 못하는 사람이 대부분이었다. 어린 시절부터 러시아 학교만 다녔거나, 아예 더 부잣집 아이들은 모스크바에서만 살다가 온 것이었다. 시골 출신은 비지아를 포함해 딱 셋이었다. 남자가 절반이었지만, 군대를 다녀온 사람은 비지아 혼자였다. 돈도 없고 백도 없는 사람이라는 낙인이 찍힌 것 같아 부끄러웠다.

비지아만 혼자인 것이 또 있었다. 왜 그런 생각을 하게 됐는지는 자기도 몰랐지만, 그는 대학생들이 양복을 입고 다닌다고 믿고 있었다. 당연하게 양복을 차려입고 학교에 갔는데, 자기처럼 입은 학생이 없었다. 얼굴이 화끈거려서 수업이 어떻게 시작되고 끝났는지도 기억이 나지 않았다. 사회주의가 전통 옷인 델을 입으면 촌놈이라는 암묵적 인식만 만들지 않았더라면, 비지아는 입학 첫날 델을 입고 학교에 갔을지도 몰랐다.

가난한 살림에 헛돈까지 쓰게 됐으니 영 입맛이 썼다. 양복을 사겠다고 또 얼마나 쇼를 했는지 모른다. 태어나 처음으로 백화점에 갔다. 1921년부터 있었다는 유서 깊은 '이흐 델구르큰 가게라는 뜻'였다. 지금은 이 말이 백화점의 이름으로 굳어져 쓰이게 되었는데, 당시에는 이 큰 가게 한 곳에서만 물건을 살 수 있었다. 높이가 오층이나 되는 백화점 건물에 들어섰다. 그런데 일층의 한쪽 벽 전체가 거울이었다. 누나가 쓰는 작은 손거울을 몇 번

들여다본 적은 있었지만 그렇게 큰 거울은 처음 봤다. 거울 저편에서 아는 사람이 웃고 있었다. 손을 흔들어주면 따라서 손을 흔들고, 여기서 웃어주면 저쪽도 웃었다. 사람들의 시선이 느껴지면 그만두곤 하면서 한참을 그 앞에서 떠나질 못했다. 양복을 샀을 땐, 그걸 입고 거울 앞에서 또 얼마나 서 있었는지 모른다. 그런데 그 양복을 입을 수 없었다.

나이도 많고 군대까지 다녀온 경력을 인정받아 비지아는 일학년 과대표가 됐다. 말이 과대표지 특별히 할 일은 없었다. 돈이 없어 야유회를 갈 수는 없고, 누구의 집이 비었는지 알아내서 과 친구들을 모아 밤새 술 마시는 일을 계획하는 정도였다. 여느 대학의 신입생이 그렇듯, 술과 함께 대학생의 모습이 갖춰져갔다. 술이 없었다면 그 시절을 견딜 수 있었을지 지금도 장담할 수 없다.

과대표로서 비지아가 매달 정기적으로 해야 하는 일이 하나 있었다. 당시엔 정부에서 버스비를 지급했다. 과 친구들의 버스비를 받아오는 일이 과대표 비지아의 중차대한 업무였다. 한 사람당 1천 투그릭을 줬는데, 버스비인지라 10투그릭짜리 동전으로 줬다. 큰 가방을 준비해서 가도 들고 올 때면 어깨가 빠질 지경이었다. 그날은 누구도 집에 가지 못했다. 보드카 병이 산처럼 쌓였다. 지금은 3~4만 투그릭 하는 보드카가 달랑 100투그릭이던 시절이었다.

시베리아 횡단열차의 잡상인

갓 상경한 몇 해 동안을 비지아는 유목민도 아니고 도시인도 아니었던 어떤 날들로 기억한다. 대학을 다니기 위해 도시로 왔지만, 먹고살 일이 막막했다. 예고도 없이 살던 집을 비워줘야 할 때도 많았다. 부동산 임대차 계약이니 약자에 대한 보호제도를 생각할 수도 없던 시절에, 집주인은 막무가내로 방을 비우라고 했고 그때마다 비지아는 궁지에 몰렸다.

물려받은 재산도 없이 혈혈단신 도회지로 나온 사내가 살기엔 너무 가혹한 시절이었다. 도둑질 말고는 무슨 일이든 다 했지만, 하루하루 살기에도 빠듯해서 근근이 학교를 다녀야 했다. 그러던 중에 비지아는 짧은 시간에 큰돈을 벌 수 있다는 꼬임에 빠져 시베리아 횡단열차를 타게 됐다. 물건 운송 아르바이트를 하게 된 것이다.

'종 아일릭'이라는 재래시장이 있다. 그곳에 건설자재나 공업용 기구를 파는 가게가 있었는데, 당시엔 작은 나사 볼트가 귀했다. 눈이 밝은 가게 사장은 중국 시장에 눈독을 들였다. 베이징에서 싼값에 나사 볼트를 구입해서 기차에 싣고 가져오기만 하면 몇 배의 이문을 남길 수 있었다. 문제는 기차에 그 짐을 실을 수 없다는 것이었다. 베이징과 울란바타르 구간의 시베리아 횡단열차는 승객 한 명당 오 킬로그램 이하의 짐만 허락했다.

"자네, 힘은 센가?"

사장이 면접이라고 보는 자리에서 대뜸 그렇게 물었다. 다 큰 염소의 뿔을 잡고도 몇 분을 버티고, 야크나 낙타같이 고집 센 녀석들도 거뜬히 다루던 비지아가 내세울 만한 건 오직 힘밖에 없었다.

"그렇다면 딱 제가 맞습니다."

비지아에게 일이 맡겨졌다. 베이징에서 큰 가방 가득 나사 볼트를 욱여넣은 뒤 열차를 타고 울란바타르까지 오는 일이었다. 이때 힘과 함께 필요한 것이 연기력이다. 표를 검사하는 승무원의 눈을 피해야 한다. 양손에 오십 킬로그램이 넘는 가방을 하나씩 든 채, 마치 오 킬로그램짜리 가방인 것처럼 보이도록 콧노래를 부르며 기차에 올랐다. 가방이 두 개만 있는 것도 아니었다. 한번 올려다 놓고 나면, 눈치를 살피다가 다시 처음 탑승하는 사람처럼 다른 칸으로 가방 두 개를 들고 타고 하면서 여섯 개, 여덟 개의 가방을 옮겼다. 일이 끝나고 나면 의자에 쓰러져 일어나지도 못했다.

매주 금요일 수업이 끝나자마자 중앙역으로 달려간다. 베이징 가는 기차는 저녁 다섯시에 있었다. 하루 밤낮을 꼬박 달려 베이징에 도착하면 서둘러 물품을 구매한다. 그렇게 일요일 오전까지 일을 마치고, 점심에 출발하는 기차를 다시 탄다. 월요일 아침 아홉시에 울란바타르 중앙역에 도착하는데, 짐을 전달하고는 기차역 화장실에서 대충 세수를 하고 학교로 갔다.

기차에서 친구를 만나기도 했다. 지금은 몽골기술대학교에서 학장을 하고 있는 그녀도 가난하던 시절에 장사를 했다. 하루종일 혼자 다녀야 하는 길에 잘됐다 싶어 이야기꽃을 피웠지만, 그녀는 기차에서도 내내 바쁘게 움직였다. 그리고 그녀는 비지아 같은 조무래기 알바생이 아니었다.

그 시절에 누군들 편안했을까만, 사회주의를 포기한 러시아 민중의 삶은 고단하기 짝이 없었다. 먹을거리며 옷가지가 없어 지옥이었다. 비지아가 만난 통 큰 몽골 여인은 베이징에서 청바지와 셔츠 같은 싸고 질긴 옷을 사서 러시아로 팔러 다녔다. 열차의 작은 창문으로 "싸구려! 싸구려!"를 외쳐 철로변의 사람들을 모은다. 기차 창문으로 손만 내민 채 거래를 한다. 기차가 그녀의 옷가게다. 러시아 경찰은 그런 장사꾼들을 단속하려고 기차역마다 호루라기를 불면서 분주히 뛰어다닌다. 한번은 그녀가 경찰이 뿌린 마취 스프레이를 맞고 기절했는데, 일어나보니 시베리아 한가운데까지 가 있더라고 했다.

양팔이 빠질 듯한 아르바이트보다 장사가 더 쉬워 보였다. 그녀를 만난 뒤부터 비지아는 장사를 시작했다. 바이칼의 도시 이르쿠츠크를 지나 알타이산맥의 서쪽 노보시비르스크와 옴스크를 거쳐 모스크바까지 일주일 동안 기차 안에서 먹고 자야 하는 긴 여정이었다. 어쩌다 운이 좋은 날이면 노보시비르스크에서 물건이 다 팔리기도 했다. 돌아오는 길까지 합치면 닷새는 번 것이다. 그렇지만 그런 운이 늘 있는 것은 아니었다.

기차 객실엔 손님보다 장사꾼이 더 많았다. 옷가지며 신발, 이불을 들쳐 메고 온 사람도 있었다. 또 그들에게 만두나 음료수를 팔기 위해 탄 장사꾼도 넘쳐났다. 기차 안이 시장통처럼 북적거렸고, 질서를 세우겠다고 경찰도 시시때때로 들이닥쳤다. 그럴 때마다 자격증 없는 보따리상들은 물건을 숨기느라 정신이 쏙 빠지곤 했다. 담비털을 숨겨 팔던 어떤 사람은 경찰의 눈을 피하겠다고 객실 천장을 뜯어서 물건을 숨기기도 했다.

하루하루가 난리도 그런 난리가 없었다. 꾸준히 했더라면 떼돈은 아니더라도 때묻은 돈은 벌었겠지만 그 일도 오래할 수는

없었다. 배고프고 고단한 것도 문제였지만, 열흘씩 걸리는 장사일은 학교생활을 너무 방해했다. 다시 외롭고 쓸쓸한 알바생으로 복귀할 수밖에 없었다.

친구가 있는 날은 행복하지만, 보통은 스무 시간의 기차 여행을 혼자서 해야 했다. 그래도 좌석이라도 있으면 고마웠다. 돈도 돈이지만 당시엔 보따리 장사꾼들이 너무 많아서 비지아는 대개 입석표를 끊고 다녀야 했다. 학교 수업시간에 맞춰 돌아와야 하는 비지아는 스물여섯 시간짜리 입석이라도 탈 수밖에 없었다. 짐을 다른 손님의 침대 밑에 맡겨두고, 기차 중앙의 레스토랑을 찾았다. 맥주 한 모금이 더없이 그리웠지만, 시베리아 횡단열차의 레스토랑은 음식값이 너무 비쌌다. 눈치를 보며 죽치고 있곤 했는데, 밤 열두시가 되면 그곳도 문을 닫았다. 그러면 다시 열차 연결통로로 갔다. 담배를 피우는 사람들이 가끔 드나드는 곳이었다. 철로에 바퀴 쓸리는 소리가 귀를 찢을 만큼 시끄러웠고 사방에서 찬바람이 들이쳤다. 기차 창밖으로 펼쳐진 망망무제의 초원 그림자, 그리고 지평선부터 하늘 꼭대기까지 촘촘히 박힌 별들이 아니었다면, 그 기나긴 밤을 어찌 보냈을지 다시 생각해도 막막한 시절이었다.

몇 해 전, 나와 비지아는 중국 네이멍구자치구의 쿠빌라이칸 여름 궁전을 찾았다가 울란바타르로 돌아간 적이 있었다. 중국과 몽골의 국경을 지나면서 기차 바퀴를 바꾸느라 세 시간 넘게 기다려야 했고, 그렇게 출발한 열차 안을 고비의 모래먼지가 밤새 후비고 다녔다. 목이 칼칼하고 피곤했다. 침대칸에 나란히 누워 맥주를 마셨다. 비지아는 행복하게 웃었다.

"그래도 참 편하다."

세월을 공치다 •

대학 시절이야말로 세상을 알기에 가장 좋은 때일 것이다. 젊은 비지아에게도 그랬다. 피곤을 모르는 몸에 총명한 머리가 있었고, 아직 세상의 때가 타지 않은 순수와 열정이 있었다. 하지만 천금을 주고라도 돌아가고 싶은 그 시절을 비지아는 뜻대로 살지 못했다.

체제 전환 후 1992년 첫 선거에서 인민혁명당이 정권을 잡았다. 공산당이 이름만 바꾼 채 다시 등장한 것이다. 누구도 천지 분간을 하기 힘든 시절이었고, 그나마 구관이 명관이다 싶었을 것이다. 가난한 자에게도 지킬 것은 있는 법이다. 그렇게 사 년의 임기 동안, 새로운 형태의 사회주의가 계속되었다. 옛날의 부자가 그대로 부자인 채로, 가난한 자가 그대로 가난한 채로 세월이 흘러갔다.

다음 선거에서는 반대파인 민주당이 정권을 잡았다. 세상은 변한 것 같지 않은데, 정치만 요동을 치고 있었다. 아니, 세상은 하루에도 몇 번씩 변하고 있는데, 그 시작과 끝을 알 수 없었다. 어디서 와서 어디로 가는지 모르는 강물 앞에 서 있는 사람처럼, 비지아의 눈에는 굽이치는 소용돌이만 보일 뿐이었다.

천지 분간도 못하는 자가 자기주장이라고 있을 리 없었다. 비지아는 딱히 데모를 할 수도 없었다. 몽골의 미래가 어떻게 될지는 알 수 없었지만, 난생처음 공산당이 아닌 정권의 탄생을 내심 기대하기도 했다. 뭔지 모르는 변수가 생겼는데 그걸 반대할 이유가 없었다. 피가 끓어 데모를 하는 동기들을 외면하고 비지아는 매일 친구를 찾아, 술을 찾아 떠돌았다.

국립대를 졸업했는데 할 일이 없었다. 우수한 성적으로 들어간 학교였지만, 막상 비지아가 졸업을 하던 무렵엔 대학을 나온 사람을 쓰는 회사가 눈을 씻고 찾아봐도 보이지 않았다. 특히 한국어과를 나온 그에겐 취업문이 더 좁았다. 한국 회사도 없는데다가 한국어 사용자를 필요로 하는 회사도 없었다.

손가락만 빨고 살 수는 없어서 일을 시작했다. 대학교 때의 전공을 살려 차린 가게가 술집이었다. 친구와 동업을 했는데, 반

년도 되지 않아 손을 털고 말았다.

하루도 쉬지 않고 친구들이 놀러왔다. 일이고 뭐고 같이 놀아야 한다. 밤새 술을 마시고 나면 누구도 돈을 내는 사람이 없다. 먼저 말하기도 머쓱해 주저하다보면 친구들은 돌아가고 없다. 그런 날은 공치는 날이다. 동업자에게도 친구들이 있다. 그들이 오는 날도 공치는 날이다. 새벽 서너시까지 영업을 하고 나면 지쳐 쓰러진다. 아침해가 둥둥 떠서 가게문을 열면 청소며 설거짓거리가 한가득이다. 일을 다 마치기도 전에 다시 친구 손님들이 들이닥친다. 돈은 벌리지 않고 고생만 죽을 만큼 했다.

그나마 있던 얼마의 돈도 탈탈 털어먹고 나자 당장 살 일이 막막했다. 다시 유목민이 된다면 밥을 굶을 일은 없겠지만, 소 팔아 도시로 유학 보내준 어머니를 볼 낯이 없었다. 비지아는 다시 가난한 고학생이 되기로 했다. 기왕에 배운 한국어를 뿌리까지 파보자는 생각이었다. 형편이 형편인지라 한국 유학은 꿈도 꿀 수 없었다. 한 손에 들기도 어려운 한국어대사전을 통째로 외우면서 살았다. 학비에 생활비까지 벌어야 하는 삶이 여간 고단하지 않았다. 늦은 밤까지 아르바이트를 전전하느라 공부를 하다가도 일을 하다가도 깜빡 잠이 들곤 했다. 그럴 땐 목침만한 두께의 사전이 베개가 되어주었다.

비지아가 한국을 처음 방문한 건 마흔 살이 다 되었을 때였다. 한국은 책에서 본 것과 다르지 않았다. "안녕하십니까?"라는 말을 십여 년 동안 외웠지만, 정작 누구도 그렇게 인사하는 사람이 없다는 사실이 조금 놀라울 뿐이었다. 딱 한 가지 궁금한 것이 있었다. 바다였다.

한국에 다녀온 친구를 만날 때면 늘 그것이 고역이었다. 목격자들은 입에 거품을 물면서 열심히 설명을 했지만, 바다의 모습은 그려지지 않았다. 인천 앞바다를 보고 왔다는 친구는 "바다? 흡수굴 호수만해"라고 말했고, 또 어떤 친구는 델게르 초원보다 넓다고도 했다. 눈길이 끝나는 데까지 물만 가득하다는 바다가 무엇일까 궁금했다.

그해 겨울, 비지아는 속초 주문진항에서 바다를 처음 보았다. 너무 무서워서 숨이 막혔다.

"아, 저게 바다구나. 그 자식들은 도대체 뭘 보고 간 거야?"

일곱.

무지개의 나라

사랑은 향기를 남기고 •

"저 강에 고기 있어?"

함께 여행하는 한국인이 물었다. 비지아는 당황스러웠다. '고기'라는 건 소나 양 같은 동물의 살을 일컫는 말이라고 알고 살았다. 그런데 왜 강물에 고기가 있느냐고 묻는 것일까? 냉장고에 보관하는 것처럼 물속에 고기를 보관하느냐는 걸까?

"아니요. 고기는 없어요."

자동차가 다리를 건너게 됐다. 맑은 강물 속으로 물고기들이 헤엄치는 모습이 보였다. 질문했던 한국인이 이상하다는 눈빛으로 비지아를 흘겨보았다.

"고기 많구만."

"아, 생선요? 그건 많아요."

사람들이 와르르 웃었다. 비지아는 무슨 일인지 몰라 당황스러웠다. 생선이 왜 고기이지? 물고기를 고기라고 하는 게 이해가 되지 않았다. 비지아에게 한국말은 너무 어려웠다. 형제가 셋이면 삼 형제인데 자매가 셋이면 세 자매이다. 왜 세 형제는 어색하고 삼 자매는 웃긴 말이 될까?

한국인 여행객을 가이드하며 학비를 벌던 시절, 몽골국립대에 첫 한국인 유학생이 입학했다. 한국 유일의 몽골어과를 다니다 국비장학생으로 유학 온 친구였다. 서로의 언어를 배우기에 더없이 좋은데다 방세까지 아낄 수 있는 기회였다. 비지아는 한국인 친구와 동거를 시작했다.

"에이 씨, 몽골어 더럽게 복잡해."

한국인 친구가 방문을 열어젖히며 짜증을 부렸다. 같은 우랄알타이어 계통이어서 배우기가 쉽다는 둥, 문장의 구조며 동사의 변화가 익숙하다는 둥 헤헤거리며 한국어 문법 때문에 끙끙거리는 비지아를 놀리던 그였다. 비지아는 흐루쇼프가 몽골 정부 인사들을 엿 먹였던 이야기를 떠올렸다.

몽골어는 러시아 키릴문자를 차용해서 쓴다. 그런데 키릴문자에 없는 두 글자가 더 있다. 하나는 u 발음이 나는 'Y'이고, 또 하나는 o 발음이 나는 'θ'이다. 그 새로운 글자 때문에 문제가 생겼다. 몽골어로 동지를 뜻하는 '너허르'의 복수형은 '너허드'이고, 개를 뜻하는 '노호이'의 복수형은 '노호드'이다. 앞의 너허드нθхθд는 θ를, 뒤의 노호드нохoд는 O를 써야 한다. 그런데 러시아어에는 θ가 없다. 몽골 지도자들이 흐루쇼프를 방문했을 때, 사회주의 혁명 동지를 환영하기 위해 러시아 지도자들은 공항까지 마중을 나왔다. 그날 플래카드에 걸린 문구가 이랬다.

몽골의 개들을 열렬히 환영합니다

그날 한국인 친구도 어디서 개 취급을 당하고 온 듯한 표정이었다. 비지아가 조심스럽게 물었다.

"왜? 무슨 일인데?"

"자르갈 알지? 그 예쁜 친구. 그애한테 사귀자고 했다가 한 방에 퇴짜를 맞았어."

북쪽 흡수굴 호수 옆에서 살다가 울란바타르로 온 '자르갈'은 맑은 호수처럼 눈이 예뻤다. 늘 웃고 다니는 모습에 남학생들 모두가 눈독을 들이던 참이었는데, 한국에서 온 녀석이 먼저 선수를 친 것이었다.

야무지고 당돌한 자르갈이 씩 웃으며 대답 대신 질문을 던졌다.

"날 사랑한다고 몽골어로 말해봐."

몽골은 사랑하기에 딱 좋은 나라라고 생각해 너무 일찍 들이

댄 것이 아닌가 걱정이 됐다. 하지만 자르갈이 주문한 문장은 기초 중에서도 기초 몽골어에 속했다. '나'는 '비Би', '너'는 '치Чи'이니까 목적어 '너를'은 '차멕Чамэг', '사랑한다'는…… 아! '하이르테Хайртай'. 드디어 한국 친구는 문장을 조합해내고야 만다. 그러곤 자신 있게 대답했다.

"비 차멕 하이르테."

자르갈은 콧방귀를 뀌며 획 돌아서버렸다. 뭔가 문제가 생겼다는 뜻이었다. 아이 러브 유. 이히 리베 디히, 워 아이 니, 주 템. 다들 그렇게 말한다. 나는 너를 사랑해.

"푸하하. 그렇게 말했어? 몽골어의 향기를 몰랐구만."

한국인 친구는 비지아의 말을 알아듣지 못한 채 눈만 껌벅거렸다.

"몽골어론 '비 참드 하이르테'라고 말해야 해."

'참드'는 '너에게'란 뜻이니, 직역하면 '나는 너에게 사랑한다'이다. 조금 이상한 문장이다. 문제가 되는 단어 '하이르테' 때문이다. 수테차가 우유가 '있는' 차란 뜻인 것처럼, 하이르테는 정확히 말해 '사랑이 남아 있다'라는 뜻이다. 너에게, 너의 세계에, 너의 초원에 나의 사랑을, 나의 마음을 남겨놓는다는 의미이다.

난 당신에게 사랑이 남아 있어요!

"난 너를 사랑한다, 이러면 너무 폭력적인 거 같지 않아? 강요하는 것 같고 말이야. 그냥 내 사랑을 남겨놓는 거지. 유목민들은 그래."

몽골 사람들이 만나서 처음 하는 인사말은 '사인 바인 오잘 있었어요?'이고, 헤어질 때의 인사말은 '바이르테'이다. 몽골 여행에 꼭 필요한 두 마디 말인데, 여기서도 '바이르테'에 주목할 필요가 있다.

'바이르'는 '반가움'이란 뜻. 그러므로 바이르테는 '반가움이 남아 있다'는 뜻이 된다. '잘 있어요, 잘 지내요'라고 말하는 대신 '당신에게 반가움을 남겨두고 갑니다'라고 하는 것이다. "가도 아주 가지는/않노라심은/굳이 잊지 말라는 부탁인지요". 소월의 노래가 생각나는 표현이다.

몽골에서는 작별의 인사가 족히 삼십 분은 걸린다. '인사를 짧게 합시다'라는 공익광고가 나올 정도이다. 한번 헤어질라치면 게르에서 인사를 하고, 따라 나온 사람과 동네 어귀에서 다시 인사를 하고, 솜과 솜의 경계에서 또 인사를 한다. 그 경계까지가 자신들의 영지이기 때문이다. 몽골은 그런 이별이 있는 대지이다. 그런 엄청난 이별식을 누가 겪어볼 것인가? 한 번의 만남, 그 반가움을 내내 남겨두고 싶은 마음이 이해가 된다.

누구에게나 첫사랑 상대를 바래다주느라 서로의 집 앞을 오가던 추억이 있다. 그 풋풋한 그리움, 애틋함. 유목민은 인류에게 그런 것을 가르쳐주고 있다. 일생과 일생의 작별이 어찌 짧을 수 있을 것인가. 바이르테라는 말에는 그 그리움의 크기, 그리움의 두께가 담겨 있는 것이다.

내가 초원에 대한 순정을 갖게 된 이유를 곰곰이 생각하곤 한다. 광활한 초원, 그래서 느끼는 한없는 자유, 인적 없는 쓸쓸함과 외로움, 외로워서 더 반가운 사람들. 몽골 유목민들의 모든 것이 마음 깊이 남아 있지만, 특히 인상적인 것이 그들의 언어이다. 생각의 표현이다.

한국 사람은 한국어로 꿈꾸고, 몽골 사람은 몽골어로 상상한다.

비가 온다
오누나
오는 비는
올지라도 한 닷새 왔으면 좋지

김소월의 「왕십리」를 읽으며 비지아는 고개를 갸웃거린다. 한국은 비가 '온다'고 말한다. 몽골에는 비가 온다는 말이 없다. '비가 들어간다'고 말한다. 비가 오는 것도 아니고 내리는 것도 아니고 들어간다니. 그 낯선 표현 속에서 유목민의 세계관을 찾아볼 수 있다.

우리말의 '비가 온다'라는 문장에서 주인공은 누구일까? 비와 나, 즉 나한테 오는 비이다. 반면에 몽골어의 '비가 들어간다'라

는 문장은 주인공이 다르다. 하늘과 대지이다. 하늘에서 내린 비가 땅으로 들어가는 장면을 포착한 것이다. 하늘과 대지와 그 사이의 비, 천지인天地人이 아니고 천지우天地雨이다.

우리는 거의 생각지 않고 사는 존재들, 푸른 하늘과 어머니 대지가 유목민들의 삶, 사상, 언어 속에 늘 함께한다. 인간이 모든 장면의 주인공이란 생각을 버렸기 때문에, 스스로 우주의 주인이라는 짐을 덜어낸 덕택에, 유목민들은 그만큼 가볍고 그만큼 자유롭다.

푸른 하늘이 내려온다. 비로도 내려오고, 햇살로도 내려오고, 바람으로도 내려온다. 그것으로 풀이 자라고, 풀을 먹고 가축이 살찌며, 그렇게 인간이 연명한다. 하늘과 풀과 가축과 인간과 대지가 하나로 움직인다. 녹색의 지구에서 녹색으로 살아가는 인간의 모습이다.

우리의 소리를 찾아서

•

"왜 이래? 나 외국인이야."

본인에게 불리한 대답을 해야 할 때면, 비지아는 그렇게 빠져나가곤 한다. 몽골에서 한국어과 교수를 하고, 한국에서 몽골어과 교수를 한 사람이 어떻게 답해야 할지 모를 리는 없고, 귀여운 농담을 던진 정도다. 심지어 그는 나한테 한국어를 가르치기도 한다.

살어리 살어리랏다 청산에 살어리랏다
머루랑 다래랑 먹고 청산에 살어리랏다

얄리 얄리 얄라셩 얄라리 얄라

교과서에 실렸던 고려가요 〈청산별곡〉이다. 그때 외웠던 후렴구를 지금도 기억하고 있지만, 사실 많은 사람들이 그 뜻을 알지 못한다. 얄리 얄리 얄라셩 얄라리 얄라. 비지아의 한국어 강의, 아니 몽골어 강의를 듣고서야 나는 우리 고전가요의 의미를 알게 됐다.

몽골어는 같은 우랄 알타이어 계통인 우리말과 많은 부분이 비슷하다. 주어, 목적어, 동사 순의 문장구조만 그런 게 아니다. 동사의 용법도 똑같다. 우리말에서 '먹다'라는 말은 '먹'(어간)과 '다'(어미)로 이루어져, 어미의 활용으로 상황이 표현된다. 먹고, 먹으니, 먹어서, 먹었다 등등.

몽골어도 마찬가지다. '먹다'란 뜻의 '이데흐'는 '이데+흐'이다. 우리말의 동사가 모두 '다'로 끝나는 것처럼, 몽골어에선 '흐'로 끝이 난다. 그것의 활용형이 이데(명령), 이데+레(청유), 이데+승(과거), 이데+진(진행), 이데+메르벤(기원), 이데+호(의문)이다. '마시다'는 오+흐, '부르다'는 도오+흐, 모두 똑같다.

몽골어로 '이기다'는 '얄라흐'이다. 어미의 활용을 대입시켜보면, 청유형은 '얄라+위', 과거형은 '얄라+승', 명령형은 '얄라+레' 또는 '얄라'가 된다. 그러므로 〈청산별곡〉의 "얄리 얄리 얄라셩 얄라리 얄라", 더 정확한 몽골어 발음으로 "얄뤼 얄뤼 얄라승 얄라레 얄라"는 "이기자 이기자 이겼다 이겨라 이겨!"라는 뜻을 가진 응원가, 군가의 한 대목을 차용한 것이다.

몽골의 동남쪽, 동쪽 사막이란 뜻의 도룬고비 대평원엔 신성한 산 '하르올'이 있다. 수백 개의 계단을 밟아 정상에 닿으면 천지 사방이 지평선인 몽골의 대자연을 감상할 수 있다. 산의 꼭대기에 세워진 어워에 앉아 바람을 맞노라면 여행의 피로는 씻은 듯 사라진다. 하지만 그런 경험을 누구나 할 수 있는 것은 아니다. 하르올 정상엔 남자들만 올라갈 수 있기 때문이다.

여자들은 산중턱에 있는 정자까지만 오를 수 있다. 칭기즈칸의 고향인 보르칸산이나 비지아의 고향인 알타이산을 비롯해 몽골의 신성한 산에 새겨진 금기 때문이다. 오랜 옛날, 전쟁이 생업이던 시절에 생겨난 문화일 것이다. 전장으로 나가는 남자들이 산 정상에 올라 하늘에 제사를 지낸다.

얄리 얄리 얄라셩 얄라리 얄라!
이기자 이기자 이겼다 이겨라 이겨!

그리고 산중턱에선 그런 남자들의 아내이거나 어머니인 여인들이 술을 올리며 기원을 할 것이다. 제발 살아 돌아오기를, 살아 돌아오기를. 〈가시리〉의 표현을 빌리면 이렇게 되지 않을까?

잡사와 두어리마는 선하면 아니 올세라
설운 님 보내옵나니 가시는 듯 돌아오소서

산에 오르면 우리는, 그곳이 백두산 꼭대기이든 북한산 중턱이든 탁 트인 세상을 향해 외친다.

"야호!"

누구나 쓰지만 누구도 무슨 뜻인지 알지 못하는 말이다. 몽골어로 '가다'는 '야(와)흐'이다. 그럼 '갈까요?'는 어떻게 말할까? 의문형에 붙는 어미를 붙여보면 '야(와)호'가 된다. 정확한 발음을 한국어로 적을 수는 없지만, '야아호' 또는 '야호'가 원음에 가깝다. 야—호. 이 말도 몽골어의 '갈까요?'에서 왔던 것이다.

몽골 병사들은 전장에서의 통신수단으로 '소리나는 화살鳴鏑'을 많이 이용했고, 나발이나 북 등을 이용하기도 했다. 그런 장비들 없이 사람끼리의 외침으로 의사소통을 하기도 했는데, 그때 쓴 말이 '야호'이다. 산꼭대기에서 다른 산에 있는 병사들에게 '이동하자'는 의미로 '야호'를 외친다. '갈까요?' 그럼 또 메아리인 듯 대답인 듯 소리가 따라왔을 것이다. '야—호.' 그 외침 소리를 고려의 병사들이, 고려의 백성들이 듣고 따라 하게 되었고, 세월이 흐르고 흘러 우리에게 건네진 것이다.

우리말에 들어 있는 몽골어는 이것 말고도 참 많다. 제주도의 조랑말은 몽골어 '조로모리'에서 나온 명칭이다. 몽골의 말 중에는 낙타 주법을 배운 말들이 있다. 말 주법이 앞발이 뛰고 뒷발이 따라 뛰는 것이라면, 낙타의 주법은 왼쪽 앞뒷발과 오른쪽 앞뒷발이 번갈아 뛰는 방식이다. 이것을 조로모리 주법이라 한다. 이렇게 달리는 말은 흔들림이 적어, 말 위에 오른 사람이 활을 쏘거나 창을 다룰 때 편안하다. 그래서 전투용으로 쓸 말은 특별히 조로모리 주법을 훈련시킨다. 1270년 이후 제주도에는 '몽골제국의 제1마장'이 들어선다. 세계를 향해 돌진하는 기마병의 심장이 제주도에 생긴 것이다. 수산평 목장, 지금의 제주시 애월읍 수산리 지역이다. 이때부터 제주 말은 몽골어를 차용해 조랑말이라 불린다.

수지니, 날지니, 해동청, 보라매. 민요 〈둥가타령〉에 나오는 매의 이름들이다. 수지니는 사람 손에서 기른 일 년생 매, 날지니는 산에서 자란 매, 해동청은 사냥용 매, 보라매는 난 지 일 년이 안 되어 길이 잘 들고 활동력이 왕성한 사냥매를 가리키는 말이다. 몽골어에도 비슷한 단어가 있다. '수친' '나친' '궈친' '보로'이다. 해동청을 송골매라고도 하는데, 송골매는 몽골어로 '숑호르'다.

요즘 쓰이는 말 중에도 재미있는 몽골어가 있다. 피로회복에 좋다는 '아로나민'이다. 우리말도 아니고 영어도 아닌 '아로나민'이란 상품명은 무슨 뜻일까? 몽골어로 숫자를 셀 때 '아로'는 열,

'나임'은 여덟이다. 열여덟은 '아롱나임'이라고 하는데, 피로회복제 아로나민은 몽골어 아롱나임을 변형해 이름으로 삼은 것이다. 열여덟의 청춘을 되살려준다는 숨은 의미가 있는 셈이다.

"뭐야, 내가 너 같은 오랑캐랑 친척쯤 되는 거야?"

비지아는 한술 더 뜬다.

"친척이 아니고 형제였지. 우리가 형님이고. 흐흐."

비지아가 역사서를 턱 들이민다. 좋고 싫고와 상관없이 할말이 없는 대목이긴 하다.

형제의 나라 • 사돈의 나라

고려가 몽골을 처음 만난 것은 1211년 5월이다. 아니, 그때의 일은 만난 것이 아니라 소문을 들었다고 하는 편이 맞다. 당시는 희종 7년, 희종의 생일을 맞아 금나라에서 고려 왕에게 선물을 하사하니, 희종이 장군 김양기金良器를 필두로 한 열 명의 사신에게 답례품을 들려 보낸다. 그런데 압록강변 통주通州, 지금의 평북 선천에서 고려 사신단 전원이 의문의 죽임을 당한다. 고려는 사건의 진상을 파악할 길이 없었다. 시신을 거두어 보낸 금나라로부터 '몽골'의 짓임을 전해 들을 뿐이다.

이것이 고려와 몽골이 간접적으로나마 접촉한 최초의 기록이다. 이때는 1211년 2월에 시작된 칭기즈칸의 금 정복 시기와 맞물린다. 아마도 김양기가 만난 것은 몽골의 금 정벌군이었을 것이다. 이 사건을 계기로 고려 조정에 몽골과 금의 전쟁 상황이 전해지게 된다. 그러나 고려 조정은 몽골이란 오랑캐에 대해 거의 아는 게 없었다. 아는 바가 없으니 대책도 없었다.

칠 년이 지난 1218년 겨울, 북방 거란의 잔당이 몽골군에 쫓겨내려오다 고려의 강동성을 점령하고 들어앉는다. 고려는 거란을 쫓아온 몽골군과 연합작전을 펼쳐 거란 잔당을 토벌하는데, 이 일로 처음 몽골군과 마주하게 된다. 고려 대장군 김취려와 상장군 조충이 만난 인물이 합진과 찰라, 몽골어로 카치온과 젤메이다.

『고려사절요』에 기록된 내용은 이렇다.

> 합진과 찰라가 조충과 김취려를 청하여 함께 맹약하기를, "두 나라는 길이 형제가 되어, 만세 뒤의 자손이라도 오늘을 잊지 말게 하라" 하였다.

이때부터 몽골은 형, 고려는 아우의 나라가 된다. "형이 곤란한 상황이니, 아우가 도와줘야 하지 않겠는가?" 몽골로부터 이런 전갈이 심심치 않게 내려온다. "말 백 마리를 달라는데 오십 마리밖에 주지 않고, 비단을 달라는데 무명밖에 주지 않는 것은 아우의 도리가 아니"라는 것이다. 맡겨놓은 것도 아니면서 지나친 요구를 한다고 반박할 일이지만, 고려는 그럴 형편이 되지 못했다. 당시의 기록은 그런 정황을 적나라하게 보여준다. 『고려사절요』에 실린 내용이다.

> 고려 고종 8년1221년 8월. 몽골이 사신 저고여著古與를 보내와서 수달 가죽 일만 령과 가는 명주 삼천 필, 가는 모시 이천 필, 면자綿子 일만 근, 용단먹龍團墨 일천 정, 붓 이백 관, 종이 십만 장, 자초紫草 다섯 근, 홍화葒花·남순藍筍·주홍朱紅 각 오십 근, 자황紫黃·광칠光漆·오동나무 기름 각 열 근을 요구하였다. 저고여는 품속에 있던 물건을 왕 앞에 던졌는데, 이것들은 모두 전에 준 거친 명주와 베 따위였다.

흔히 칭기즈칸을 자기 이름도 쓸 줄 모르는 문맹이라고 한다. 책을 남기지 않았고 족보를 들고 다니지 않았기에 생겨난 오해일지 모른다. 그렇지 않다면 몽골이 공물로 먹과 붓, 종이 따위를 요구할 까닭이 없다. 하지만, 중요한 사건은 이것이 아니다.

1225년 정월, 몽골 사신 저고여가 공물을 싣고 돌아가던 중 압록강에서 피살당하는 사건이 발생한다. 몽골의 문책에 고려는 또 머리를 조아릴 뿐이다.

사실이 점차 밝혀질 것이니 말을 꾸며 댈 수 있는가? 항복하는 문제는 요전에 하칭河稱과 찰라札剌 등이 왔을 때에 이미 약속이 되었고, 금번 사신이 온 것을 계기로 하여 종전 우호관계를 거듭 토의하였으니 당신의 고명한 아량으로 우리 실정을 고려하여 너그럽게 포섭한다면 나의 심력을 기울여 귀국에 대한 도리를 더욱 잘 지키겠다.

고려의 진정성을 의심한 몽골은 급기야 대규모 정벌전을 일으키고 만다. 6차에 걸친 침공의 시작은 1231년이었다. 저고여가 죽은 지 육 년 만이다. 이때의 몽골 상황을 다시 볼 필요가 있다. 1226년 칭기즈칸은 중국 서북부의 서하西夏를 정벌하기 위해 출정하고 있었다. 그곳에서 낙마 사고를 당했고, 1227년 전장에서 사망한다. 그리고 다음 칸을 선출하기 위한 회의쿠릴타이가 이 년이나 지난하게 계속된다. 만장일치제인 쿠릴타이에서의 결정으로 칭기즈칸의 셋째 아들 오고타이가 2대 칸으로 선출되는데, 고려 침공이 늦춰진 것도 새 칸이 집권한 후에야 세계를 향한 정벌전이 재개된 까닭이다.

첫 합을 겨루기도 전에 전쟁은 끝이 난다. 지구를 침공한 외계인처럼, 말을 타고 바람처럼 달리는 기마병들은 고려가 상대할 만한 적수가 아니었다. 몽골군은 이미 중국과 이슬람, 유럽에서 가공할 파괴력을 선보인 바 있었다. 고려는 즉각 항복을 선언한다. 그러고는 뒤도 돌아보지 않고 강화도로 숨어버린다. 당시의 처참한 상황이 『고려사절요』 16권에 고스란히 적혀 있다.

고종 19년1232년 7월 7일, 왕이 개경을 출발하여 승천부昇天府를 통해 강화도의 객관에 들어갔다. 이때 장맛비가 열흘이나 계속 내려, 진흙이 발목까지 빠져서 사람과 말이 쓰러지곤 하였다. 지체 높은 집안이나 양가의 부녀들로서 맨발로 업고 이고 하는 자까지 있었다. 환鰥, 홀아비 · 과寡, 과부 · 고孤, 고아 · 독獨, 무자식 늙은이으로서 갈 곳을 잃고 울며 부르짖는 자가 이루 헤아릴 수 없었다.

'만백성은 모두 집을 버리고 산성이나 섬으로 숨어라.'

이것이 당시 고려 정부가 내놓은 대책의 전부였다. 여섯 차례에 걸쳐 반도가 유린당하는 동안, 왕과 무신 집권층은 강화도 작은 섬 안에서 자기만의 왕국을 지키기에 골몰했다. 『동국이상국집』으로 유명한 이규보(그도 강화도 왕국의 집권층이었다)의 명시가 당시의 상황을 잘 보여준다.

오랑캐 종자가 아무리 완악하다지만 虜種雖云頑
어떻게 이 물을 뛰어 건너랴 安能飛渡水
저들도 건널 수 없음을 알기에 彼亦知未能

와서 진치고 시위만 한다오 來以耀兵耳

누가 물에 들어가라 타이르겠는가 誰能諭到水

물에 들어가면 곧 다 죽을 터인데 到水卽皆死

어리석은 백성들아 놀라지 말고 愚民且莫驚

안심하고 단잠이나 자소 高枕甘爾寐

그들은 응당 저절로 물러가리니 行當自退歸

나라가 어찌 갑자기 무너지겠는가 國業寧遽已

몽골의 2차 침공이 한창이던 때, 몽골 대장군 살례탑(또는 살리타이)이 처인성에서 화살에 맞아 죽음을 맞는다. 몽골은 전통적으로 칸이나 대장군이 죽으면 전쟁을 멈춘다. 훗날의 학자들이 살례탑을 찰라, 즉 젤메와 동일 인물로 추정하는 이유이다. 전쟁을 끝낼 정도의 지위를 가진 자라면 칸이거나 칭기즈칸의 동지쯤 되는 공신이어야 한다.

예상치 못한 승리를 주운 고려 정부는 처인성의 영웅에게 훈장을 내린다. 하지만 당사자인 의병장은 "한창 싸울 때에 내게는 활과 화살이 없었는데, 어찌 감히 함부로 과분한 상을 받겠습니까"라며 수상을 거부해버린다. 부도덕한 집권층을 두 번 죽인 그가 바로 승려 김윤후다.

몽골은 고려 조정이 강화도로 천도한 이후 다섯 차례에 걸쳐 대규모 군사를 동원해 고려를 침략했다. 그럴 때마다 고려는 곧

바로 항복의 자세를 취하고, 공물을 주어 군대를 돌려보냈다. 몽골은 '친조출륙親朝出陸', 즉 왕이 직접 항복하고 개경으로 환도할 것을 조건으로 회군하였으나, 고려는 약속을 어기고 강화도를 빠져나오지 않았다. 그렇게 버틴 기간이 삼십구 년이었다.

항복의 진정성을 증명하라고 다그치던 몽골로부터 '왕이 오지 못한다면 아들이라도 보내라'는 타협안을 이끌어냄으로써 여지가 생긴다. 그러나 고려 왕 고종은 자신의 아들만은 보낼 수 없다며 약은 수를 써가며 머뭇거린다. 1241년 4월, 고종은 마침내 아들을 양반가의 자제 열 명과 함께 독로화禿魯花로 보낸다. 독로화란 중국말로 볼모로 잡힌 아들을 말한다. 몽골이 요청한 '왕의 아들'을 맡은 이가 영녕공 왕준이었다. 그러다 십삼 년 만에 몽골 조정에서 기거하던 왕준이 거짓 왕자임이 밝혀지자 몽골의 분노가 극에 달했다. 왕준은 고종의 아들 왕전의 종형從兄이었던 것이다. 1259년, 드디어 태자 왕전고종의 친아들, 훗날 고려의 24대 왕 원종元宗이 몽골에 항복조서를 받들고 가게 된다.

여기서부터 새로운 역사가 시작된다. 항복과 도피의 싸움이 끝나고, 아들딸의 혼사 싸움이 시작되는 것이다. 원종이 쿠빌라이칸을 만나 세자훗날의 충렬왕와 몽골 공주의 혼인을 요청한다. 쿠빌라이칸은 "지금은 다른 일로 왔는데 혼인을 논하는 것은 불가한 것 같으니, 나라에 돌아가서 백성을 어루만져 보존하라. 짐의 딸은 이미 출가하였으니 형제에게 의논하여 반드시 허락하겠다"

며 정중하게 거절 의사를 밝힌다. 쿠빌라이에겐 두 딸이 있었는데, 첫딸은 불교에 귀의한 상태였고 열일곱 꽃다운 둘째 딸에게는 이미 정혼자가 있었다. 쿠빌라이칸은 자신의 형제, 즉 방계 왕의 딸과의 혼사를 약속한 것이다.

시작부터가 너무 기우는 혼사였다. 고려와 몽골의 국력 차이를 떠나서라도 원종의 아들은 이미 결혼을 했고, 아들도 있는데다 나이도 서른여덟 살이었다. 고려로 돌아온 원종은 아들을 이혼시키는 강수를 둔다. 세자비는 빈으로 강등되고, 세자는 호적이 정리된다.

1274년 5월 11일, 원종의 끈질긴 요구로 마침내 고려 세자와 쿠빌라이칸의 딸 코톨라 케이미시 공주가 결혼을 하기에 이른다. 이때부터 왕의 이름에 충忠 자가 붙게 되는데, 노국공주와 혼인한 공민왕에 이르기까지 다섯 명의 고려 왕과 여덟 명의 몽골 공주가 혼인을 한다.

충 자 왕의 시기를 '몽골의 간접통치기'라 생각하는 견해도 있다. 이는 고려의 입장만을 생각하는 경우에도 타당해 보이지 않는다. 세계 최강국이었던 몽골로서는 그럴 이유가 없기 때문이다. 당시 몽골이 세계지도에서 사라져버리게 만든 국가(금, 송, 카라키타이, 서하, 호라즘, 압바스 제국 등등)는 셀 수 없이 많다. 몽골의 입장에서 고려는 '특별'한 대우를 받은 것이다.

형제의 나라에서 사돈의 나라가 된 고려에는 몽골 유목민의 문화가 뿌리까지 스며든다. 그중 대표적인 것 하나가 자유분방한 성문화이다.

쌍화점에 쌍화 사러 갔더니
회회아비 내 손목을 잡더이다
이 얘기가 점 밖을 드나들면
다로러거디러 조그만 새끼 광대 네가 옮긴 말인 줄 알리라
더러둥셩 다리러디러 다리러디러 다로러거디러 다로러
그곳에 나도 자러 가리라
위 위 다로러거디러 다로러
그 잠자리같이 격정적인 것이 없네

남녀의 연애를 직설적으로 다룬 고려속요 〈쌍화점〉이다. 쌍화가 무엇인지는 논란이 분분하지만, 만둣가게(조선시대 말로 만두를 '상화'라 했다)라는 기존의 의견과 달리 현대 학자들은 쌍화점을 보석가게로 해석한다. 회회아비는 색목인, 즉 이슬람 상인을 말하는데, 개경까지 온 이슬람인의 가게라면 만두 장사보다는 보석상이 어울릴지도 모르겠다. 그것이 무엇이든 간에, 고려시대에도 이 정도였으면 지금의 유목민들이 가진 야성적 성의식을 눈흘겨 보지 않아도 되지 않을까?

술 익는 마을마다 타는 저녁놀

비지아에게 이해할 수 없는 일이 생겼다. 한국인 여행객들과 고비 여행을 마치고 울란바타르로 돌아왔을 때였다. 오랜만에 한국 음식을 다시 만난 기쁨에 여행객들은 왁자지껄 술과 고기를 먹어댔다. 비싼 삼겹살이며 상추, 마늘에 밑반찬까지 음식이 상 가득 쌓였다. 비지아도 함께 고기를 먹었다. 저녁식사 시간은 턱없이 길었다. 그날 비지아에게는 일주일 넘게 보지 못한 애인과의 약속이 있었다. 자꾸 전화가 걸려왔고, 그럴 때마다 비지아는 속삭였다.

"이제 거의 다 먹은 거 같아. 금방 갈 테니 조금만 더 기다려."

사람들이 하나둘 젓가락을 놓았다. 이제야 끝이 나는군, 비지아는 안도의 한숨을 쉬었다. 그런데 뜻밖의 소리가 들렸다.

"이제 식사를 하지."

살면서 들어본 가장 충격적인 말이었다. 지금까진 뭘 한 거고, 이제 식사를 하자는 것인가 말이다.

몽골 사람들은 놀기 위해 사는 사람들이다. 틈만 나면 모이고 모이면 반갑다. 술잔이 돌고 노래가 울려퍼진다. 그런 자리가 좋아서 잠깐의 만남이라도 있으면 백 리 길도 마다않고 말을 달려 모이곤 한다. 한국인은 정반대다. 여행을 안내할 때마다 비지아는 생각한다.

'한국인은 먹기 위해 여행하는 사람들이다.'

양고기가 대부분인 식사를 할 때면 한국 여행객들은 양념을 찾는다. 매콤한 고춧가루가 필요하다는 둥, 짭조름한 간장을 달라는 둥, 요구하는 것이 많다. 하지만 그런 것은 없다. 요리사에게 물어봐도 어차피 없을 게 뻔한 일, 비지아는 민망하고 죄송한 마음에 안절부절못하고 서성거린다. 그럴 때마다 한국인들은 빼놓지 않고 말한다.

"에이그, 이 어린 녀석아. 몽고간장 몰라? 한국 사람도 아는 걸 네가 모르면 어떡하냐?"

비지아는 그런 말을 처음 들었다. 아니, 평생 간장이란 걸 본 적도 없었다. 나중에 한국에 와서야 텔레비전에서 광고를 보게 됐다. 마산의 명산 몽고간장. 너무 궁금해 마산까지 먼길을 찾아 가봤을 정도였다. 그리고 그곳에서 우물 하나를 발견했다.

몽고간장은 몽골에서 만든 간장이 아니다. 팔백 년 전, 몽골군이 일본을 정벌하기 위해 출정을 했는데, 고려 군대와 연합한 병사들의 출항지가 합포, 지금의 마산이었다. 무릇 군대의 생명은 보급품이고, 그중에서 물이 가장 중하다. 물이 오염되면 군대는 궤멸하고 만다. 그런 이유로 마산 주둔군이 우물을 파게 되는데, 그 우물의 이름이 '몽고정蒙古井'이다. 훗날 한국의 어떤 기업이 몽고정의 우물에서 길은 물로 간장을 담갔다 하여 상표를 '몽고간장'으로 지은 것이다.

또 어떤 날엔 술 때문에 시끄럽기도 했다. 잘 삶은 양고기를 통째로 뜯던 여행객들이 소주를 찾았다.

"보드카는 냉동실에 얼렸다가 먹을 때나 맛이 있을까 영 독하기만 해. 소주 없어, 소주? 역시 술은 소주인데, 몽골 사람들은 그런 걸 못 만든단 말이야."

비지아는 머뭇거린다. 미안한 말이지만, 한국의 소주는 고려 때 몽골인들이 가지고 들어온 것이다. 원래 소주, 아니 증류주는 메소포타미아의 수메르인들이 기원전 삼천 년경에 만들었다고 한다. 몽골군이 페르시아를 공격했을 때 증류 기술을 배우게 됐고, 원나라 때, 즉 고려 말기에 소주가 전래되었으니 무려 사천 년의 내력이 있다. 박정희 대통령 시절에 지금의 희석식 소주로 하향평

준화되었지만 몽골로부터 전래된 술은 상당한 고급품이었다.

한국의 4대 명주라고 하는 '개성 아락주' '안동 소주' '제주 아랑주' '진도 홍주'의 생산지가 모두 몽골군의 주둔지와 일치하는 것을 봐도 알 수 있다. 개성은 고려의 수도로서 몽골군의 최대 주둔지였고, 안동은 일본 정벌을 앞둔 여몽연합군의 사령부가 있던 곳이다. 진도와 제주도는 삼별초의 이동로를 따라 몽골 진압군이 이 년여씩 주둔했던 곳이다.

몽골어로 소주를 '아르히'라 하는데, '아락'이나 '아랑'은 그 발음을 옮긴 것이다. 안동 사람들이 소주를 부르는 방언 '아래끼'도 마찬가지다.

요즘이야 보드카를 많이 마시지만, 역시 몽골을 대표하는 술은 아이락이다. 봄에 짠 말젖을 가죽 부대에 담고 일만 번에서 이만 번가량 치대서 발효시킨 전통술이다. 아이락을 만드는 일은 집안 여자들의 몫인데, 게르 문 옆에 매달아두고 들고 나며 수시로 저어준다. 그러면 가죽에 담긴 말젖이 공기와 만나 발효가 되고 알코올이 만들어진다. 알코올 도수가 3~5도 정도밖에 안 되는데다가 우리의 막걸리처럼 영양분도 많아서 여름철엔 아이락으로 세 끼니를 대신하는 사람들도 흔하다. 처음엔 쉰 막걸리 냄새가 나 조금 역겹지만, 한번 맛본 사람은 꼭 다시 찾게 되는 기묘한 술이다. 특히 아이락은 유산균 덩어리여서 처음 마시는 사

람은 설사를 할 수도 있지만, 조금만 익숙해지면 장 청소에 더없이 좋은 처방이기도 하다.

아이락을 마셔서는 취하지 않는 사람들은 소젖을 증류해서 만든 독한 술을 마시면 된다. 보드카와는 다른 전통술, 바로 소주다. 봄이 되면 소들이 새끼를 낳고, 처음 한 달간 새끼들이 먹고 나면 사람이 마실 우유를 짠다. 겨우내 못 먹었던 신선한 젖이다. 마시고 남은 소젖으로 새콤달콤한 요구르트를 만들어 먹는다. '타락'이라 부르는 이 유산균 음료는 오래 두면 거품이 올라오면서 발효가 된다. 알코올이 생기는 현상이다. 이때 타락을 끓이고 알코올을 받아내면 그게 몽골 전통술 시밍 아르히이다. 좋은 건 알코올 도수가 이십 도를 넘나든다. 우리나라는 우유 대신 쌀과 누룩으로 막걸리를 빚어 쓰는데, 끓여서 소주를 내리는 방식은 같다.

저녁놀이 지면 술시가 시작된다는 말은 틀림없는 사실이다. 그곳이 몽골 초원이라면 더욱 그렇다. 신파 가득한 뽕짝을 틀어놓고 보드카를 마시는 것도 매력적이고, 그 잔이 아이락이나 시밍 아르히라면 더할 나위가 없다. 초원에 누워 한 잔 술을 홀짝거리노라면 필시 발가락 끝에서 반짝, 별이 인사를 건넬 것이다.

여덟.

죽음에 대처하는 오랑캐의 자세

비석도 봉분도 없는 무덤 •

그날의 눈물을 잊은 적이 없다.

비지아가 다니던 중학교 건물은 솜에서 유일한 다층 건물이었다. 이층 교실에선 솜 사람들의 움직임이 한눈에 내려다보였다. 수업을 듣다가도 창밖으로 슬쩍 눈만 돌리면 앉아서도 세상을 다 보는 듯했다. 어느 가을날, 깨끗한 델을 입고 말을 몰아가는 친척 아저씨가 보였다. 창밖으로 손을 내밀어 인사라도 하고 싶었지만 어딘지 모르게 아저씨는 허둥대는 것처럼 보였다. 얼마 지나지 않아 또다른 아저씨가 옷을 차려입고 말을 몰아갔다.

종이 울리자마자 비지아는 교문 밖으로 뛰어갔다. 한참을 기다려 아는 얼굴을 만났다. 무슨 일인지 궁금해 동동거리는 비지아를 아저씨는 쳐다만 볼 뿐 한동안 말이 없었다. 해를 등지고 선 아저씨의 안색이 어두웠다.

"네 할아버지가 돌아가셨단다."

수업 시작을 알리는 종소리가 들렸지만 비지아는 걸음을 뗄 수가 없었다. 어떻게 교실에 들어왔는지 기억도 나지 않았다. 가슴이 꽉 막혀 숨을 쉴 수 없었고, 눈물이 고여 칠판도 보이지 않았다. 하지만 장례식에 가겠다고 학교를 쉬는 것은 허락되지 않았다. 누구도 예외가 없었다. 사람이 죽은 자리엔 어른들만 참석할 수 있었다.

오래전, 아버지가 돌아가셨을 때도 그랬다. 사람들이 모여들었고 젊어서 죽은 영혼을 떠나보내느라 곡성이 하늘을 찔렀다. 아버지의 영정을 지켜야 하는 큰아들이었지만, 그날도 비지아는 양떼를 몰고 초원에 나가야 했다. 그날따라 더 먼 곳으로 양을 몰아가라는 어머니를 보면서, 비지아는 아이들에게 죽은 자의 무덤을 보여주지 않으려고 그러는 것이라 생각했다.

할아버지는 알타이산 아래 어느 골짜기에 묻혔다. 조드에 떼죽음을 당한 가축을 묻는 것처럼, 할아버지도 그렇게 사라져갔다. 매장이라고 하지만 유목민들은 봉분을 만들지 않고 비석도 세우지 않는다. 해마다 제사를 지내거나 성묘를 하지도 않는다. 세월이 지나면 시신을 어디 묻었는지 알 수 없다. 그렇게 과거의 사람과, 과거의 기억과, 과거의 모든 것이 사라진다.

몽골 영화 〈칭기즈칸〉에 테무진의 아버지 예수게이의 장례 장면이 있다. 원수의 부족인 타타르족이 독을 타서 건넨 술을 마시고 몽골족의 족장이던 예수게이가 죽는다. 다음 권력을 잡은 '키릴툭'은 예수게이의 흔적을 지우고 싶다. 독살당한 족장의 시신을 수습해 땅에 묻고 수백수천 마리의 말떼를 시신이 묻힌 땅 위로 질주시킨다. 땅은 다시 제자리로 돌아가고, 시신이 묻힌 자리도 흔적 없이 사라져버린다.

그것은 영화의 한 장면이지만, 진짜 칭기즈칸의 장례도 그와 비슷하지 않았을까 추정된다. 미국, 일본, 중국, 한국까지 최첨단의 인공위성이니 탐지기니 하는 문명의 도구를 모두 동원하고도 아직 칭기즈칸의 무덤을 찾아내지 못하고 있다. 자신이 살아생전에 누렸던 영광을 과시하려고 남산만한 묘, 집채만한 돌덩이를 쌓는 것이 아니라 스스로 바람 속에 묻히고자 한 유목정신이니, 어찌 그 무덤인들 온전히 남겼을까? 그런 의미에서 상품화를 위해 내몽골에 만들어놓은 칭기즈칸의 가묘는 중국인들의, 정착민들의 집착을 드러내는 구조물이라는 생각을 지울 수 없다.

비지아가 가정을 꾸리고 아이를 낳았을 때, 아버지 무덤을 찾아간 적이 있었다. 거의 삼십 년 만이었다. 여태껏 한 번도 찾아가보지 않은 무덤이었다. 한없는 초원에서 봉분도 없고 비석도 없는 무덤을 찾을 길이 막막했다. 옛날 아버지의 시신을 매장했던 친척 아저씨를 찾아갔다. 아직 바래지 않은 기억이라도 붙잡을 수밖에 없었다.

"그때 내가 땅을 파는데 하얀 돌멩이가 나왔어. 네 아버지를 그 자리에 묻고 꺼낸 돌은 옆에 두었다."

아저씨가 기억하고 있는 전부였다. 그가 가리킨 알타이산 아래 작은 언덕 주변엔 하얀색 돌이 한둘이 아니었다. 유독 하얗게 빛나는 돌 하나를 가리키며 저것이냐고 물었다.

"난 그때 젊었고, 힘이 아주 셌다. 훨씬 더 큰 돌이야."

표시도 해놓지 않은 돌멩이를 찾아 하루종일 헤매야 했다. "아마 저기쯤일 거야"라고 아저씨는 말했지만, 그가 손가락으로 가리키는 곳은 반경 십 킬로미터도 넘었다. 그보다 여러 해 뒤에 만든 할아버지의 무덤도 매한가지였다. 어딘지도 모르는 곳에 술 두 잔을 올리고 돌아왔다.

지나가버린 것을 다시 찾겠다고 동동거리는 자신이 한심해 쓴웃음이 났다. 미군이 자기 병사의 시신을 찾아 헤매는 다큐멘터리를 보다 든 생각인지, 무슨 영화를 보다 그랬는지 후회될 일을 한 것 같았다.

제사를 지내고 성묘를 했더라면 생기지 않았을 일, 불효의 대가라고 섣불리 매도할 필요는 없다. 유교가 무엇인지 한 번도 생각해보지 않은 탓도 있겠지만, 자기 생일도 기억하지 않는 유목민들에게 그런 날짜가 특별할 까닭이 없는 탓이다. 무덤이 땅이

되고 다시 그 땅에서 풀이 돋고 꽃이 피는 것이 유목민이 생각하는 순리이다. 죽은 사람이 차지한 땅이 산 사람이 차지한 땅보다 넓어 고민인 사회와 비교해도 그리 나쁜 일은 아닐 것이다.

알타이산 북쪽에 델리운 솜이 있다. 원래 오리앙카이의 땅이었지만 지금은 카자흐족만 있을 뿐 오리앙카이는 한 명도 살지 않는다. 겨울이 깊어져 유목이 힘들어지면 카자흐족이 오리앙카이 마을로 원정 유목을 오곤 했다. 오리앙카이는 그들을 반갑게 맞아주었고 유목할 영지를 서슴없이 내주었다. 그런데 겨울 동안 사람이 죽으면 카자흐족 사람들은 게르 옆에 무덤을 만들고 비석을 세웠다. 사람이 죽은 자리, 그 표식이 있는 땅에 오리앙카이들은 누구도 들어가려 하지 않았다. 그렇게 한 해 두 해가 쌓여 그 땅의 주인이 바뀌게 된 것이다.

인디언 수족의 추장 블랙 엘크의 어록에는 '이동하는 성산聖山'의 이야기가 나온다. 하늘의 뜻이 지상에 임한 산, 부족과 민족을 지키는 어머니 산이 있다는 것이다. 그리고 그 산은 사람들의 마음을 따라, 하늘의 빛이 내려 비치는 곳을 따라 이동을 한다. 비지아에게 알타이산이 그렇다. 알타이는 이동을 숙명으로 삼는 유목민들의 운명처럼 떠돌이 성지이다. 마음속에 성지를 두고 있다는 건 든든한 버팀목이요 축복이다.

알타이산이 가지는 또다른 의미는 사라짐이다. 고향을 바람속에 묻어둔다는 것이다. 살아가는 곳이라면 어디든 고향이다.

유목민들은 조상의 묘를 찾아, 부모의 고향을 찾아 천릿길을 떠나지 않는다. 그들에게 과거는 지나간 시간에 불과하다. 과거는 흘러갔다. 새로운 사람을 만나고, 새로운 초지를 찾고, 새로운 방목을 시작해야 한다. 삶도 죽음도 전쟁의 승리도 실패도 모두 그렇다. 과거를 버리지 못하면 분노와 복수심에 발목이 잡혀 한 발도 앞으로 나아갈 수 없다. 알타이산이 이동한다는 것, 마음속에 성산을 두고 산다는 것은 고향을 몸으로 찾지 않고 마음으로 찾는다는 뜻이다. 유목민의 고향은 바람 속이다.

그런 때에 다시 듣는 신비주의 스콜라 철학자 성 빅토르의 후고Hugo of St. Victor, 1096~1141의 한마디는 얼마나 의미심장한가!

"고향을 감미롭게 생각하는 사람은 아직 허약한 미숙아이다. 모든 곳을 고향이라고 느끼는 사람은 이미 상당한 힘을 갖춘 사람이다. 그러나 전 세계를 타향이라고 느끼는 사람이야말로 완벽한 인간이다."

가끔은 유목민이되 유목정신을 절반쯤 팔아먹은 자들도 있다. 시신을 매장할 때에도 그런 일이 있다. 시간이 지나면 평평해져버려서 어디가 어딘지 알 수도 없는 무덤. 그걸 기억하고 싶은 사람들은 가끔 만행을 저지른다. 어미 낙타와 그 새끼를 무덤 자리로 데리고 간 뒤 어미가 보는 앞에서 새끼의 목을 쳐 죽인다. 그러면 세월이 아무리 흘러도 어미 낙타가 살아 있는 한, 무덤 위치를 찾아낼 수 있다. 항상 그 자리에만 서면 어미 낙타가 눈물을 뚝뚝 흘리며 울기 때문이다. 낙타의 모성애가 빛나는 일화라고 생각할 수도 있지만, 유목정신에 비추어 보자면 천인공노할 일이 아닐 수 없다.

시신을 잃어버리다

〈카멜롯의 전설〉이란 영화가 있다. 아서왕이 죽고, 그의 시신을 배에 태워 떠나보내는 장면이 압권이었다. 기름 먹인 나무를 가득 싣고, 그 위에 시신을 안치한 채 조각배는 떠나고, 영웅의 죽음을 슬퍼하던 사람들이 멀리서 불화살을 날려 배에 불을 붙인다. 그렇게 아서왕의 시신은 불꽃 속에서 타오르다 수장된다. 아서왕이 아발론에 잠들었다는 앵글로색슨의 전설에 기인한 이야기이다.

비슷한 장면은 김기덕 감독의 〈봄 여름 가을 겨울 그리고 봄〉에도 등장한다. 열반의 때가 온 것을 안 노스님이 스스로 눈과 코와 입과 귀를 막아버리고 통나무를 켜켜이 쌓은 나룻배 위에 앉는다. 불을 피우면 나무가 타오르고, 자신도 타오르고, 배도 타오르고…… 그렇게 재가 되어 호수 속으로 가라앉는다. 죽음이 경이로움을 넘어 숭고함으로 느껴지는 장면이다. 감상에 젖어 있는데 불쑥 비지아가 끼어든다.

"유목민이 보면 칼 들고 달려들겠는데?"

동전을 떨어뜨리면 물아래로 이백오십 미터까지 보인다는 청정 호수, 바이칼이나 흡수굴 호수에 누군가 시신을 수장시킨다면, 유목민들은 하늘이 노할 일이라 생각할 것이다. 칭기즈칸이 세계를 정복한 뒤 만든 법령 '대자사크'는 딱 36개 조항이었다. 그중 제4조가 "물과 재에 오줌을 눈 자는 사형에 처한다"는 것이다. 공동체가 함께 사용하는 물과 불을 훼손하는 걸 경계하는 마음을 엿볼 수 있다. 형벌이 무려 사형이다. 강물에 오줌을 누지도 못하고, 빨래도 하지 못하며(제15조), 물에 직접 손을 담그지도 못하게 하는(제14조) 법률은 물 자체를 보호하겠다는 의지의 표명이다. 강물을 더럽힐 수 없어 물고기 낚시도 하지 않는 사람들이다. 법이 아니더라도 물의 신 '루스'가 용납하지 않을 일이기도 하다.

"그리운 사람일수록 바람에 새기는 거지."

비지아의 할아버지와 아버지는 땅속으로 돌아갔지만, 유목민들의 전통적인 장례 풍습은 '풍장風葬'이다. 바람 속에 살던 삶 그

대로 바람 속으로 사라지는 것이다.

사람이 죽으면 마을 사람들이 모여 조촐한 장례를 치른다. 몇 잔의 술을 마시고, 양고기를 나눠먹고, 하늘에 별이 가득할 무렵 나이 지긋하신 노인이 달구지를 끌어온다. 그러곤 하얀 천에 싼 시신을 싣는다. 화요일을 제외한 어느 길일이어야 한다.

노인은 독한 보드카를 들이켜며 덜그럭덜그럭 삐그덕삐그덕, 울퉁불퉁한 초원 길을 하염없이 돌아다닌다. 달구지를 끄는 노인이 만취하여 상주의 집으로 돌아올 즈음, 뒤에 실려 있던 시신은 어딘지 모를 대지에 떨어지고 없다.

시신은 가고 없는 상가喪家에서 달구지꾼 노인은 술과 음식을 먹으며 자리를 지킨다. 그리고 사흘째 되는 날, 전날 갔던 길을 똑같이 따라가본다. 초원 어느 땅에 사흘 전 내려앉은 시신이 있다. 달구지에서 내려 시신을 살펴보는데, 육신이 그대로 남아 있으면 크게 슬퍼하고 흰 뼈만 빛나고 있으면 기뻐하며 돌아온다.

"어떤 사람이 길을 가다가 뼈만 남은 시신을 발견했는데, 그게 하루 전에 풍장한 사람이었대. 그때 죽은 할아버지 이야기는 지금도 전설처럼 말해지곤 해."

인간이 육신을 벗어버리고 영혼이 되어 하늘로 오르는 길, 그 길의 안내자가 늑대이다. 티베트에서는 그 길동무가 독수리로 바뀔 뿐 풍장(더 정확히는 조장鳥葬)의 풍습은 같다. 인간이 육신을 버리고 하늘로 오른다는 믿음이 같은 것이다.

"오랑캐 말에는 '묻다'나 '장례하다'라는 표현이 없어. '잃어버리다'라고 말하지."

'휴먼원정대'가 있었다. 함께 산에 오르던 동료가 히말라야 꼭대기에서 하산을 다 하지 못하고 죽자 차디찬 눈 속에 시신을 둘 수 없었던 동료들이 그의 시신을 운구하러 떠난 감동적인 실화이다. 영화 〈히말라야〉의 모티브이기도 하다. "집에 데려와야지. 그 차디찬 눈밭에 그냥 둔다는 말이냐?"라고 말하는 원정대의 동료애와 용기에 한없는 박수가 나왔다. 그런데 한편으론 걱정이 앞섰다. 시신이 있는 곳은 에베레스트 정상, 팔천 미터의 고독과 희망을 노래하던 산악인들에게도 생존을 보장하지 않는 곳이다. 혼자 몸으로도 오르내리기 힘든 곳에서 시신까지 운구하는 건 상상 이상의 고난이었다. 그곳에 목숨을 걸고 올라간 것이다. 정상의 악천후까지 겹쳐 결국 원정대는 시신을 데려오지 못한다. 휴머니즘이란 이름의 감동적인 도전이었지만, '시신은 잃어버리는 것'이라고 생각하는 비지아에게는 전혀 다르게 읽힐지 모를 일이다.

"땅에 사는 사람은 땅으로 돌아가고, 산에 사는 사람은 산으로 가고, 떠돌아다니는 사람은 바람 속으로 가는 게 맞는 거 같아."

나는 비지아의 의견에 동의하지 않을 수 없다.

오랑캐의 죽음 의식 •

알타이산에 살던 오리앙카이족 아저씨가 울란바타르 근교의 국립공원 테렐지로 이사를 왔다. 이 테렐지란 땅이 독특하다. 바이칼 호수로 흘러드는 '톨강긴 강이란 뜻'이 초원을 살찌우고, 기암괴석이 장관을 이루는 산엔 이깔나무며 자작나무가 빼곡하다. 초원만 보고 살아온 유목민들에겐 황금의 땅이 아닐 수 없다. 덕분에 테렐지는 몽골 최초의 국립공원이 되었고, 지금도 관광객의 발길이 끊이지 않는다.

초원이 좋으니 유목살이도 나아질 터, 그곳엔 뭔지 모를 장밋빛 미래가 있을 것 같았다. 아저씨는 사천 리 길을 가축을 몰고 이사해야 하는 고행을 감행했다. 백 리, 천 리도 아니고 사천 리 길을 걷자면 말도 소도 양떼도 죽음 문턱까지 들어가야 한다. 그걸 흩어지지 않게 몰아오는 사람들의 고생도 이만저만이 아니지만, 게르며 집안 살림살이를 등에 짊어진 낙타에게는 상상도 할 수 없는 고난의 행군이 아닐 수 없다. 그렇게 걷다 쉬다 하면서 석 달 만에 테렐지에 도착했다.

고향 향우회장도 아니면서 비지아는 그런 고향 사람들을 찾아가 안부를 묻는 게 일상이었다. 아저씨가 이사를 한 지 몇 주가 지난 어느 주말에 새 게르를 찾아갔다. 반가운 인사를 다 끝내기도 전에 아저씨가 도회지로 나와 번듯한 교수 일을 하는 비지아에게 하소연을 늘어놓았다.

아저씨의 집에 여행객들이 놀러왔었다. 아저씨는 반가운 손님이라 여겨 집에 있는 수테차며 타락 요구르트, 치즈며 과자를 한껏 내와 대접을 했다. 즐거운 자리를 마치고 손님들이 일어서면서 문제가 생겼다.

"얼마를 드리면 될까요?"

아저씨는 벼락을 맞은 것처럼 놀랐다고 했다. 기분이 나쁘다는 생각도 들지 않을 만큼 충격이었다. 돈을 받지 않는다고 하자 손님들은 탁자에 돈을 놓고 갔다. 아저씨는 한동안 그 돈에 손도 대지 못하고 그냥 두었다.

'내가 지금 뭘 하고 있는 것인가?'

울란바타르에 먼저 와 살던 아저씨의 다른 친구는 "꼭 돈을 받아야 해. 여기선 모든 게 다 돈이다"라고 몇 번을 강조해 말했지만 마음으로는 인정이 되지 않았다. 도시 사람들은 늘 그렇게 말한다. 좀 아끼고 살아라. 가축 수도 늘리고 돈도 벌어라. 그럴 때마다 아저씨는 헛웃음이 나온다. 그렇게 해서 뭘 하려고 그러는 것인가?

"있는 대로 먹고 되는대로 산다. 살면 살고 죽으면 죽는 거지."

나는 유목민들의 입에서 이 말이 나오는 걸 자주 듣는다. 참 무책임하고 대책 없는 사람들이란 생각이 들 때도 있다. 일찍이 톨스토이도 말하지 않았던가. "인생에서 가장 행복함을 느끼는 순간은 한 해의 시작에 작년보다 더 성장한 자신을 볼 때"라고.

물론 톨스토이의 말이 비단 경제적 축적에 관한 이야기는 아닐 것이다. 하지만 그것이 무엇이든지 간에, 유목민의 입장에서 보면 그 말은 정답이 아니다. 이사도라 덩컨의 말마따나, 매일 똑같이 파도만 철썩이고 있는다고 해서 바다에게 십 년 후의 전망을 물어보는 것은 또 얼마나 우스운 일이겠는가?

유목민들이 생각하는 시간은 개념이 다르다. 늘 이사를 하는 사람들인지라 그들은 거주지 개념이 미약한 대신 시간에 대한 개념은 철저하다. '밤과 새벽이 헤어지는 시간' '어둠이 뚜껑을 닫는 시간'이라는 표현을 쓰고, 게르에 누워 하루의 시간, 한 달의 시간, 일 년의 시간을 안다. 매년 봄 여름 가을 겨울마다 영지를 찾아 떠나는 유목민들, 그들에게 일 년 이후의 일 년은 어떤 의미일까?

"지난 이십 년 동안 전쟁터에 나섰지만, 그는 아직도 노새다"라고 한 프리드리히 2세의 노새처럼, 유목민들은 같은 시간을 반복하고 있는 건 아닐까? 재산이 늘고, 집이 넓어지고, 차가 커지고. 이렇게 한 해 한 해를 쌓아가는 우리와는 좀 다른 느낌이 있다.

매년 12월이 되면, 울란바타르, 아니 몽골 전역은 한 달 내내 축제의 광장이 된다. 가난한데, 월급도 적은데, 어찌 저럴 수 있을까 의아할 정도다. 하지만 그들의 연말 행사는 12월 한 달 동안 하루도 빠지지 않고 계속된다. 거의 모든 식당의 예약이 차서 밥도 사먹을 수 없다.

흥청망청하는 저 시간, 유목민들이 한 해를 보내는 의식이다. 조금 변형돼서 '서양식 파티'가 되었지만 여전히 그들은 흘러가버린 한 해를 기억하기 위해, 영원히 돌아오지 않는 그 시간에게 마지막 인사를 남기기 위해, 시간을 쌓아두지 않고 툴툴 털어버리기 위해 축제를 즐기는 것이다.

시간관념이 철저하면서도 시간을 붙잡지 않는 것이 유목민의 자세다. 유목민들은 누구도 생일이 없다. 태어난 날은 있을지라도 그것을 기념하는 날, 즉 생일이나 잔치는 없는 것이다. 과거는 지나갔다. 유목민들에게 시간은 쌓이는 것이 아니라 흐르는 것이다.

비지아가 유목민들의 '죽음 의식'에 대해 이야기를 시작했다.

스스로 자신의 죽음을 선택하는 눈물겨운 의식이었다. 나는 그것이 유목민의 세계관을 보여주는 정수처럼 느껴졌다.

이틀 사흘 걸리는 이삿길을 함께하지 못할 정도의 나이가 되면, 노인은 스스로 죽음을 준비한다. 죽음을 앞둔 노인이 떡 벌어지게 차려진 음식상을 받는다. 가족과 친지들, 동네 친구들까지 모두 모인 흥겨운 잔치가 벌어진다. 즐거운 술자리가 무르익을 무렵, 주인공 노인이 잔칫상의 머리맡에 정좌를 하고 앉는다. 노인은 세상에서 가장 맛있는 고기라는 양의 엉덩이 비계(말랑말랑하면서도 씹을수록 고소한 기름 덩어리)를 입에 넣는다. 눈을 감고 편안히 앉아 있는 노인 앞으로 걸음마를 막 뗀 어린 손자가 다가선다. 그리고 입에 문 양의 넓적다리뼈를 툭 쳐서 비곗덩어리를 목구멍 안으로 밀어넣는다. 비계가 숨길을 막아 순식간에 노인은 죽음을 맞는다.

처음 들었을 때, 너무 잔인해 소름이 돋았다. 우리 민족의 고려장 문화는 손자의 재치로 사라졌는데, 유목민들은 오히려 손자가 직접 목숨을 거둬간다니 가혹하기 짝이 없는 일 아닌가. 특히나 유목민들의 생활을 관찰한 중국의 기록들, 예컨대 『한서』나 『사기』가 "유목민들은 약한 것을 무시하고 강한 것을 찬양한다. 음식이 있어도 젊은이가 먼저 먹고 노인은 나중에 먹는다"라고 비판하는 구절이 이런 대목에선 딱 들어맞는 말처럼 느껴진다.

하지만 이는 너무나 편협한 해석이 아닐 수 없다. 유목민이 사는 땅은 농경사회의 땅과 다르다. 바다와 강에 둘러싸인 비옥한 지역이 아니다. 그들은 언제나 이동해야 하고, 적을 만나면 언제라도 전쟁을 벌여야 한다. 곡식 재배는 꿈꿀 수도 없고, 사냥을 못하면 굶어죽기 일쑤다. 겨울이면 기온이 영하 오십 도 이하로 곤두박질치는데다, 일 년 내내 이백사십 밀리미터밖에 비가 내리지 않아 나무 한 그루 제대로 자라지 못하는 땅에 사는 사람들은 그들만의 삶의 조건을 찾아야 한다.

거의 아무것도 없는 상태에서의 효율적 분배는 정착민들의 상상보다 더 처절하고 치열하다. 손자가 할아버지의 숨을 거둬주고, 할아버지는 그런 손자를 가장 자랑스럽게 여기는 전통은 그래서 생겨난 것이다. 그런 사람들에게 정착민의 윤리나 도덕률은 끼어들 틈이 없다. 열악하고 척박한 환경을 살아가는 유목민의 문화일 뿐 저급과 고급의 가치 바깥의 일이다.

네팔 카트만두의 화장터에는 죽을 사람이 미리 와 민박을 한다. 언제 죽을지 모르니 기다리는 것이다. 거기서 죽는 것이 영광이다. 힌두의 믿음이겠지만, 그 또한 자원 부족에서 오는 현실적 필요가 종교화된 것이라 볼 수 있다. 고려장의 풍습도, 유목민의 죽음 의식도 마찬가지이다. 차이가 있다면 유목민들은 죽음을 축제(적어도 성스러운 의식)로 맞이한다는 점이다. 산 시간이 중요한 만큼 죽음을 잘 준비해야 한다. 그것을 질서화하는 게 중요하다.

라인홀트 메스너라는 등반가가 있다. 히말라야 팔천 미터 14좌를 완등했고, '내 안의 사막, 고비'를 오로지 도보로 횡단한 위대한 탐험가이다. 그가 에베레스트 정상을 단독으로 등반한 일이 있었다. 삶과 죽음이 공존하는 극한의 고지를 혼자 오르면서 메스너는 텐트에 두 사람분의 잠자리를 펴고, 두 사람분의 식사를 준비했다고 한다. 자기의 몫만 짊어져도 힘든데 굳이 두 배의 짐을 지고 올라간 이유는 분명하다. 극한의 상황일수록 외로움이 큰 법이다. 그의 등반에서는 인간은 누구나 혼자서는 살 수 없다는 당연한 사실을 확인하게 된다.

우리가 사는 삶의 모습은 많이 다르다. 너나없이 혼자 살아간다. 그리고 혼자 죽는다. '고독사'라는 낯선 말이 일상어가 돼버린 세상이다. 혼자 태어나 혼자 살다 혼자 죽는다. 종합병원 장례식장에서 치러지는 의식도 허망하기는 마찬가지다. 사랑하는 가족의 시신이 아직 식지도 않았는데, 정신을 차릴 새도 없이 염이며 입관이며 발인이 순식간에 진행돼버린다. "인간의 길이 끝나면 하늘의 길로 이어진다던/상여 소리가 밤길 내내 환했다"라고 노래한 어느 시인의 소회가 아니더라도, 적어도 죽음이 축제이던 시절은 사라지고 없다.

헤아려지지 않는 무념무상의 경지, 오랑캐의 죽음 의식은 적어도 비명횡사나 고독사가 아니다. 부족한 데서 생긴 충만, 갇힌 데서 생긴 자유이겠지만 자신이 죽는 사건이 더없이 정직하고 인간적으로 행해진다. 잔인한 안락사가 아니라 많은 사람 앞에서 치르는 아름다운 안락사다. 죽는 자가 죽을 각오로 그렇게 하는 것이다.

"내가 죽으면 모두가 행복하다."

가장 사랑했던 자손이 나를 버리는 것, 아름다운 제도다. 인간이 신이 되는 찰나가 있다면 이런 순간이 아닐까? 고매하고 장엄하다.

아홉.

신성한 것들

하늘에 닿는 기원, 어워

고원은 광야이다. 몽골의 대지는 천 개의 봉우리들이 모여서 하나의 평원을 이룬 '광활한 높은 곳'이다. 나는 초원을 지날 때마다 수천의 계곡과 기슭을 통과하는 '환각여행'을 함께 하곤 한다. 보라! 여러 겹이 층층이 쌓여 어디가 높고 어디가 낮은지 분간할 수 없지만 길 끝에 고개가 있고 고개를 넘으면 어김없이 새로운 하늘이 열린다. 고개마다 하나의 하늘이 내려와 침묵의 밀도를 가득 채운다. 텅 비어 있는데 가득찬 하늘이다. 오리앙카이들이 늘 도취된 기분으로 사는 이유가 여기에 있을 것이다. 지극히 속된 일상까지도 놀라운 신화로 변화시키고 마는 마술 같은 하늘. 사실, 하늘의 표정은 곧 땅의 표정이다. 오리앙카이는 자기들이 살아가는 흔적을 땅에 남긴다. 고갯마루에 우뚝 선 돌무더기 '어워'가 그것이다. 중앙의 나무 기둥과 휘날리는 푸른 천, 그것을 둘러싼 넓고 높은 돌탑은 한국의 성황당(또는 서낭당)과 닮아 있다. 『한국민족문화대백과사전』에 설명된 성황당을 보자.

> 마을 어귀나 고갯마루에 원추형으로 쌓아놓은 돌무더기 형태로, 그 곁에는 보통 신목神木으로 신성시되는 나무 또는 장승이 세워져 있기도 하다. 이곳을 지날 때는 그 위에 돌 세 개를 얹고 세 번 절을 한 다음 침을 세 번 뱉으면 재수가 좋다는 속신이 있다.

원래 성황당은 중국에서 들어온 신앙 공간이다. 강태공이 가난했던 시절, 그의 아내가 강태공을 버리고 도망을 갔다고 한다. 관직에 올라 다시 만났을 때, 부인은 강태공 앞에 엎드려 자신을 받아줄 것을 애걸했다. 강태공은 바가지에 담긴 물을 땅에 쏟으며 그 물을 다시 주워담을 수 있으면 받아들이겠다고 말했다. 물을 구할 수 없었던 부인은 사람들 사이를 돌아다니며 침이라도 뱉어줄 것을 부탁했지만 결국 바가지를 다 채우지 못하고 죽게 된다. 사람들이 그 죽음을 안타깝게 여겨 여인의 시체 위에 돌을 얹어주고, 오고가면서 침을 뱉어주었다는 것이 성황당의 기원에

얽힌 설화이다.

몽골의 어워는 어찌 기원한 것인지 알 수 없다. 다만 신성한 어워에 침을 뱉거나 하는 일은 없다. 오른쪽으로 세 바퀴 돌무더기를 돌며 기원을 하고, 돌멩이를 더한다. '좋은 말은 어워 옆에서'란 속담처럼 어워 옆에선 사람을 험담하거나 비난하지 않는다. 착한 사람들이 더 착해진다.

비지아가 스무 살이 되던 초여름, 처음으로 '어워 축제'가 열렸다. 사회주의 시절엔 어워 축제 같은 전통 행사부터 라마교를 비롯한 모든 종교가 철저히 금지되었다. 민족 최고의 명절인 차간 사르설날에도 출근을 했고, 밤늦게까지 일을 했다. 사람들은 퇴근 후에 몰래 축제를 즐겼다. 그런 밤이면 솜에서 일하는 조사관들이 사람들의 집을 찾아가 조사를 했다. 문 두드리는 소리가 나면 서둘러 음식을 숨겼다. 그렇게 조사관을 보내고 다시 축제를 즐겼다. 솜장도 조사관도 조사를 끝내고 집에 가면 제 집 차례를 지냈다. 어워 축제는 그렇게 숨죽이던 칠십 년을 견디고 회복된 목동들의 축제다.

오리앙카이 남자들이 모여 평소 잘 다니지 않던 신성한 산의 큰 어워 앞에서 제사를 지낸다. 노인이 일어나서 영원한 푸른 하늘에 축원을 올린다. 고수레를 하고 술을 바친다. 토올을 읊고 〈알타이 찬가〉를 부른다. 진정한 목동들의 축제다. 산 아래 평평한 초원에서는 말달리기와 씨름 경기가 열린다. 비지아도 어워에 올리려고 양을 한 마리 삶아서 갔다. 집집마다 양을 잡아온 탓에 음식이 넘쳤다.

어워는 유목민들의 마음 하나하나가 모인 신성한 장소다. 먼 길을 떠나는 여행객들, 전장으로 출정하는 병사들은 살아서 돌아오길 바라며 버드나무가 꽂힌 어워에 돌멩이를 얹는다. 피붙이를 떠나보내는 아낙네와 자식들도 가족의 무사 귀환을 기원하며 또 한 움큼의 돌을 얹는다. 머무르는 자의 불안도 있겠지만, 떠나는 자의 공포는 더욱 클 것이다. 어워에 비는 것은 공포와 불안을 덮는 자기 위안이다. 그렇게 한 달이 지나고 일 년이 지나고, 세월이 쌓이면 땅이 하늘에 닿는 기도처가 된다. 소박한 기도처가 쌓이고 쌓여 종교가 된다.

어워를 보면 우선 눈에 띄는 것이 푸른색 천이다. 어느 항공사의 몽골 편 광고에 등장했던, 돌무더기 위에서 휘날리던 푸른 천이 그것이다. 어워에는 주로 신성함의 상징인 흰색과 하늘을 뜻하는 푸른색 천을 쓴다. 푸른 천을 통해 하늘에 닿으려는 고독하고 불안한 인간의 갈망이 드러난다. 성베드로 성당에서 기도하나 물 한 그릇을 떠놓고 기도하나 마음은 한가지이다. 그런 정화수가 모이고 모인 게 유목민의 어워다.

돌무더기 한가운데 신목이 서 있다. 대개의 경우 그것은 버드나무다. 버드나무는 물과 생명을 상징한다. 주몽의 어머니 유화부인柳花婦人에게서 영향을 받은 것으로 해석하는 설이 많은데, 만주를 비롯한 북방의 유목민들에게는 버드나무를 숭배하는 사상이 있다.

버드나무는 장형, 즉 곤장을 치던 나무였다. 동양의 버드나무에만 형벌의 의미가 담겨 있는 것은 아니다. 그리스도의 십자가도 버드나무로 만들었다고 한다. 또한 버드나무는 이승과 저승을 연결하는 나무이다. 염을 하는 수저도 버드나무로 만들고, 그리스신화의 뱃사공도 버드나무 노를 젓는다. 망자가 강물 한 모금을 마시면 과거의 모든 기억이 깨끗이 지워지고 전생의 번뇌를 잊게 된다는 '레테의 강'을 건너는 도구도 버드나무다.

차를 몰든 말을 타든 비지아는 어워를 그냥 지나치는 법이 없다. 차를 세우고 어워를 세 바퀴 돌며 돌을 얹는다. 그 의식이 낮길엔 사고의 불안을 달래주고, 밤길엔 괜한 무서움을 쫓아준다. 어쩌다 길을 잃을 땐 더없이 반갑고 고마운 게 어워다. 몽골 초원은 어디나 자연뿐이다. 인적이 없고, 죽어서도 무덤을 남기지 않는 유목민의 초원에서 어워는 인간의 체취를 느낄 수 있는 유일한 건축물이라고 해도 과언이 아니다. 어워는 고독한 인간에게 알려준다. 너는 인간이다. 이웃이 있다.

어워에는 기원이 없다. 누구든 만들면 생성되고 성장한다. 시간이 기원이다. 세상 살면서 쌓은 모든 것, 우리가 '업'이라 부르는 것들이 현재와 과거와 미래를 품은 채 돋아난다. 그렇게 어워는 인간의 마음이 하늘로 올라가는 자리가 된다.

사무치는 그리움의 표식, 암각화

알타이산의 주봉인 뭉흐 하이르항엔 딱 세 그루의 나무가 산다. 온통 바위투성이인 산꼭대기엔 만년설이 돌올한데, 여름이면 눈이 녹아 강을 만든다. 뭉흐 하이르항 아랫동네, 만항 솜엔 세 개의 강이 흐른다. 이름도 쳉헤린 골, 맑은 강이란 뜻이다. 그중 북쪽의 강인 호이트 쳉헤린에는 동굴이 하나 있다.

1950년대 초 몽골 서남부의 알타이 지역에서 양을 치던 목동이 호이트 쳉헤린북쪽의 깨끗한 강이란 강변의 절벽에서 우연히 한 동굴을 발견한다. 그가 동굴에 들어가 불을 밝히는 순간

수많은 동물 그림들과 상징으로 가득찬 부호들이 말없이 그를 응시하고 있었다. 대륙의 심장부에 숨어 있던 역사의 진실이 긴 호흡을 내쉬는 감격적인 순간이었다. (……)
이 동굴벽화를 조사한 세계의 학자들은 유라시아의 서쪽과 동쪽에 위치한 동굴벽화들이 서로가 서로를 부르듯 공통된 주제와 상징들을 내뿜고 있다는 데 경악하지 않을 수 없었다. 저 유명한 알타미라 동굴벽화와 동시대의 산물이었던 것이다.

김종래의 『유목민 이야기』에 소개된 호이트 쳉헤린 동굴벽화 이야기이다. 문화재에 대한 관리가 부실한 탓에 지금은 새똥과 먼지가 가득차 접근이 쉽지 않지만, 벽을 가득 메운 붉은 염료의 고대 그림들은 옛 유목민의 마음을 고스란히 담고 있다.

알타이산에는 또하나의 역사적인 문화재가 숨어 있다. 벽화가 그려진 동굴을 내려오면 만나게 되는, 까만 편마암 바위에 그려진 암각화다. 바위를 초원 삼아 흩어져 있는 양떼와 염소떼, 태양을 향해 고개를 든 사슴들, 그리고 그것을 공격하는 늑대까지 몽골 초원의 유구한 생태가 새겨져 있다. 야생동물을 쫓아가던 용맹한 유목민 전사나 평생을 인간의 다리가 되어 살아온 말들이 그려진 그림에는 애정이 가득 묻어 있다. 그 작고 소박한 그림들이 산 하나를 가득 채운 모습은 장엄하기까지 하다.

수천수만 년 전에 그 땅을 누비던 유목민들은 왜 바위 가득

그림을 그리게 되었을까? 몽골의 대표적인 현악기 마두금 이야기가 의미심장하다.

> 가난한 사내가 있었다. 후후 남지르란 그 사내는 한 여인을 사랑했다. 하지만 그를 부리는 부잣집 주인이 후후 남지르를 먼 타향으로 떠나보냈다. 남자는 애인이 보고 싶어 하늘을 나는 말을 타고 와 저녁마다 연인을 만나고 아침이면 떠나갔다. 하지만 행복도 잠시, 이 사실을 알아차린 부자가 심술을 부려 하늘을 나는 말을 죽여버렸다. 이제 후후 남지르는 연인을 만날 수 없게 됐다. 그는 말의 죽음을 애통해하고 애인을 그리워하는 마음으로 악기를 만들었다. 죽은 말의 머리 모양을 따 악기의 머리를 만들고, 말의 갈기털과 꼬리털을 엮어 현을 만들었다. 그렇게 해서 탄생된 것이 마두금馬頭琴이란 악기이다.

이런 슬픔을 담고 있어서인지, 유목민들은 마두금 연주를 들으면 애틋함과 함께 비장함이 느껴진다고 한다. 마두금으로 연주하는 말발굽의 선율, 말을 기리는 노랫말을 듣자면 말을 타고 하늘을 나는 듯한 흥분이 느껴지기도 한다. 후후 남지르의 마음, 그 그리움과 안타까움이 암각화를 새긴 고대 유목민의 마음과 다르지 않다.

늘 그 자리에 있을 것 같던 사람이, 친구가, 동물이 없다. 하늘을 보다가도, 차를 마시다가도, 이야기를 하다가도 문득 생각이 난다. 먼산을 보게 된다. 거짓말처럼 헛것이 보이고 목소리가 들린다. 함께 앉았던 의자를 돌아보게 되고, 노래를 들으면 항상 그날, 그 자리로 돌아가게 된다. 밥을 먹어도, 술을 마셔도, 숨을 쉬어도 그 사람이 생각난다. 함께 대지를 누비던 말들, 가족처럼 친근했던 양들 생각이 난다. 눈을 떠도 눈을 감아도 잊을 수 없는 그리움이 아로새겨져 바위그림이 된다.

부재의 감정을 알게 되면 소중한 사람을 곁에 두겠다는 욕심이 사라지기도 한다. 그 아픔을 알기에, 죽을힘을 다해도 빠져나올 수 없는 무력감을 알기에, 다시는 경험하고 싶지 않아서 사랑하는 만큼 놓아버린다. 소중한 추억일수록 바람 속으로 떠나보내는 것이다. 그렇게 멀어져간 소중한 것들이 바위에 새겨진 것일수도 있다. 텅 빈 곳이라 더 반가웠던 친구도, 말도, 양도 사라져갔다. 그리고 그것이 암각화가 되어 다시 살아났다.

암각화 지역은 신성한 곳이다. 일상과 격리된 거룩한 공간이기 때문이다. 누군가 사라진 자리, 육신이 가고 살이 썩으면 기억만 남긴 채 그는 사라진다. 하지만 영혼은 남은 자의 핏속에, 호흡 속에, 목소리 속에 여전하다. 암각화는 그런 것이다. 말로 할 수 없어서 가슴으로 새긴 언어 이전의 언어이다.

어릴 적 비지아도 암각화를 보며 자랐다. 바위에 새겨진 사람 그림을 보면서 친구들끼리 서로 너 닮았다고 하면서 놀곤 했는데, 어른들에게 들키면 많이 혼났다. 어떤 친구 녀석은 암각화에 페인트칠 장난을 하고 온 뒤 몸이 아픈 경험을 했다. 그는 지금도 그것 때문에 죽을 뻔했다고 믿고 있다.

산을 가득 채운 바위그림은 더없이 멋있었지만, 비지아에게는 자기도 그릴 수 있을 것처럼 보였다. 어느 날은 양을 치러 가면서 정을 가지고 갔다. 바위에 괴발개발 그림을 새기다가 어머니한테 걸렸다. 그때처럼 죽도록 맞은 날도 없었다.

"바위그림은 신이 그린 것이다. 죽은 사람만 이름을 새기는 것이다. 너도 죽었느냐?"

어머니는 불같이 화를 냈다. 죽도록 혼이 나면서도 장난을 멈출 수 없었다. 하루종일 양떼만 보고 있는 일은 심심하기 짝이 없다. 사람이 보이면 어디든 달려가지만, 없으면 마냥 심심하다.

유목을 하는 아이들의 무료함은 우리가 상상하는 것과는 차원이 다르다. 핸드폰은커녕 책도 없는 초원에서, 아무 짓도 하지 않은 채 하루를 보내야 한다. 그리고 그런 하루는 날마다 계속된다. 피가 끓어 싸돌아다니지 않으면 견딜 수 없는 어린이에겐 상상할 수 없는 고통이다. 무엇이든 꼼지락거릴 일이 있으면 무작정 기쁘고, 멀든 가깝든 사람의 흔적이 보이면 그 자체로 반갑다.

19세기 말에 몽골과 티베트를 답사했던 러시아 학자 프르제발스키도 그런 말을 한 적이 있다. 몽골을 여행할 때 귀찮은 일이 있는데, 숙영 텐트를 치고 나면 어디선가 바람처럼 유목민이 나타난다는 것이다. 옆자리에 앉아서 어디서 온 누구냐, 어디로 가느냐, 무슨 일을 하느냐, 같이 온 사람들은 누구냐 하고 쉴새없이 질문을 던진다. 하나하나 대답을 하고 나면 이번엔 주변의 물건들에 대한 질문이 쏟아진다. 가져온 물건을 가리키며 이름과 용도를 묻고 나중에는 타고 온 차의 온갖 부속품에 대해서까지 꼬치꼬치 물어본다. 진이 빠지게 대답을 하고 그를 돌려보내면 얼마 지나지 않아 또다른 유목민이 찾아온다. 그리고 똑같은 질문을 처음부터 해댄다.

프르제발스키 이야기는 자연산 심심함의 맛을 아는 어릴 때의 비지아 이야기이기도 했다. 양을 치던 곳에 네모지고 넓은 바위가 있었다. 딱 들어맞는 네모 모양이었는데 오른쪽 아래가 조금 볼록했다. 그것만 깨뜨리면 더 예쁠 것 같았다. 어머니 몰래 또 망치를 댔다. 땡땡거리는 망치 소리가 초원에 울려퍼졌다.

"돌에게도 생명이 있다. 어떻게 생겼든 자연이다. 그대로 있어야 한다."

양을 치러 갈 때마다 어머니는 비지아를 붙잡고 다짐을 받는다.

"네 가축 말고 다른 건 절대 건드리면 안 된다."

유목민들은 누구나 손님을 좋아한다. 그런데 오리앙카이 사람들은 어떤 무리의 사람들이 오면 인상을 찌푸리곤 했다. 하늘 같은 뭉흐 하이르항 만년설산을 헤집고 다니는 산악인들과 돌궐의 것이니 위구르의 것이니 하면서 무덤을 파헤치는 고고학자들이었다. 암각화를 보면 탁본을 뜬다고 먹칠을 해대는 화가들도 눈엣가시처럼 여겼다. 어떤 나쁜 사람은 자기 탁본을 완성한 뒤에 바위를 쪼개 그림을 망가뜨리기도 했다. 그런 사람들이 다녀가고 나면 꼭 일기가 나빠졌다. 여름이 끝나기도 전에 큰 눈이 내리거나 눈도 뜰 수 없는 모래바람이 불어왔다.

신보다 위대한 인간, 칭기즈칸

몽골의 탄생에 대해선 알려진 바가 거의 없다. 만주 지역의 소수 부족인 '실위족'이 이동해서 세웠다는 설도 있고, 발해의 유민이 세웠다는 설도 제기되고 있다. 발해 멸망부터 칭기즈칸 탄생까지의 이백여 년을 어떻게 설명할 수 있느냐고 의아해하겠지만, 흉노가 멸망하고 유럽에서 아틸라칸의 훈족이 등장할 때까지의 시간(훈족의 후예는 지금까지 역사를 이어오고 있다. 헝가리라는 나라 이름은 '훈+가리', 즉 훈족의 땅이란 뜻이다)이나 돌궐이 멸망하고 튀르크인이 터키를 세울 때까지의 오백여 년의 시간을 생각하면, 몽골의 공백은 그리 긴 시간도 아니다.

어쨌든 몽골족의 역사는 그리 길지 않다. 타칭은 고사하고 자칭으로 말하는 신화를 끌어오더라도 칭기즈칸의 8대조 할머니인 '알랑고아'를 넘지 않는다. 알렉산더나 다리우스 대제가 활약하던 시대의 인물처럼 느껴지지만, 정작 칭기즈칸은 태조 왕건보다도 이백팔십다섯 살이나 어리다.

칭기즈칸이 태어나던 1162년 무렵, 고원은 눈뜨면 전쟁이라는 표현이 과하지 않던 시절이었다. 북쪽 바이칼호에 세력을 형성한 메르키트족, 중앙의 케레이트족, 동몽골 초원의 타타르족, 서몽골 알타이산의 나이만족이 대립하고 있었고, 몽골족은 케레이트와 타타르 사이에서 시달림을 당하는 약소 부족이었다.

양을 치는 유목민의 삶이야 말할 것도 없었다. 그들은 부족들의 전쟁 틈바구니에서 생존을 보장받을 수 없었고, 당시 동북아의 최강국이었던 금金, 여진족이 삼 년 단위로 초원의 남자를 살육하는 '학살 프로그램'을 진행하는 바람에 하루하루가 지옥인 살얼음판의 생을 살고 있었다.

그런 아비규환의 초원을 통일한 인물이 칭기즈칸이었다. 그리고 스스로 세계 3대 문명이라 칭하던 중국과 이슬람, 유럽의 국가를 정복해나간다. 이는 몽골 부족뿐 아니라 고원을 살아가는 유목민 모두에게 있어서 하늘이 내린 영웅의 출현이나 다름없었다. 바다처럼 넓은텡기스 칸의 출현이다.

하지만 비지아가 중고등학교 내내 역사 수업시간에 배운 칭기즈칸은 온 세상을 피로 적신, 몽골인이라 하기에도 부끄러운 희대의 살인마였다. 학교에선 언제나 사회주의식으로 살아야 한다고 가르쳤다. 하지만 집에 돌아와 배운 것을 이야기하면 할아버지가 언성을 높이곤 했다.

"조상을 욕하고 팔아먹으면서 사는 놈들, 도대체 어느 하늘에 얼굴을 댈 것이냐?"

하늘의 별처럼 곳곳에 흩어진 몽골을
하늘의 태양처럼 단 하나의 몽골로 만들었다
푸른 몽골의 영웅은 지상의 태풍도 막지 못했고
이를 갈던 유럽조차 칭기즈칸 앞에 무릎을 꿇었다
몽골의 말발굽 소리가 대륙의 양끝을 진동시키고
유럽은 맨발로 뜨거운 재를 밟았다

푸레브도르지가 「칭기즈」라는 시를 발표했다. 칭기즈칸이란 이름조차 거론하기 어렵던 시절, 칭기즈칸 보안법에 걸려 죽은 지식인만 해도 사만 명이 넘던 폭압의 시절, 목놓아 부르고 싶은 이름이 시가 되어 돌아온 것이다. 그때가 1962년, 칭기즈칸 탄생 팔백 주년이 되는 해였다. 민속학자 렌칭과 언어학자 담딩수렌이 중심이 되어 추모 행사를 준비했다. 칭기즈칸의 고향인 보르칸산 자락의 다달 솜에 기념비가 세워졌고, 다큐멘터리 영화를 제작하고 기념우표도 만들었다. 지금의 중앙도서관 자리에서 학술회의가 열렸다.

그즈음, 소련의 흐루쇼프 서기장이 몽골을 방문하기로 돼 있었다. 그걸 준비하기 위해 몽골 서기장인 체덴발이 모스크바를 방문했다. 그런데 하필 그때 칭기즈칸 추모식이 열린 것이다. 비밀리에 진행되는 행사였지만, 어찌 알았는지 몽골인들이 새까맣게 모여들었다.

"칭기즈칸 부흥운동이 일어나고 있다."

정부에선 난리가 났다. 문제는 소련에 있던 체덴발이었다. 이전 서기장이었던 아마르와 겐뎅은 방문 목적으로 모스크바에 갔다가 돌아오지 못했고, 붉은광장에 갔다가 돌아오지 못한 몽골의 고위급 당간부도 수도 없이 많았다. 다시 칭기즈칸 보안법이 고개를 들었다. 영화는 삭제되었고, 우표는 불태워졌다. 어찌 숨겼는지 모를 기념비와 사람들 가슴속에 깊이 새겨져버린 시 한 편만 남긴 채, 칭기즈칸은 다시 수면 아래로 숨을 죽였다.

> 세상이 끝나는 곳에 가서 나무 말배을 타고 검은 물바다을 건널 것이다. 갑옷을 입은 자들을 죽이고, 그들의 돌집을 무너뜨릴 것이다. 그들의 여자를 강간하고, 그들의 아이를 노예로 삼고, 그들의 파괴된 신들을 이곳으로 가져올 것이다.

미국 드라마 〈왕좌의 게임〉에서 야만인의 수장인 '칼 드로고'가 전사들 앞에서 외친다. 스스로 문명인이라 말하는 왕국인들은 자신의 적인 유목민 부족을 이름도 없이 '야만인'이라고만 부른다. 그 모멸과 무시에 대한 복수를 하겠다면서 칼(칸과 같은 뜻일 게다) 드로고는 어머니 산에 맹세한다.

"저 칸 멋있네. 그래도 역시 원조는 우리 칭기즈칸이지."

내가 드라마 대사 한 대목을 들려주었을 때, 비지아가 진짜 유목민 영웅의 실화를 소개해줬다. 칭기즈칸의 격언으로 알려진 '빌리크' 제22조의 내용이다.

> 내 병사들은 밀림처럼 떠오르고, 병사들의 처와 딸들은 붉은 꽃잎처럼 빛나야 한다. 내가 해야 할 일은, 내가 무엇을 하든 그 모든 목적은 바로 그들의 입에 달콤한 설탕과 맛있는 음식을 물려주고, 가슴과 어깨에 비단옷을 늘어뜨리며, 좋은 말을 타게 하고, 그 말들이 달콤한 강가에서 맑은 물과 싱싱한 풀을 마음껏 뜯도록 하며, 그들이 지나가는 길을 그루터기 하나 없이 깨끗이 청소하고, 그들의 게르에 근심과 고뇌의 씨앗이 들어가지 못하도록 막는 것이다.

제국의 칸이란 사람의 꿈이, 그가 사는 이유가, 일하는 목적이 오직 제국을 편안케 하는 것, 제국의 백성들을 행복하게 하는 것이라고 말한다. 전쟁을 명령하지 않고 직접 치르는 지도자. 전장의 후방에서 마차나 가마를 타는 것이 아니라 최전선에서 말을 모는 지도자. 칭기즈칸은 그런 사람이었고, 그렇게 살았고, 전쟁터에서, 말 위에서 죽음을 맞이했다. 알렉산더와 나폴레옹과 히틀러가 정복한 땅을 다 합친 것보다도 넓은 유라시아 대륙을 정복한 대칸이 말이다.

몽골을 여행하는 사람들이 깜짝 놀라게 되는 일이 있다. 천지가 온통 한 사람의 그림자 안에 있는 것이다. 몽골 사람들은 칭기즈칸 비행기를 타고, 칭기즈칸 지폐를 쓰고, 칭기즈칸 호텔에서 잠을 자며, 칭기즈칸 보드카를 마신다. 칭기즈칸 옷, 칭기즈칸 노래, 칭기즈칸 요리, 모든 것이 칭기즈칸, 칭기즈칸, 칭기즈칸이다.

약한 자를 도우며 사랑했네
슬픈 자는 용기를 주었다네
내 맘속의 영웅이었네, 징, 징, 징기스칸
하늘의 별처럼 모두가 사랑했네, 징, 징, 징기스칸
내 작은 가슴에 용기를 심어줬네

가수 조경수(배우 조승우의 아버지이다)가 부른 노래 〈징기스칸〉의 가사이다. 원곡은 독일의 그룹 보니 엠이 부른 노래인데, 조경수의 노래는 가사만 새롭게 해서 부른 번안곡이다. 참 아름다운 노랫말, 원곡은 어떨까?

칭 칭 칭기즈칸
호 기사여, 마셔라 계속. 하 전사여, 춤춰라 계속.
그는 자신의 마음에 드는 여자는
누구든 자신의 천막으로 끌어들인다. (하–후–하)
그를 사랑하지 않는 여자는
세상에 존재하지 않는다. (하–후–하)
그는 하룻저녁에 아이 일곱을 낳는다.

노랫말이 온통 칭기즈칸과 유목 병사에 대한 조롱과 비하다. 우리에게도 익숙한 학살자, 전쟁광의 이미지를 가진 칭기즈칸. 조경수는 어쩌자고 칭기즈칸을 '하늘의 별처럼 모두가 사랑한 사람'으로 그린 것일까? 몽골 여행을 동경하게 만드는 일등공신, 밤하늘의 별을 본 것일까? 확인할 방법은 없지만, 덕분에 그 노래는 '학살자 미화죄'에 걸려 금지곡이 된다.

몽골이란 땅이 참 여러 가지로 그럴듯하지만, 그중 빠지지 않는 것이 '밤하늘의 별'이다. 신문 글자보다 많은 별들이 은하수를 만드는데, 좀 과장하면 시야를 꽉 채운 하얀 강물에 검은 하늘이 군데군데 조금 드러나는 정도이다. 그 별빛 아래 서 있노라면, 내가 사는 곳과는 정말 다른 세상이 있구나 하는 생각이 들지 않을 수 없다. 우리 시골에도 별은 많다. 하지만 몽골의 별은 다르다. 반으로 뚝 잘라 위는 하늘, 아래는 땅인 화면 속에 별이 가득하다. 심지어 눈 바로 옆에서 별이 반짝인다. 별이 많은 것도 놀라울 일이지만, 눈 옆으로 보는 별은 전혀 다른 감동을 준다.

1921년 11월, 모스크바에 가기 위해 몽골을 통과했던 몽양 여운형은 그의 기행문에서 몽골 고비의 밤하늘을 이렇게 표현했다.

> 새카맣던 밤하늘은 차차 그 본래의 암람색暗藍色을 회복하고 암흑 속에 자취도 없이 사라졌던 먼 지평선도 이제야 그 암시와 약속을 품은 희미한 선線으로 대지와 천공을 나누어놓는다. 그리하야 하나씩 둘씩 반짝거리기 시작한 별들은 삽시간에 왼 하늘을 덮어놓고 그 영원히 젊은 눈동자로 밤의 땅을 향하야 영구히 풀지 못할 수수께끼를 속살거리기 시작하였다. 나는 추위도 잊어버리고 한참 동안이나 이불 밖에 머리를 내어놓은 채로 한없이 아름답고 거룩한 사막의 밤하늘을 쳐다보았다. 아! 얼마나 장엄하고 얼마나 신비한 광경이었으랴!
> (……)
> 이 사막을 생활의 무대로 하고 이 밤하늘을 생활의 배경으로 하는 저 유목민들의 정열과 감격이 어떠한 것이었는가를 나는 처음으로 아는 듯싶었다. (……) 이 한없이 장엄하고 자유로운 자연의 품속에 호흡하고 생활하는 인종이 한 줌의 흙과

한 주먹의 씨로 '삶'을 농사짓고 귀찮은 속박과 아니꼬운 복종의 쇠사슬로 얽어매인 정주문명定住文明의 번잡한 생활 형태와 타협되고 융화되기를 누가 감히 상상이나 할 수 있으랴!

'한 줌의 흙과 한 주먹의 씨로 삶을 농사짓는, 속박과 복종의 쇠사슬에 얽매인 정주문명'과 대비되는 삶을 사는 유목민은 '한없이 장엄하고 자유로운 자연의 품속에서 호흡하고 생활하는 인종'이라는 몽양의 통찰은 새겨볼 만하다. 그리고 그 모든 중심엔 유목민 사상의 결정체, 칭기즈칸이 있다.

하늘엔 별, 땅에는 칭기즈칸.

그리고 늑대의 하늘 •

봄 이사만큼 힘든 일은 없다. 산 위에 모자처럼 구름이 걸려 있으면 그날은 특히 위험한 날이다. 그런 날 이삿길에 나서면 필시 되돌아와야 한다. 눈바람이 분다. 양털 사이로 눈이 들어갔다가 체온에 녹아 이슬이 맺힌다. 이슬은 다시 찬바람에 얼어 고드름이 된다. 양이 움직일 때마다 고드름 부딪치는 소리가 난다. 은쟁반에 옥구슬 구르는 소리, 쨍그랑쨍그랑 소리가 맑고 경쾌하게 들린다.

소리는 좋을지 몰라도 양들의 고생이 이만저만이 아니다. 무릎 넘어 쌓인 눈더미에 빠지는 바람에 양들은 걷는다기보다 깡

충깡충 뛰면서 이동을 한다. 힘이 두세 배는 들 것이다. 그래선지 조금만 걸어도 앉아버리는 양들이 생긴다. 특히나 어린 양들은 조금만 힘들면 아무 자리에나 앉아서 움직이질 않는다. 봄에 태어난 어린 녀석들은 난생처음 먼길을 가보는 것이니 얼마나 힘에 부칠까. 몇 발자국 따라오다 주저앉아버린다. 그러다 앉은자리에서 잠이 들기도 한다. 주인이 모르고 가버리면 길 잃은 어린 양은 얼마 못 가서 죽고 만다. 새끼 양을 모는 것은 더디고 신경이 곤두서는 일이다. 온 정신을 써서 양을 몰아 새 영지에 도착하면 어머니가 요리를 하신다. 따뜻하고 좋긴 한데, 아무도 말을 하지 않는다. 너무 힘들어서 쓰러지고 싶다.

봄 영지는 대부분 눈이 많이 쌓여 있다. 알타이산 골짜기에는 키보다 높게 쌓인 눈 때문에 게르를 칠 수 없다. 더 높이 올라가 눈이 적은 곳을 찾으면 거기는 바람이 세차다. 비지아가 도착한 집터 주변엔 사람 사는 집이 하나도 없었다.

힘들게 이사를 해도 걱정이 끝나는 게 아니다. 눈 덮인 알타이산은 늑대가 주인이다. 밤마다 늑대 소리가 음산하다. 걱정스러운 마음에 자다 깨다 하면서 양우리를 둘러본다. 개도 밤새 한숨도 못 자고 보초를 선다. 사람도 개도 불안하지만 양들은 덜덜 떠느라 제대로 서 있지도 못하고 수런거린다.

"그냥 자도 된다. 늑대는 자기 집 옆을 공격하지 않는다."

어른들 말씀은 틀린 게 없다. 그해에는 양이 한 마리도 화를 당하지 않았다. 며칠 지나자 늑대 새끼 소리가 들렸다. 그제서야 어머니가 깊은 한숨을 내쉬었다.

"이젠 됐다. 우리는 아무 문제가 없다."

2007년 겨울, 설날을 맞아 고향집을 찾아가는 소녀가 있었다. 열여덟 꽃다운 대학생이었다. 이제 막 부모를 떠나 도시의 기숙사에서 생활하던 그녀의 첫 귀향길이었다. 그녀의 집은 울란바타르에서 천오백 킬로미터나 떨어진 홉드 아이막이었다. 고향으로 가는 차를 어렵게 구했다. 12인승 한국산 승합차에는 이미 스무 명이 넘는 사람이 타고 있었다. 그러고도 서너 명을 더 태운 뒤에야 차는 출발했다. 짐짝보다 좁게 앉은 탓에 숨쉬기도 어려웠다. 지금부터 사십팔 시간, 꼬박 이틀을 달릴 것이었다. 두 명의 운전사가 번갈아가며 쉬지 않고 운전을 했고, 끼니는 만두 한두 개로 차 안에서 해결해야 했다.

하루를 달려 새벽 두시쯤 되었을 때, 차는 바양홍고르를 지나 알타이산맥 쪽으로 향하고 있었다. 몇몇이 소변을 보자고 했다. 칠흑 같은 어둠, 별빛도 달빛도 없는 밤이었다. 남자들은 차에서 내리자마자 초원에 오줌을 갈겼다. 여자들도 서너 발짝 걷더니 주저앉아 일을 보았다.

다시 차가 출발했다. 한 시간쯤 지났을 때, 승객들이 웅성거렸다. 소녀가 타지 않은 것이다. 황급히 차를 돌려 쉬었던 자리로 다시 가보았다. 자동차 불빛으로 검은 장막이 걷혔을 때, 초원엔 소녀의 찢긴 옷가지와 신발 한 짝이 남아 있었다. 주변엔 진한 피 냄새가 흥건했다. 늑대의 습격을 받은 것이다.

소녀는 차 옆에서 소변을 보는 일이 익숙지 않아 조금 멀리 걸어갔을 것이다. 그러곤 자신이 미처 타기도 전에 쌩하고 출발해버리는 자동차의 후미등을 망연히 바라봤을 것이다. 자갈길에 차가 덜컹거려 소녀의 외침은 사람들에게 닿지 않았을 것이고, 어둠에 묻혀 그 모습도 보이지 않았을 것이다. 대지에 홀로 남겨진 소녀는 공포에 떨다 늑대의 공격을 받았고, 달리 저항도 못하고 찢겨나갔을 것이다.

그해 신문에 실린 기사를 보면서 나는 한동안 뛰는 가슴을 억누르지 못했다. 그런 속수무책의 슬픔이 내 것인 양 헤어나오기 힘들었다.

"그놈의 늑대를 그냥 둔단 말이야? 씨를 말려버려야지."

흥분하는 나와는 다르게 정작 한 다리만 건너면 소녀와 친척이거나 지인이었을 수도 있는 비지아는 태연한 듯 보였다.

"늑대는 늑대의 일을 한 거지."

중국의 작가 장룽의 소설 『늑대토템』에 이런 대목이 있다. 베이징에서 공부를 하던 대학생 '천전'이 네이멍구자치구의 유목민 마을로 의무노동을 가게 된다. 몽골족 노인의 집에서 거주하며 유목을 접하게 되는 천전이 늑대에게 물려 죽은 가젤 무리를 보

면서 안타까운 눈으로 얘기한다.

"아! 가젤이 너무 불쌍해요. 늑대는 왜 아무 잘못도 없는 연약한 다른 생명을 함부로 죽일까요?"

평생을 유목민으로 살아온 '빌게' 노인이 대답한다.

"설마 풀이라고 생명이 없겠느냐? 초원은 생명체가 아니란 말이냐? 몽골 초원에서는 풀이 가장 큰 생명체이고, 나머지는 모두 작은 생명체에 불과해. 작은 생명체들은 큰 생명체에 의지해야만 살아갈 수 있다. 늑대와 사람조차도 작은 생명체에 속하지. 그래서 풀을 먹어치우는 것은 고기를 잡아먹는 일보다 더 큰 해악이야. 너는 가젤이 가련하다고 하지만 풀은 가련하다고 생각지 않느냐?"

핑계 없는 무덤 없다고, 사람마다 자기 입장에 따라 사건을 해석하는 일은 허다하다. 하지만 『늑대토템』에 나온 유목민 빌게의 생각은 분명 그것이 아니다. 대지를 가득 채운 저 풀이야말로, 푸른 하늘과 어머니 대지 다음으로 가장 큰 생명체이다. 풀은 발이 없으니 도망도 치지 못하고 속수무책으로 당하는 불쌍한 존재 아니겠는가?

물론, 하늘이 그렇듯, 대지가 그렇듯, 풀도 자신의 모든 것을 한없이 내어주는 존재일 것이다. 그럴 때마다 "황금빛으로 출렁이는 저 논을, 싸그리 베어서 제 입에 털어넣는단 말인가?"라고 한탄하던 어느 시인의 말이 다시 생각나곤 한다.

동물 다큐멘터리를 보면서 눈물을 흘릴 때가 있다. 악어의 공격을 뻔히 예상하면서도 강을 건너야 하는 수백만 마리의 누떼, 맨 앞에서 길을 뚫는 자의 용기 어린 질주는 얼마나 장엄한지 모른다. 사자에게 쫓기면서도 자기 새끼를 지키다 새끼가 포위라도 되면 뿔을 모아 한꺼번에 달려드는 가젤들의 그 모성애는, 자기 스스로 목숨도 내던지는 그 모습은 또 얼마나 가슴 아린 장면이었던가.

어떨 때는 사자 때문에, 치타 때문에 가슴이 아프다. 늘 신경이 곤두서 있는 초식동물들은 조금의 소리에도, 약간의 냄새에도 반응을 하고 달아난다. 걸음은 얼마나 빠른지 여간해선 잡을 수가 없다. 그렇게 맹수들은 열흘을 굶기도 하고, 젖먹이를 굶겨 죽이기도 한다. 풀을 뜯어먹고도 살 수 있다면 배가 고파 죽는 고통은 없었을 것이다. 가젤의 입장에서 보면 가젤이 안쓰럽고, 사자의 입장에서 보면 사자가 불쌍하다. 입장, 그것 때문이다.

우리는 그동안 너무 사람의 입장만 생각하고 살아오지 않았을까? 서양의 철학이야 말할 것도 없고, 우리 일상 속에도 그런 일들이 비일비재하지 않았나 생각해본다. 입장! 그것 때문에, 우리는 유목민에게 제대로 다가가지 못하는지도 모른다. 『걸리버 여행기』와는 상황이 다르겠지만, 키 큰 나라에 가서는 키 큰 사람들의 입장에서 보고 키 작은 나라에 가서는 키 작은 사람들의 입장에서 보는 것이 이치에 맞을 것이다. '몽골'을, '오랑캐'를, '칭기즈칸'을 이해하는 코드가 이것 아닐까?

우리는 항상 사람을 먼저 생각하고, 그다음으로 사람이 기르는 가축을 생각하고, 가축이 뜯는 풀을 생각하고, 풀을 만든 땅과 하늘을 생각한다. 유목민들은 어떨까?

하늘은 하늘의, 초원은 초원의, 풀은 풀의, 가젤은 가젤의, 늑대는 늑대의, 그리고 인간은 인간의 논리가 있다면 과연 어떤 입장에서 생각해야 할까? 누구의 논리를 따르는 것이 가장 합당하며, 최선일 수 있을까? 유목민들은 이렇게 대답할 것 같다.

하늘엔 영광! 땅 위엔 평화!

"늑대가 개하고 다른 게 뭔 줄 알아? 늑대는 개처럼 꼬리를 치켜세우지 않아. 대신 늘 귀를 세우고 있지."

꼬리를 세우는 것은 폼을 잡는 것이고, 귀를 세우는 것은 주변을 경계하는 자세다. 천지 차이다. 언제나 늑대의 공격 앞에서 불안해했으면서도, 비지아는 늘 늑대의 편을 들고 선다.

"칭기즈칸이 개를 무서워했다는 기록이 있어. 난 그런 게 다 오해거나 왜곡된 거라고 생각해."

유라시아 대륙을 공포에 떨게 했던 유목민 제왕이 한낱 개에게 두려움을 느꼈다니 미심쩍을 것이다. 하지만 실제로 몽골의 개를 보면 그런 의심이 싹 달아난다. 초행의 여행객에게 몽골의 개는 공포스러운 존재다. 생김새가 우선 그렇다. 몽골 개들은 대개가 검은 털을 가졌는데, 크기가 보통 우리의 송아지만하다. 가늘게 찢어진 눈을 가진데다가 그 속에서 빛나는 눈동자는 섬뜩한 빨간색이다. 또 눈썹이 있어야 할 자리에 흰 점이 선명하게 새겨져 있어서 흡사 눈이 네 개 달린 괴수처럼 보이기도 한다. 긴 털을 나풀거리며 초원을 거니는 모습을 보면 그 앞에 다가설 수 없게 된다. 자동차를 향해서도 두려움 없이 공격해 들어오는데, 이럴 때는 차에서 내려서기는커녕 차문을 열어서도 안 된다.

하지만 그건 개가 주인공일 때만 가능한 이야기다. 늑대와 만나면 상황은 완전히 바뀐다.

개의 임무는 늑대에게서 가축을 지키는 일이다. 낮 동안 잠만 자던 개가 밤이면 보초를 선다. 그리고 늑대를 만난다. 딱 일이 분, 큰 소리로 짖으며 총을 든 주인이 나올 때까지만 버티면 된다. 하지만 대개는 그 시간을 벌지 못하고 도망을 치거나 그 자리에서 죽임을 당한다.

암캐는 늑대의 새끼를 배기도 한다. 유목민이 정착민에게 그랬던 것과 비슷하게, 늑대는 개에게 자신의 씨앗을 남기고 떠난다. 이렇게 암캐에게서 새끼가 태어나면 이 늑대와 개의 혼혈종은 사람의 말에 순종하면서도 주인 몰래 양을 잡아먹는 이중적인 성격을 드러낸다. 유목민들도 이런 사정을 아는 까닭에 집에서 암캐를 기르지 않는다. 몽골에서 볼 수 있는 암캐는 대부분 집 없이 떠도는 들개들이다.

개의 방어벽을 넘고 나면, 늑대는 무시무시한 공격술로 가축 우리를 유린한다. 가공할 속도와 정확한 타이밍, 뛰어난 두뇌와 적의 약한 곳만을 공격하는 전술은 세계를 정복해나갔던 유목민들의 모습과 너무나 흡사하다. 양을 공격할 때는 목을 물어뜯어서 죽인다. 하지만 소와 염소는 엉덩이와 뒷다리를 공격해 쓰러뜨린다. 앞쪽은 뿔이 있어 위험하기 때문이다. 또 말과 낙타를 공격할 때는 뒷다리에 차일 염려가 있어 가슴 부위를 공격한다. 작은 동물은 십 초 내외, 소나 말도 이 분 이내에 해치운다고 한다. 가축들은 우리 안에서 몇 바퀴 도망을 칠 뿐, 늑대의 손아귀에서 벗어날 수 없다.

"칭기즈칸은 늑대처럼 생겨놓고 사람한테 빌붙어 사는 개를 끔찍이 싫어한 거지. 그런 개의 모습을 보면서 치를 떨었을지도 몰라. 그건 더러워서 피하는 거지 무서워서 피하는 게 아니잖아."

늑대는 몇십 리를 내다볼 수 있는 눈을 가졌고, 아주 옅은 냄새를 맡을 수 있는 코를 가졌고, 미세한 소리를 들을 수 있는 귀를 가졌다. 그런 출중한 능력을 총동원해 머물러 사는 인간들의 주위를 돌며 정황을 살피고, 약점을 찾아낸다. 유목민이 늘 이사를 다닌다고 하지만, 늑대의 입장에서 유목민의 이동은 정착하고 있는 것이나 다름없다. 정착민과 유목민의 차이보다 더 큰 차이가 유목민과 늑대 사이에 존재한다.

늑대는 그렇게 유목민의 스승이 된다. 누구도 늑대의 이름을 함부로 부르지 않는다. 산 할아버지, 하늘의 개, 알타이의 주인, 늑대를 돌려 칭하는 어떤 이름에도 적으로서의 분노와 경멸이 담겨 있지 않다. 가까이할 수 없으나 잊을 수 없는 존재. 유목민들은 이번에도 그들과 함께 사는 삶을 선택한다.

에필로그

•

알타이산에는 독수리사냥꾼이 산다. 사냥꾼은 새끼 독수리를 잡아 어깨 위에 앉히고 훈련을 시킨다. 그렇게 성장한 독수리는 이 미터가 넘는 날개를 펼치고 알타이의 험산준령을 넘나들며 여우를 잡고 늑대를 사냥한다. 야생동물을 사냥할 만큼의 속도를 낼 수 없는 알타이산에서 독수리는 가장 빠른 말이 되고, 가장 날카로운 화살이 된다. 알타이의 사냥꾼과 독수리는 그렇게 함께 십오 년을 살아간다.

그러던 어느 아침, 사냥꾼은 독수리가 잡아온 늑대 가죽 옷을 입고, 여우털 모자를 쓰고 그를 떠나보낸다. 자연에서 온 선물을 자연으로 돌려보내는 날, 온 가족이 모여 눈물의 이별식을 치른다. 돌아올 기약도 없고, 다시 만날 수도 없는 영원한 이별. 사냥꾼의 마지막 인사는 한 편의 시이고 노래이다.

잘 가라 독수리야
잘 살아라 독수리야
여우를 잡고 늑대를 잡느라
많이도 다쳤구나 고맙고 미안하다
지난 일 모두 잊고 너의 하늘 아래에서
굶지도 말고 아프지도 말고
몽골의 영원한 푸른 하늘 아래에서
바람처럼 살아라 전설처럼 살아라

독수리가 날아가버린 허공을 향해 사냥꾼은 뜨거운 눈물을 흘린다. 늙은 독수리를 바라보는 늙은 사냥꾼의 마음이 애절하지만, 아침 태양은 석양을 향해 떠오르고 세계는 사라짐을 전제로 지금을 걷는 것일 뿐, 누구에게도 예외가 없다.

내가 비지아를 만난 지도 십오 년이 훌쩍 넘었다. 둘이서 겪은 수많은 일들이 한꺼번에 떠오른다. 특히 비지아가 한국에 와서 함께 지냈던 시간들은 실로 어처구니없는 일들의 연속이었다.

기억난다. 그가 한국 C시에 위치한 대학에서 몽골어과 교환

교수 일을 하게 됐을 때 우리는 주위의 반대를 무릅쓰고 함께 사는 걸 감행했다. 두 남자의 자취생활일 뿐이지만 예상대로 쉽지가 않았다. 모처럼 집 청소를 하는 날, 청소를 마치고 나면 쓰레기 버리는 일이 문제다. 내가 부엌 청소를 하는 동안 그는 분리수거를 해야 하는데 그럴 때마다 어쩔 줄 몰라 허둥댄다. 요즘이야 분리수거를 돕지 않는 남편이 오랑캐쯤으로 취급받기도 하지만, 그에게는 아예 분리수거에 대한 개념조차 없다. 이렇게 저렇게 분리를 해줘도 문제는 끝나지 않는다. 밤에는 쓰레기를 버리는 게 아니라면서 한사코 뻗댄다. 아침이 되면 길 나설 때는 쓰레기를 버리는 게 아니라고 둘러댄다.

화장실 슬리퍼가 감쪽같이 사라질 때가 많다. 슬리퍼의 행방을 물으면 찾아보지도 않고 캐묻는다며 되레 역정을 낸다. 슬리퍼는 부엌 싱크대 앞에 널브러져 있다. 화장실 슬리퍼를 왜 밥 먹는 곳까지 끌고 왔느냐고, 제발 물건을 제자리에 두라고 지청구를 하면 외려 답답하다는 투다. 잠깐 쉬다 가는 여관방이 아니니 지킬 건 지켜야 한다고 말해도 그는 어차피 인생이란 다 잠깐 쉬었다 가는 거라며 무슨 현자인 양 너스레를 떤다.

함께 차를 타고 가다가 과속방지턱이 보이면 나는 시속 십오 킬로미터로 속도를 줄인다. 그럴 때마다 옆에 앉은 그는 눈을 흘긴다.

"과속방지턱은 그렇게 넘는 게 아니야."

뭔가 혁신적인 방법이 있는지 의아해하는 나에게 그가 말한다.

"시속 백오십 킬로미터로 달리면 안 튀어."

천지 분간 못하는 아이 같은 발상이다. 그 정도는 나도 애교로 웃어넘길 수 있지만 아무리 생각해도 화장실 슬리퍼를 식탁 앞까지 끌고 온 건 용서할 수 없다.

나는 이다지도 쓸모없이 흘려보낸 나와 오랑캐의 문명 충돌의 경험들을 그러나 지금은 '창조적 영감'의 시간이었다는 말로밖에는 달리 설명할 길이 없다. 모든 발상이 왜 그렇게 달라야 하는지를 셀 수도 없이 다시 생각한 끝에 내가 그와 우정이 깊어져 있었음을 깨달을 수 있었다.

그리고 아쉽게도 그는 이제 돌아가야 한다. 비지아가 낙타를 타고 사막을 건너게 될지, IT 배낭을 메고 디지털 세상 속으로 걸어들어가게 될지 나는 알지 못한다. 다만 소망이 있다면, 신에게서 자유를 찾아오고, 가난에서 돈을 얻었으며, 질병에서 건강을 가져온 인간이, 그리하여 스스로 신이 돼버린 인간이 배타적인 시선으로 그를 보지 않기를 바랄 뿐이다. 그가 간직하고 살았던 마을 이야기처럼 나도 당산나무와 서낭당을 우러르던 아득한 옛이야기, 그렇게 함께 꿈을 꾸던 '불편한' 시절을 기억할 수 있었으면 좋겠다.

참고문헌

•

1. 단행본

『늑대토템』(장룽, 송하진 옮김, 김영사, 2008)
『러시아 혁명사』(김학준, 문학과지성사, 1999)
『마르코 폴로의 동방견문록』(마르코 폴로, 김호동 옮김, 사계절, 2000)
『마호메트 평전』(콘스탄틴 게오르규, 민희식·고영희 옮김, 초당, 2002)
『맑은 타미르강』(차드라발 로도이담바, 유원수 옮김, 민음사, 2007)
『몽골 민간 신화』(데. 체렌소드놈, 이평래 옮김, 대원사, 2001)
『몽골비사』(유원수 옮김, 사계절, 2004)
『몽골 신화의 형상』(센덴자빈 돌람, 이평래 옮김, 태학사, 2007)
『사기본기』(사마천, 김원중 옮김, 민음사, 2015)
『사랑의 단상』(롤랑 바르트, 김희영 옮김, 동문선, 2004)
『신을 부르는 노래 몽골의 토올』(박소현, 민속원, 2005)
『신편 고려사절요』(민족문화추진회 옮김, 신서원, 2004)
『신편 국역 동국이상국집』(이규보, 민족문화추진회 옮김, 한국학술정보, 2006)
『야성의 사랑학』(목수정, 웅진지식하우스, 2010)
『오랑캐꽃』(이용악, 모루와정, 2016)
『오래된 미래』(헬레나 노르베리-호지, 양희승 옮김, 중앙북스, 2015)
『왕좌의 게임』(조지 R. R. 마틴, 이수현 옮김, 은행나무, 2016)
『유목민 이야기』(김종래, 꿈엔들, 2005)
『조드—가난한 성자들』(김형수, 자음과모음, 2012)

2. 기타 자료

여운형, 「몽고사막 횡단기」(『월간 중앙』 1936년 4월호)
쳰드 도, 「레니니잠」
칭기즈칸, 「빌리크」
푸레브도르지, 「칭기즈」
국사편찬위원회 한국사데이터서비스(http://db.history.go.kr)
한국민족문화대백과사전(https://encykorea.aks.ac.kr)

문학동네 산문집
지상의 마지막 오랑캐

1판 1쇄 2017년 10월 31일
1판 6쇄 2024년 3월 12일

지은이 이영산

책임편집 정은진 | 편집 김내리 이성근 이상술
디자인 김선미 이주영 | 저작권 박지영 형소진 최은진 서연주 오서영
마케팅 정민호 서지화 한민아 이민경 안남영 왕지경 정경주 김수인 김혜원 김하연 김예진
브랜딩 함유지 함근아 고보미 박민재 김희숙 박다솔 조다현 정승민 배진성
제작 강신은 김동욱 이순호 | 제작처 영신사

펴낸곳 (주)문학동네 | 펴낸이 김소영
출판등록 1993년 10월 22일 제2003-000045호
주소 10881 경기도 파주시 회동길 210
전자우편 editor@munhak.com | 대표전화 031)955-8888 | 팩스 031)955-8855
문의전화 031)955-2696(마케팅), 031)955-2653(편집)
문학동네카페 http://cafe.naver.com/mhdn
인스타그램 @munhakdongne | 트위터 @munhakdongne
북클럽문학동네 http://bookclubmunhak.com

ISBN 978-89-546-4833-2 03810

www.munhak.com